TAKE A CHANCE

Du même auteur

Dangerous Perfection, &moi, 2015.
Simple Perfection, &moi, 2015.
One More Chance, &moi, 2015.

À mon oncle Gerald. Merci pour les étés passés à la plage, les sucettes qui m'attendaient à la porte d'entrée quand je te rendais visite, et pour ta foi en moi. Sous tes dessous grincheux, ton cœur était grand comme ça. Tu me manques et je ne t'oublierai jamais.

Prologue

Grant

Qu'est-ce que je foutais ici ? À quoi rimait tout ce bordel ? J'avais vraiment perdu les pédales ? Par le passé, j'avais réussi à me débarrasser d'elle et à prendre le large. Après avoir été mon plan cul de prédilection pendant des années, Nannette était devenue collante. Et, à vrai dire, ça m'avait plu. À sa manière, elle était parvenue à me prendre aux tripes. Je voulais qu'on ait besoin de moi. Je faisais vraiment pitié. Mon père m'appelait rarement ; ma mère avait décidé depuis des années qu'elle préférait les top models français.

J'étais complètement à la ramasse.

Il était temps de lâcher prise. Nan avait eu besoin de moi à une période où elle avait le sentiment de perdre Rush, son frère, son refuge, qui avait débuté une nouvelle vie avec sa femme et leur bébé. Évidemment, Rush l'accueillait à bras ouverts – mais Nan était une vraie garce. Tout ce qu'elle avait à faire était d'accepter Blaire, la femme de Rush. Rien d'autre. Mais cette tête de mule refusait.

C'est dans mes bras qu'elle s'était précipitée et comme un imbécile je les avais ouverts. Je me retrouvais à présent avec un drame ambulant et un cœur légèrement amoché. Cœur qu'elle n'avait pas revendiqué. Pas entièrement. Mais elle avait touché quelque chose chez moi, comme personne d'autre avant elle. Elle avait eu besoin de moi. Personne n'avait jamais eu besoin de moi. Ça m'avait fragilisé.

Pour preuve, voilà que j'étais assis chez le père de Nan, à l'affût, à l'attendre. Encore une fois, elle partait en vrille, mais Rush ne venait plus à sa rescousse. Il avait raccroché sa cape de Superman et décidé que l'époque où il portait assistance à Nan était révolue. Moi j'avais adoré faire ça. Aussi tordu que ça puisse paraître, j'avais voulu être son héros. Merde, j'étais vraiment une mauviette.

— Bois, gamin. Tu en as sacrément besoin, intima Kiro, le père de Nan, en me flanquant une bouteille de tequila à moitié pleine entre les mains.

Kiro était le chanteur du groupe de rock le plus mythique du monde. Slacker Demon existait depuis vingt ans et leurs tubes caracolaient en tête des ventes à chaque nouvel album.

J'allai protester puis me ravisai. Il avait raison. J'avais besoin de boire un coup. J'évitai de trop réfléchir aux endroits où sa bouche avait traîné avant de porter le goulot à mes lèvres et d'incliner la bouteille.

— Tu es un garçon intelligent, Grant. Je n'arrive pas à comprendre pourquoi tu te coltines toute la merde de Nan, poursuivit Kiro en se laissant tomber dans le canapé en cuir blanc face à moi.

Il portait un jean skinny noir et une chemise gris argenté déboutonnée qui bâillait. Son torse et ses bras étaient recouverts de tatouages. Les femmes étaient raides dingues de lui. Pas parce qu'il était beau. Il était maigre comme un clou, résultat d'un régime d'alcool et de drogues. Mais c'était le légendaire Kiro et c'est tout ce qui comptait à leurs yeux.

— Tu comptes m'ignorer encore longtemps ? Merde, c'est ma fille et même moi je ne la supporte pas. Une sacrée garce, comme sa mère, lâcha-t-il d'une voix traînante avant de tirer une bouffée de son joint.

— Ça suffit, papa.

Cette voix, qui ces temps-ci s'immisçait dans mes fantasmes, provenait de l'embrasure de la porte.

— Et voilà ma petite chérie. Elle est finalement sortie de sa chambre pour me voir.

Kiro sourit à sa fille, celle qu'il aimait véritablement et qu'il n'avait pas abandonnée. Harlow Manning était à couper le souffle. Elle ne ressemblait pas à la fille d'une star du rock, mais plutôt à une provinciale innocente, avec de longs cheveux noirs et des yeux sombres à vous faire perdre la tête.

— Je venais voir si tu voulais dîner à la maison ou si tu sortais.

Elle entra dans la pièce en m'ignorant royalement. Ce qui eut pour seul effet de me faire sourire.

Elle ne m'aimait pas. Je l'avais rencontrée à la fête de fiançailles de Rush et Blaire et plus tard je lui avais parlé à la réception de mariage. Les deux fois, ça s'était mal terminé.

— Je pensais sortir. J'ai envie de faire un peu la bringue. Ça fait trop longtemps que je n'ai pas foutu le nez dehors.

— Oh, d'accord, fit-elle d'une voix douce parfaitement grisante.

— Tu te sens seule ? Tu en as marre de rester enfermée dans ta chambre avec tes livres, ma petite chérie ? demanda Kiro en fronçant les sourcils.

Je ne parvenais pas à arracher mon regard de Harlow. Elle venait rarement quand j'étais là. On ne pouvait pas dire que Nan était gentille avec elle. Je comprenais pourquoi elle n'aimait pas sa demi-sœur : la jalousie la rongeait, même si ce n'était pas sa faute si Kiro adorait Harlow. D'ailleurs cette dernière semblait se contrefoutre de Nan. Où qu'elle aille, Harlow illuminait l'espace. Elle dégageait une étrange quiétude, qui donnait envie de s'approcher d'elle pour s'en imprégner. Pour quelqu'un d'aussi égoïste que Kiro, aimer Harlow était facile. Pour des gens normaux, aimer Nan était compliqué – alors pour Kiro Manning n'en parlons pas.

— Non, tout va bien. Je pensais dîner avec toi si tu restais à la maison. Sinon, je mangerai un sandwich dans ma chambre.

— Ça ne me plaît pas, objecta Kiro en secouant la tête. Tu y passes trop de temps. Tu as assez lu pour ce soir. Grant a besoin de compagnie. C'est un bon gars. Parle-lui. Tu peux dîner avec lui pendant qu'il attend Nan.

Harlow se raidit et finit par jeter brièvement un regard vers moi.

— Je ne crois pas, non.

— Allez, ne fais pas ta snob. Grant est un ami de la famille. C'est le frère de Rush. Dîne avec lui.

Harlow se contracta davantage et esquiva mon regard.

— Ce n'est pas le frère de Rush. Sinon, le fait qu'il couche avec Nan serait encore plus immonde.

Kiro eut un large sourire, à croire que Harlow était la personne la plus désopilante du monde et qu'il admirait son cran.

— Mon chaton sort ses griffes, et on dirait bien que tu es le seul à lui faire cet effet. En couchant avec sa sœur maléfique, tu as décroché une place sur la liste noire de ma petite chérie. C'est à mourir de rire, s'exclama-t-il d'un air amusé en tirant une longue bouffée sur son pétard.

Ça ne m'amusait pas. Je ne voulais pas que Harlow me déteste. Et je ne savais pas comment y remédier. Je ne pouvais pas tourner le dos à Nan. Elle ne tiendrait pas le coup si quelqu'un d'autre la lâchait. Même si cette garce ne méritait pas autre chose. J'évitais de penser aux types du boys band qu'elle était en train de se taper. J'avais tout faux sur eux. J'étais persuadé qu'ils couchaient entre eux. En réalité, ils baisaient tous avec Nan.

— Bonne nuit, papa, lança Harlow en quittant la pièce avant que Kiro n'ait le temps d'insister pour qu'elle reste avec moi.

Kiro bascula la tête en arrière et ferma les paupières.

— Dommage qu'elle te déteste. Elle est spéciale. J'en ai connu qu'une seule comme elle : sa mère. Cette femme m'a volé mon cœur. Je l'adorais. Je vénérais le sol sous ses pieds, bordel. J'aurais envoyé bouler tout ce merdier pour elle. Je comptais le faire. Je voulais me réveiller chaque matin à côté d'elle. Je voulais la regarder avec notre petite fille et me dire qu'elles étaient à moi. Mais Dieu l'a voulue plus que moi. Il me l'a arrachée. Je ne m'en remettrai jamais. Jamais.

Ce n'était pas la première fois que je l'entendais radoter sur la mère de Harlow. Ça le prenait chaque fois qu'il était défoncé. C'était la première chose qui lui venait à l'esprit. Je n'avais pas connu ce genre d'amour. Pourtant, il me faisait sacrément flipper. Je n'étais pas sûr de vouloir m'y frotter. Kiro ne s'en était jamais remis. Je l'avais rencontré quand j'étais gosse, quand mon père avait épousé la mère de Rush. Rush avait supplié son père, Dean Finlay, le batteur de Slacker Demon, de m'emmener avec eux le temps d'un weekend, le premier d'une longue série, qui m'avait laissé béat d'admiration.

Et Kiro parlait systématiquement d'« elle » en maudissant Dieu de l'avoir enlevée. Ça m'avait fasciné, même enfant. Je n'avais jamais vu une telle dévotion.

Même après le mariage de courte de durée de mon père à Georgianna, la mère de Rush, j'étais resté proche de ce dernier. Son père passait me chercher parfois lorsqu'il avait sa garde. En grandissant, j'avais connu personnellement le légendaire groupe de rock.

— Nan la déteste. Qui peut bien détester Harlow, bordel ? Elle est trop adorable. Elle n'a rien fait à Nan et pourtant Nan est vicieuse comme une vipère. La pauvre Harlow l'évite. Je déteste voir ma petite chérie sans défense. Il faut qu'elle se blinde. Il lui faut un ami, observa Kiro. (Il posa son joint dans le cendrier avant de tourner la tête vers moi.) Sois son ami, gamin. Elle en a besoin.

Je voulais être bien plus que l'ami de Harlow Manning. Mais elle ne daignait même pas me regarder. J'avais essayé plus d'une fois de lui arracher un sourire, mais elle me remarquait à peine. Ça me rendait fou.

— Je ne suis pas sûr de pouvoir être son ami et celui de Nan en même temps.

Kiro fronça les sourcils, puis se pencha vers moi.

— Il y a trois types de femmes en ce bas monde. Le genre qui te saigne à blanc sans rien te laisser. Le genre qui veut s'amuser. Et le genre qui fait que la vie vaut la peine… Et dans ce cas… cette femme-là donne autant qu'elle reçoit et tu ne t'en lasses jamais. Le genre de femme… si tu la perds, tu te perds toi-même.

À ses yeux injectés de sang, je sus qu'il n'avait pas fait que fumer un joint aujourd'hui. Mais, même défoncé, il était cohérent. S'il y en avait bien un qui connaissait les femmes, c'était Kiro Manning.

— J'ai pratiqué les trois catégories. J'aurais mieux fait de m'épargner la première. Maintenant, je ne touche plus qu'à la deuxième. Quant à la troisième… Je ne serai plus jamais le même. Et je ne regrette pas une minute de ma vie avec la mère de Harlow. (Il passa une main dans ses cheveux filasses.) Nannette appartient à la première catégorie. Méfie-toi de ces femmes-là. Elles te baiseront jusqu'à la trogne avant de te laisser sur le carreau.

Harlow

Trois mois plus tard

C'était l'affaire de neuf mois à peine. Pas plus. Je pouvais tenir neuf mois. Je resterais planquée dans ma chambre et j'en ressortirais uniquement quand elle n'était pas là. Les cours allaient bientôt commencer, ça me changerait les idées. Après quoi mon père rentrerait et j'oublierais cet endroit. J'allais y arriver. Je n'avais pas le choix. Mon père ne m'avait pas laissé d'autre option.

La maison était silencieuse. Le raffut provoqué par les ébats sexuels de Nan avec un idiot quelconque m'avait réveillée vers 2 heures du matin. J'avais chaussé mes écouteurs Beats et enclenché ma playlist favorite. À un moment donné, je m'étais rendormie. Comme la musique jouait encore à plein volume dans mes oreilles quand je m'étais réveillée ce matin, je n'étais pas sûre et certaine d'être seule à la maison. Il était plus de 10 heures et tout était si calme que j'étais persuadée qu'il n'y avait personne. Sans oublier que Nan n'était sans doute pas du genre à laisser un gars dormir aussi tard.

Elle les baisait puis les mettait à la porte.

Je repoussai la couverture et passai les mains dans mes cheveux emmêlés avant de gagner le couloir. Le silence m'accueillit. J'étais en sécurité. J'allais pouvoir manger. Quand j'étais arrivée la veille, Nan n'était pas à la maison, mais elle n'avait pas pu rater ma voiture garée dehors. Mon père avait envoyé une Audi qui m'attendait à l'aéroport.

Après avoir trouvé la maison, j'étais allée faire des courses, puis j'avais déchargé les sacs du supermarché et mes bagages. Mon père avait acheté cette maison pour Nan à condition que j'y habite avec elle pendant les neuf mois que durait la tournée de Slacker Demon. Elle avait demandé une maison en Floride, à Rosemary Beach : il en avait choisi une immense. Mon père faisait tout en grand, ce qui m'allait très bien : du coup, je pouvais éviter Nan plus facilement. Sauf qu'il n'y avait qu'une seule cuisine.

Je traversai le couloir en direction de l'escalier en colimaçon qui desservait les deux étages supérieurs jusqu'au rez-de-chaussée. Mes pieds nus effleurèrent les lattes du parquet sans faire de bruit. Je venais d'ouvrir le frigo pour attraper le lait lorsqu'une porte s'ouvrit et se referma quelque part dans la maison.

Je m'immobilisai et envisageai de me cacher. Je n'étais pas prête à affronter Nan. Pas avant d'avoir bu un café. Mais les pas lourds qui descendaient l'escalier n'étaient pas ceux de Nan, ce qui accrut ma nervosité : l'idée de faire face à un inconnu ne m'enchantait pas. J'étais encore en pyjama, en short en satin rose à pois avec un débardeur assorti. Je cherchai une cachette alentour, mais avant que j'aie pu réagir, les bruits de pas atterrissaient au rez-de-chaussée.

J'étais coincée… À moins de me planquer derrière le plan de travail pendant qu'il prenait la tangente. Avec un peu de chance, il ne passerait pas par la cuisine. La porte de derrière était tout aussi proche de la cage d'escalier. Je posai la brique de lait et décidai d'attendre. Les pas n'étaient plus aussi lourds, je les entendais à peine. Je tendis l'oreille pour déterminer leur destination.

Je m'aperçus bien trop tard qu'il était pieds nus et qu'il arrivait sur moi. Mon regard tomba sur celui de Grant tandis qu'il entrait dans la cuisine vêtu d'un simple caleçon noir. En me voyant, il s'immobilisa. Nous restâmes un instant à nous dévisager en silence. Je réalisai que c'était lui qui m'avait réveillée dans la nuit, et mon estomac se noua. Je n'avais aucune envie de penser à lui au lit avec Nan.

Cette prise de conscience me fit l'effet d'une douche froide. Grant couchait encore avec Nan. Tout ce qu'il m'avait raconté n'était que mensonge. Il m'avait fait une promesse, alors que je ne lui avais rien demandé, et il n'avait pas l'intention de la tenir.

— Harlow ?

Sa voix était engourdie par le sommeil. Il était resté éveillé la majeure partie de la nuit. Il devait être épuisé.

Ne sachant quoi répondre, je restai silencieuse. Je ne m'attendais même pas qu'il soit à Rosemary. Mais il était bel et bien là… et il passait ses nuits dans le lit de Nan.

Quelle imbécile j'étais.

Trois mois plus tôt…

Un coup frappé à la porte vint interrompre ma scène préférée d'un livre que j'avais dû dévorer au moins dix fois. Je baissai ma tablette avec agacement.

— Oui ?

La porte s'ouvrit lentement et Grant Carter passa son superbe visage dans l'entrebâillement. Ses longs cheveux, bouclés à leur extrémité et soigneusement lissés derrière ses oreilles, donnaient envie de jouer avec des heures durant. Je me demandais souvent s'ils étaient aussi doux qu'ils en avaient l'air. Ses yeux pétillaient, comme s'il lisait dans mes pensées, et j'affectai un air renfrogné, chose que je ne faisais jamais et que je lui réservais exclusivement.

C'était un peu injuste : je ne l'aimais pas par principe. Il s'était montré très gentil avec moi, mais le fait qu'il entretenait une relation avec Nan me suffisait à le prendre en grippe. Un type qui appréciait Nan avait forcément un problème.

— J'ai commandé chinois. Tu m'accompagnes ? J'en ai trop pris.

J'avais un mal fou à détourner mon regard de ses yeux bleus. Ils causaient ma perte depuis que je les avais croisés la toute première fois. Avant que je sache qu'il sortait avec Nan.

— Je n'ai pas faim, répliquai-je, en priant pour que les gargouillis de mon estomac ne me trahissent pas.

J'avais l'intention de me préparer quelque chose à manger, mais le livre m'avait absorbée. Quand je voyais Grant, j'avais toujours envie de me plonger dans une de ces histoires où des types comme lui tombaient amoureux de filles comme moi. Pas de filles comme Nan.

— Je ne te crois pas.

Il ouvrit grande la porte et pénétra dans la pièce chargé d'un plateau recouvert de petites boîtes du restaurant chinois que mon père aimait tant.

— Aide-moi à manger tout ça. Et puis je suis seulement sorti avec Nan, je ne suis pas malade. À te voir, on dirait que je suis contagieux. Pour ne rien te cacher, ça me froisse.

Sérieusement ? J'étais blessante ? Ça n'était pas mon intention. Je pensais qu'il s'en moquait complètement. En plus, c'est lui, après m'avoir fait des avances et découvert qui j'étais, qui était parti en maudissant la nuit de notre rencontre.

— Tu es sorti ? répétai-je d'un ton qui me surprit. Tu es en train d'attendre qu'elle se pointe. Je ne pense pas qu'on puisse en parler au passé, soulignai-je d'une voix de maîtresse d'école.

Grant eut un petit rire. Il prit place sur le lit à côté de moi et posa le plateau sur la table de nuit.

— Nan est mon amie. Je passe voir comment elle va. Pas sortir avec elle. En plus, je viens tout juste d'apprendre qu'elle est de retour à Rosemary.

Et voilà. Rien que ça : il était son ami. Quelle personne saine d'esprit était l'amie de Nan ? Je n'en connaissais aucune.

— Elle couche avec les membres de Naked Marathon. Tu as certainement dû la voir dans la presse *people* au bras de Sellers. La semaine dernière, elle faisait la une avec Moon, et il y avait toutes sortes de rumeur prétendant qu'elle causait la séparation du groupe.

Grant ouvrit une boîte de poulet aigre-doux dans laquelle il planta une paire de baguettes avant de me la tendre :

— Poulet aigre-doux ou poulet au miel ? Comme tu veux.

— Ça ira très bien, merci, répondis-je en prenant l'aigre-doux.

Son sourire s'élargit. Il ne s'attendait pas que je joue le jeu.

— Super, je voulais celui au miel, répliqua-t-il avec un clin d'œil.

Je détestais les papillons qui s'affolaient dans mon ventre. Je n'avais pas besoin de ça. Grant se situait de l'autre côté d'une ligne que je n'étais pas près de franchir.

— Nan peut baiser avec qui elle veut, ça ne me regarde pas. Entre elle et moi, c'est fini. Je passe prendre de ses nouvelles et m'assurer qu'elle ne va pas jouer la fille de l'air encore une fois. Elle est à la maison, maintenant, donc tout va bien.

Pourquoi se donnait-il tout ce mal ? Qu'avait-elle fait pour mériter ce genre d'attention venant de quelqu'un comme Grant ?

— C'est gentil de ta part.

Je ne savais pas trop quoi dire d'autre et me contentai de prendre une bouchée de poulet.

— Tu ne vas pas me le pardonner, c'est ça ?

Sa façon de me détailler du regard me mettait mal à l'aise.

— Tu protèges qui tu veux, Grant. On partage juste un repas chinois, c'est tout. Mon opinion importe peu, ripostai-je en avalant une nouvelle bouchée.

Grant fronça les sourcils, puis un fin sourire se dessina sur ses lèvres.

— J'ai l'impression qu'on se tourne autour comme des dingues chaque fois qu'on se voit. Je ne veux pas jouer à ça. C'est pas mon truc, chérie. Alors je vais être direct.

Il reposa sa nourriture sur la table et pivota tout son corps pour me faire face. J'essayai de calmer les battements effrénés de mon cœur. Qu'était-il en train de faire ? Qu'est-ce que moi j'allais faire s'il se rapprochait davantage ? Les hommes ne flirtaient pas avec moi. Pas plus qu'ils ne venaient dans ma chambre. J'étais la fille bizarroïde de Kiro. Grant ne s'en rendait pas compte ?

— Je ne veux pas que tu me détestes, énonça-t-il simplement.

Je ne le détestais pas. Je secouai la tête.

— Ce n'est pas le cas.

— Bien sûr que si. Je n'ai pas l'habitude qu'on me déteste. Surtout quand il s'agit d'une jolie fille, précisa-t-il en me gratifiant d'un sourire malicieux.

Me trouvait-il réellement belle ou avait-il pitié de moi parce que j'étais asociale ?

— Harlow, tu sais que tu es d'une beauté renversante ? D'une beauté qui rend accro.

Wow.

— Apparemment non, vu ton air étonné. Tu ne te rends pas du tout compte à quel point tu es incroyable. C'est dommage, constata-t-il en enroulant une mèche de mes cheveux entre ses doigts. Vraiment dommage.

Je n'étais pas certaine de respirer encore. Mon corps entier s'était refermé. J'étais incapable de bouger. Grant me touchait, et même si ce n'était que les cheveux, la sensation était délicieuse. Je baissai les yeux sur sa main et observai son pouce caresser doucement la mèche qu'il retenait.

— On dirait de la soie, murmura-t-il comme s'il avait peur qu'on l'entende.

Je le contemplai en silence : qu'étais-je censée dire ?

— Harlow, susurra-t-il en se penchant vers moi.

Je sentis la chaleur de son haleine sur ma peau.

— Oui, m'étranglai-je tandis qu'il s'approchait.

— Tu occupes mes pensées. Tu habites mes rêves, murmura-t-il d'un souffle rauque à mon oreille.

Je frémis et sentis mes baguettes chinoises m'échapper. Mon Dieu, pourvu que je ne me mette pas de la nourriture partout.

— Tu es bien trop gentille pour moi, mais ça m'est égal, poursuivit-il en déposant un baiser sous mon oreille. Je ne veux pas que tu me détestes. Je veux que tu me pardonnes d'avoir été avec Nan. C'est fini.

Le souvenir de Nan suffit à me sortir de ma torpeur. Je me levai d'un bond et traversai la pièce, mettant le plus de distance possible entre nous.

Je lui tournai le dos et regardai par la fenêtre. Il finirait peut-être par partir. Je sentis mon visage s'empourprer. Je l'avais laissé s'approcher. Je l'avais laissé m'embrasser dans le cou. Où avais-je la tête ?

— Je n'aurais pas dû prononcer son nom, admit-il d'une voix déconfite. (Il était perspicace.) Comment je pourrais te prouver que je ne désire plus Nan ? Qu'elle représente un moment de folie et de faiblesse ? J'ai réagi bêtement en mec. Elle était dans les parages. C'était une erreur.

Il voulait que je lui pardonne. Je désirais oublier Nan. Grant me plaisait. Non… Grant me faisait fantasmer. Depuis qu'il m'avait coincée à la réception de mariage de Rush et Blaire, il s'était immiscé dans mes fantasmes nocturnes. Même si j'avais peur de lui accorder ma confiance. J'aimais le regarder. J'aimais le son de sa voix. J'aimais son parfum et son rire. La manière dont sa bouche se retroussait d'un côté lorsqu'il était amusé. Et j'aimais les tatouages qui dépassaient du col de sa chemise. J'avais envie de les voir en entier.

— Tu me laisses une chance de te prouver que je ne suis pas comme Nan ? Je suis super fiable en amitié. J'ai besoin que tu me tendes la main.

À la base, j'étais quelqu'un d'indulgent. Ma grand-mère m'avait enseigné le pardon. Elle m'avait montré la bienveillance en me rappelant que tout le monde méritait une seconde chance. Un jour, qui sait, moi-même je pourrais en avoir besoin.

Je me retournai. Grant était toujours assis sur mon lit. Son T-shirt bleu foncé épousait parfaitement la courbe de ses bras, soulignait les ondulations de sa poitrine et faisait ressortir la couleur de ses yeux. Comment ne pas lui faire confiance ?

— J'aimerais être ton amie, répondis-je sans trop savoir quoi ajouter.

Son sourire en coin réapparut.

— C'est vrai ? Tu vas me pardonner ?

Je hochai la tête et fis un pas en direction du lit.

— Oui. Mais… ne refais jamais ça, ajoutai-je en posant les doigts sur le picotement laissé par ses lèvres sur ma peau.

Grant poussa un soupir abattu.

— Ça ne va pas être facile, mais je ne recommencerai pas. Jusqu'à ce que tu me le demandes.

Il s'interrompit et tapota sur le bord du lit. Je m'approchai et repris ma place. Grant se pencha vers moi.

— Mais Harlow…

Son parfum profondément masculin me donnait envie de le respirer à pleins poumons.

— Oui ?

Je priai pour qu'il ne me touche pas de nouveau. De toute évidence, ça me faisait perdre mes moyens.

— Sache que tu me le demanderas, affirma-t-il.

J'ouvris la bouche, mais il y enfourna un morceau de poulet au miel avant que je n'aie le temps de protester.

— Ne dis rien. Ça me donnera l'occasion de te répliquer « je te l'avais dit » le moment venu. Pourtant je déteste fanfaronner. Surtout devant une fille que j'ai envie de faire sourire.

Je réussis à mâcher le poulet avant que le rire qui bouillonnait en moi ne s'échappe. Décidément, il était craquant. Mais il ne se rendait pas compte que je ne pourrais jamais céder. Ce serait injuste envers lui. Il ne connaissait pas la vérité et je ne voulais pas qu'il la découvre. Elle changeait la perception que les gens avaient de moi. Et je ne supportais pas l'idée que Grant me considère comme d'autres avant lui.

Grant

Aujourd'hui

Je ne l'avais pas vue depuis la nuit du coup de fil concernant Jace. La nuit où… la nuit où j'avais pris sa virginité. Elle était vierge. Je ne m'étais pas attendu à ça. Pour moi aussi, ç'avait été une première. Je n'avais jamais couché avec une pucelle. Ce constat m'avait bien plus affecté que je ne voulais l'admettre. Je savais que je n'étais pas prêt à m'engager, sous aucune forme, et pourtant, j'avais voulu marquer mon territoire. Je me demandais souvent si ça m'aurait fait prendre la fuite quoi qu'il advienne le lendemain, même si Tripp ne m'avait pas appelé.

Et, au final, la voilà. Son père, ou quiconque s'étant assuré qu'elle ne m'approchait pas, ne la tenait plus éloignée de moi.

— La nuit dernière. C'était toi, énonça-t-elle simplement.

J'eus envie de taper du poing contre le mur en jurant comme un charretier. Je n'étais pas d'un naturel violent, je ne perdais jamais mon calme, mais à cet instant j'étais à deux doigts d'exploser. Harlow était ici. Elle m'avait entendu avec Nan. Merde !

— Tu n'as pas appelé. Je n'avais pas compris.

Elle se tut et secoua la tête. J'étais incapable de trouver les mots justes. Ils n'existaient pas. Je n'avais aucune explication à fournir pour qu'elle puisse comprendre. Je la regardai ranger le lait dans le frigo. Elle garda la tête baissée et ne releva les yeux qu'après avoir contourné le plan de travail pour atteindre la porte. Il fallait que je brise ce silence et que je m'explique. J'avais appelé, mais ils ne m'avaient pas laissé lui parler et elle n'avait jamais décroché son portable. Bon sang, elle ne méritait pas ça, pas après m'avoir confié quelque chose d'aussi précieux que son innocence.

— J'imagine que c'est à mon tour de dire « je te l'avais dit », lâcha-t-elle à voix basse en passant devant moi.

J'avais l'impression d'avoir une tonne de briques sur la poitrine. Je serrai les poings, les paupières closes. Qu'est-ce que j'avais fait ? Et pourquoi ? Pourquoi avais-je laissé Nan foutre ma vie en l'air ?

Pourquoi avais-je bu autant de whisky la veille ? Sobre, je ne serais jamais venu. Et Harlow… Harlow… qu'est-ce qu'elle faisait ici ? Je jetai un œil vers la cage d'escalier. J'entendis une porte se refermer. Il n'y avait ni portes claquées ni cris avec Harlow. Elle n'était pas comme ça. N'importe quelle autre femme m'aurait insulté, voire giflé avant de monter l'escalier en coup de vent et de claquer la porte de sa chambre. Mais pas Harlow. Ça rendait la situation encore plus insupportable. Si tant est que c'était encore possible.

Deux mois et trois semaines et demie plus tôt

Harlow sortit de la maison d'un air indécis. Il m'avait fallu vingt minutes pour la convaincre de se baigner avec moi. Elle avait trouvé toutes sortes d'excuses. Mais je pouvais être sacrément persuasif. Son T-shirt trop grand du concert de Slacker Demon couvrait le maillot de bain qu'elle s'était décidée à enfiler. Je l'attendais depuis une demi-heure. J'étais à ça de monter dans sa chambre pour l'extirper *manu militari*. J'étais arrivé à Los Angeles à peine quelques heures plus tôt, car j'avais du mal à rester à Rosemary sans penser constamment au doux sourire de Harlow et j'avais hâte d'être près d'elle.

— Il était temps. J'ai cru que tu allais me laisser barboter tout seul, observai-je en me relevant de mon transat.

Harlow rougit.

— Désolée d'avoir été longue.

Comme si elle avait besoin de s'excuser. Qu'un homme puisse se mettre en rogne contre elle était tout bonnement impensable. Elle était bien trop adorable, d'une sensualité naïve qui me faisait perdre la tête. Impossible qu'elle soit innocente à ce point : elle allait à la fac, elle avait dû sortir avec des mecs. Au lycée, ils devaient tous être à ses pieds.

— L'essentiel est que tu sois là. Allons nager. Il fait chaud aujourd'hui.

Harlow posa les mains sur le bas de son T-shirt et je songeai un instant à plonger au lieu de la regarder l'enlever. C'était l'attitude polie à adopter, mais impossible de détourner mes yeux. Ils étaient scotchés sur le moindre de ses gestes.

Elle et moi... je ne savais pas trop ce qu'on fabriquait. C'était la relation la plus étrange – si on pouvait appeler ça une relation – que j'aie jamais connue. Harlow me laissait approcher un peu plus chaque jour, mais elle ne baissait pas la garde pour autant. Et je n'avais pas réussi à poser une nouvelle fois mes lèvres sur sa peau.

Je me délectai de la vision de ses longues jambes tandis qu'elle soulevait lentement son T-shirt, révélant un maillot de bain une-pièce blanc à col montant. Je ne me souvenais pas de la dernière fois que j'avais vu une fille de mon âge porter un une-pièce. Mais le sien était blanc. Bordel de merde. Je sentis mon sexe durcir tandis que mes yeux remontaient jusqu'à ses tétons granulés qu'on distinguait clairement sous le tissu.

Je m'empressai de piquer une tête avant de lui flanquer la frousse. Je parcourus une longueur sous l'eau puis remontai à la surface et me retournai vers elle. Elle descendait dans la piscine par l'entrée en plan incliné. Bon sang, c'était la perfection incarnée. Elle leva les yeux et me sourit. Heureusement, ma réaction était soigneusement camouflée sous l'eau.

Elle s'avança jusqu'à ce que l'eau arrive à ses épaules et sembla enfin se détendre. Elle n'aimait pas que son corps soit exposé à la vue de tous, ça se lisait sur son visage. Je me demandais bien pourquoi. C'était un vrai défi pour moi : je voulais son corps bien en évidence sous mes yeux et qu'elle y prenne du plaisir.

— Allez, jolie môme. Viens nager avec les grands garçons, la taquinai-je.

Elle pinça les lèvres. Elle n'aimait pas que je l'appelle jolie môme. Ce qui m'encourageait à le faire encore plus.

— Je ne fais pas confiance aux grands garçons, riposta-t-elle.

Elle inclina la tête sur le côté et haussa un sourcil.

Je ris sous cape. Ça faisait un bail qu'une femme ne m'avait pas autant amusé.

— Tu as la frousse ?

Cette fois, ses deux sourcils se dressèrent et j'éclatai de rire. Pour inciter Harlow à faire quelque chose, il suffisait de la narguer. Elle ne reculait pas face aux obstacles ou à la menace. Elle portait en elle cette dureté muette qui restait imperceptible, à moins de passer du temps avec elle.

— Ma jolie môme est toute remontée. Viens me chercher !

Harlow poussa un petit grognement de frustration.

— Arrête de m'appeler comme ça.

— Non.

— Tu me rends dingue.

Je comblai l'écart entre nous.

— Comme la plupart des filles, chérie. Je suis comme ça. Et ça leur plaît.

Un sourire se dessina sur ses lèvres et elle essaya de toutes ses forces de conserver son froncement de sourcils.

— Je me demande bien pourquoi.

Je m'immobilisai à quelques centimètres de son corps.

— Pour les mêmes raisons que toi. Je suis tellement sexy que tu ne peux pas t'en passer.

Cette fois-ci, Harlow se mit à rire.

— Tu crois ça ? Si je ne m'abuse, c'est toi qui débarques invariablement chez moi. Ce n'est pas moi qui ai du mal à rester seule.

Ça n'était pas faux : j'avais pris l'avion depuis la Floride pour la voir. Je posai une main sur sa hanche. Son corps se raidit aussitôt.

— J'ai peut-être du mal à garder mes distances, mais tu ne m'interdis jamais de passer la porte, jolie môme.

Harlow poussa un soupir.

— Tu m'as eue.

— Tu vois ! Je suis sexy et irrésistible.

Harlow fit mine de répliquer puis s'interrompit.

— Tu jettes l'éponge ? lançai-je.

Je m'approchai suffisamment pour que nos corps se touchent presque. Un seul geste et ses seins frôleraient mon torse.

— Qu'est-ce que tu fais ?

Elle avait le souffle court et le regard nerveux d'une biche effrayée.

— Je me rapproche. J'ai envie d'être près de toi.

Harlow prit une profonde inspiration et baissa les yeux sur nos corps avant de les relever sur moi.

— Je ne crois pas qu'entre amis on fasse ça.

Je l'attirai contre mon corps en saisissant ses hanches fermement entre mes mains.

— C'est vrai. Mais je ne pense pas à mes amis comme je pense à toi. Dis-moi que tu n'es pas attirée par moi. Dis-moi que tu n'as pas envie de me toucher ou d'être contre moi.

Si elle me répondait par la négative, j'étais prêt à faire marche arrière. Ce ne serait pas facile, mais je le ferais, pour lui laisser l'espace dont elle avait besoin. Je devais juste l'entendre dire qu'elle ne voulait pas de moi. Parce que moi j'en avais une sacrée envie.

— Je ne suis pas sûre… je ne crois pas… Ce que je veux n'a aucune importance. Nan et toi…

— Nan et moi c'est fini. Nan et moi, ça n'existe plus. Mais il y a toi et moi. Même si tu ne veux pas le reconnaître.

— Je suis tout le contraire de Nan.

— Tu crois que je ne m'en suis pas rendu compte ? Bon sang, si tu étais comme Nan, je ne serais pas ici. J'ai tout arrêté avec Nan parce que c'est une empoisonneuse. Tu n'as rien à voir avec elle.

Le corps de Harlow se détendit imperceptiblement entre mes mains. Je caressai délicatement sa taille d'un mouvement circulaire des pouces.

— La plupart des gars m'apprécient à cause de mon père. Je garde mes distances. Je ne veux pas être un symbole de statut.

Une douleur aiguë traversa ma poitrine en entendant ses paroles. Rush avait connu le même problème, mais c'était un mec et il s'en fichait. À l'époque, il ne cherchait pas à ce qu'on l'aime pour ce qu'il était. Pas jusqu'à l'arrivée de Blaire. L'idée que des types aient utilisé Harlow pour se rapprocher de son père me foutait hors de moi. J'avais envie de traquer jusqu'au dernier des connards qui lui avaient fait du mal.

Du bout des doigts, je soulevai son menton pour qu'elle me regarde dans les yeux. Je voulais qu'elle se rende compte que j'étais sérieux.

— Jamais je ne t'utiliserais pour approcher ton père. J'ai toujours connu Kiro. Rush est mon meilleur ami. Je ne suis pas fasciné par les membres de Slacker Demon, ni par leur style de vie. Il n'est question que de toi. Je te veux toi et personne d'autre, Harlow.

Ses grands yeux noisette s'emplirent de larmes qu'elle ravala d'un battement de cils. Personne ne lui avait-il jamais dit ces mots ?

— Tu veux bien m'embrasser ? murmura-t-elle.

Merde alors, j'avais l'impression d'être au collège avec mon premier béguin. Je sentis mes mains trembler. Je ne m'attendais pas à ça. Pour autant, je ne lui laissai pas le temps de changer d'avis et recouvris ses lèvres des miennes. Le nirvana. Elles étaient si douces. Ce n'est pas pour rien que j'avais commencé à l'appeler « ma douce ».

Je léchai avidement sa lèvre inférieure avant d'explorer sa bouche, absorbant sa chaleur. Je sentis son corps se presser contre le mien et ses mains se perdre dans mes cheveux. J'étais déterminé à la garder. Je ferais tout le nécessaire. Je déménagerais même à L. A. s'il le fallait. Je ne la laisserais pas partir. Pour la première fois de ma vie je me sentais à ma place.

— Je te l'avais dit, murmurai-je contre ses lèvres avant de les happer à nouveau.

Harlow

Aujourd'hui

Il avait appelé une seule fois après que son ami s'était noyé. Ivre, il n'avait pas été d'une grande cohérence. J'avais entretenu l'espoir qu'il rappelle le lendemain, en vain. Je savais qu'il avait beaucoup de peine et en avais conclu qu'il avait besoin de temps. J'avais semé le trouble en permettant à Grant de se rapprocher de moi, et je ne lui avais rien dit. J'avais de la chance qu'il n'ait jamais réellement tenu à moi. J'y avais cru et, pendant un temps, je m'étais laissée porter par ce rêve.

À présent, j'avais plus de jugeote. Ses mots doux n'étaient qu'un subterfuge qui avait eu son petit effet sur moi. J'avais tout gobé. Si seulement je pouvais revenir en arrière jusqu'à cette fameuse nuit. Il fallait que j'arrête avec mes idées romantiques. Je lui avais donné une partie de moi perdue à jamais. Il s'était emparé de ma virginité et s'était enfui sans se retourner. Pour une fois que je jouais le jeu.

Je m'assis sur le lit et contemplai le Golfe par la fenêtre. Les neuf mois à venir allaient être encore plus durs que je ne l'avais imaginé. Il fallait que je gère non seulement Nan, mais aussi Grant et Nan. Je n'allais pas me laisser déstabiliser. J'étais plus forte que ça. Certes, Grant m'avais pris ma virginité, mais l'amour que j'avais porté à Jeremiah Duke m'avait déjà dérobé mon innocence. Je croyais qu'il m'aimait, que c'était pour toujours. Il était tellement gentil ; il portait mes livres à l'école et prenait soin de moi. Quand je lui avais dit la vérité, il avait prétendu que cela n'avait aucune importance.

Et puis je l'avais trouvé derrière les gradins après son entraînement de football américain, la jupe de pom-pom girl de Nikki Sharp relevée, son short à lui baissé, tandis qu'il la baisait contre le mur en ciment. Ç'avait été le coup de grâce. Je m'étais rendu compte que je n'étais rien d'autre que la fille de Kiro ; j'étais anéantie. Seul mon statut social était désirable aux yeux des autres. En soi, je n'avais rien de spécial. Les hommes ne voyaient rien de plus en moi.

Sauf Grant.

Grant était différent. À ses yeux, je n'étais pas la fille de Kiro. Je représentais un défi : il avait tâté la marchandise, puis s'en était allé. Ma grand-mère m'avait toujours mise en garde contre les types de son acabit. Elle serait tellement déçue si elle me voyait aujourd'hui. Je secouai la tête. Je ne pouvais pas me permettre de penser à cela, ça ne faisait qu'empirer la situation. J'étais une battante, je ne m'appesantissais pas sur ce genre de souci. L'autoapitoiement ne servait à rien. Ça ne me ressemblait pas. Où que je me trouve et quelle que soit la situation, je survivais à tout. C'était mon point fort. Ma grand-mère disait toujours : « Ma fille, tu ferais bien de relever le menton et de ne pas laisser voir ton point faible. Fais preuve d'une volonté de fer. Je n'ai pas élevé une princesse gâtée, mais une femme. Une femme qui travaille dur, qui est autonome et qui n'a pas besoin d'un homme pour s'en sortir. Tu m'entends ? » Ma grand-mère ne m'avait jamais traitée comme si j'avais un problème. Elle était convaincue que j'étais normale et que j'allais bien. Par moments je pensais la même chose.

Je me relevai. J'allais prendre une douche et me préparer pour aller au club. Il y avait un prof de tennis avec qui je pourrais m'entraîner. Après quoi j'irais faire une partie de golf. J'allais remplir mes journées d'activités en solo. Et pourquoi pas lézarder à la piscine du club. J'allais m'en sortir.

Deux mois et trois semaines plus tôt

Le lendemain qui suivit son baiser au bord de la piscine, Grant avait disparu. Il s'était immédiatement comporté de manière étrange. Je ne savais pas s'il y avait un problème ou s'il avait regretté son geste sans savoir comment me fuir. J'avais eu la réponse en me réveillant le lendemain : Grant n'était plus là.

Mon père aussi était parti. Il n'était pas rentré après sa dernière beuverie, mais cela ne me surprenait pas vraiment. La fuite de Grant m'avait blessée. Je détestais l'idée d'avoir ressenti des choses pour lui. Ce baiser avait été une erreur. Je n'étais pas son genre de filles et ne voulais pas l'être. Nan n'était pas de celles qu'une personne saine d'esprit avait envie de fréquenter.

Depuis l'épisode avec Grant, l'idée de m'enfermer dans ma chambre pour lire était moins attrayante. Je décidai à la place de me consacrer au tennis et à la natation. Je chassai de mon esprit l'image de son visage. Il aurait fallu mettre un panneau d'avertissement sur ses lèvres : *Attention, ne pas toucher.* J'avais tellement de mal à les oublier.

Trois jours après qu'il se fut volatilisé, j'avais réussi à reléguer son souvenir dans un coin de ma tête et je faisais des longueurs à la piscine. Aussi, lorsqu'en sortant la tête de l'eau, je tombai sur Grant Carter qui m'observait depuis le bord du bassin, je crus que mon esprit me jouait des tours.

Je repoussai mes cheveux mouillés et passai une main sur mes yeux. Lorsque je les rouvris, il était toujours là.

— Salut, lança-t-il.

J'eus envie de lui balancer quelque chose à la figure pour lui faire ravaler son sourire sexy. Pour ça aussi, il aurait fallu un panneau d'avertissement.

Je n'étais pas d'humeur à lui parler.

— Nan n'est pas ici, assénai-je.

Elle n'était pas rentrée depuis la dernière fois qu'elle était partie à Rosemary. À tous les coups, Grant s'était enfui là-bas lui aussi. Pour la trouver. Comme chaque fois.

— Je sais, rétorqua-t-il.

La meilleure chose à faire aurait été de continuer mes longueurs et de l'ignorer. Mais il aurait pu prendre ça comme une invitation à me rejoindre dans l'eau.

— Qu'est-ce que tu veux ? demandai-je sur le ton le plus agacé dont j'étais capable.

— Je suis venu te voir. On dirait bien qu'une fois qu'on t'a embrassée, on a du mal à t'oublier.

Pas ce à quoi je m'attendais. J'avalai nerveusement la boule dans ma gorge. J'allais céder et lui pardonner trop facilement s'il se mettait à dire des choses pareilles. Où était passée ma volonté ? J'étais plus forte que ça.

— Tu m'en veux d'être parti.

Je m'apprêtai à riposter puis changeai d'avis. En jouant le jeu, je risquais de lui donner encore plus d'importance. Inutile qu'il sache à quel point il m'affectait.

— J'ai fait une belle connerie. Mais tu m'as fait peur. J'adore flirter avec des jolies filles, mais j'ai du mal à gérer quand un simple baiser me fait tourner la tête. Tu me donnes des envies et des sensations pour lesquelles je ne suis pas prêt.

Je m'attendais à des excuses minables, pas à ça.

— Oh, parvins-je à articuler.

Qu'est-ce que cela voulait dire, exactement, que notre baiser lui avait fait tourner la tête ? Était-ce une bonne chose ?

Grant passa une main dans ses cheveux indisciplinés et poussa un soupir frustré.

— Je n'aurais pas dû te laisser sans explication. C'était injuste, je ne pensais qu'à moi. C'est tout moi, ça. Je... Qu'est-ce que je peux faire pour que tu me pardonnes ?

Il n'était pas en train de me demander pardon. Il m'interrogeait sur le moyen d'obtenir mon pardon. M'avait-on déjà posé cette question ? C'était inédit.

Des sonnettes d'alarme se déclenchèrent dans ma tête, mais je les ignorai. Mon cœur voulait lui pardonner. Je ne voulais pas le repousser. Jamais personne n'avait à ce point pris le temps de faire ma connaissance. Pour moi qui avais l'habitude d'être seule, que quelqu'un désire me connaître au point d'admettre ses erreurs et de me demander comment les réparer signifiait plus qu'il ne pouvait l'imaginer.

— Ne recommence pas, répliquai-je.

Les yeux de Grant s'arrondirent, puis un mince sourire se glissa sur son séduisant visage.

— D'accord.

Je reculai tandis qu'il passait sa chemise par-dessus sa tête. Il la jeta par terre et retira ses chaussures, puis ses yeux se posèrent sur moi.

— Cette fois-ci, je ne pars pas. Quand tu en auras marre de moi, il faudra me mettre dehors.

Je ne pus m'empêcher de sourire bêtement.

Deux mois et deux semaines plus tôt

Lorsque la porte de ma chambre se referma derrière nous, je savais que le moment était venu. Depuis une semaine, nous ne faisions que nous embrasser et nous caresser. Nous avions du mal à nous tenir tranquilles. Grant me faisait ressentir des choses incroyables. Il m'avait montré ce qu'était un vrai orgasme. Il m'avait également appris que je pouvais crier de plaisir. Il aimait bien quand j'étais bruyante. Ça le rendait encore plus intense. Sa respiration accélérait et ses yeux brillaient d'excitation.

Mais, ce soir, j'en voulais plus. Cette fois, je n'arrêterais pas quand les choses iraient plus loin. Je n'allais pas garder mon haut. J'allais nous laisser faire ce que nous désirions tous les deux. J'avais vingt ans. Le moment était venu de devenir une vraie femme et d'avoir des relations sexuelles. Je m'accrochais à ma virginité comme à un trophée alors que je voulais faire l'expérience d'une connexion totale avec quelqu'un d'autre. Je voulais sentir Grant à l'intérieur de moi, être au plus proche de lui. Je voulais éprouver tout cela.

Grant se colla contre mon dos, ses lèvres effleurant mon cou. J'avais les jambes en coton chaque fois qu'il faisait ça.

— Ta peau est un délice, me murmura-t-il à l'oreille. J'ai envie que tu enlèves ton haut. Ça fait une semaine que je ne pense qu'à prendre tes tétons en bouche.

Il posa les mains sur le bas de mon T-shirt, le tira par-dessus ma tête puis dégrafa mon soutien-gorge. Il le détacha de mon corps et resta un instant figé. Je savais qu'il allait découvrir ce spectacle, je m'y étais préparée. Il caressa du bout des doigts la cicatrice qui barrait ma poitrine. Avec le temps, elle était devenue à peine visible.

— Qu'est-ce que c'est ?

— Je suis née prématurée, dix semaines trop tôt. J'ai subi des interventions chirurgicales avant d'être tirée d'affaire.

Je ne voulais pas en dire plus. Inutile qu'il sache la vérité. Cela suffisait amplement. Il posa ses lèvres sur ma poitrine et embrassa ma cicatrice. Je me sentis coupable de ne pas avoir été entièrement honnête et fermai les yeux. Ses grandes mains recouvrirent alors mes seins et je poussai un soupir de plaisir.

— Ça te plaît, jolie môme ?

Je parvins à hocher la tête tandis qu'il m'embrassait dans le cou tout en malaxant doucement mes tétons.

— C'est ça, bébé, cambre-toi.

Je ne m'étais même pas aperçue que je le faisais. Ses caresses me rendaient insatiable. Il me donnait des sensations enivrantes. Je brûlais de désir. Grant m'avait fait accéder à un monde de plaisir et d'excitation totalement insoupçonné.

— Allonge-toi sur le dos. Tes petits tétons exigent mon attention.

Je m'exécutai. J'en avais autant envie que lui. Je pris place sur le lit juste à temps pour voir Grant retirer sa chemise et distinguer le tatouage qui descendait de son épaule droite jusqu'à ses pectoraux. Je n'étais pas sûre de ce qu'il représentait, mais c'était sexy. On aurait dit une sorte de motif tribal assorti de symboles chinois sur le haut de son torse. Plus tard, il faudrait que je lui pose la question.

Grant déboutonna son jean. J'étais fascinée par le bas de son abdomen, les muscles compacts de son ventre, la manière dont ses hanches ressortaient, et la petite zone de poils juste sous l'élastique de ses sous-vêtements. Je voulais voir à quoi ça ressemblait plus bas, mais jusqu'à ce soir je n'en avais pas eu l'occasion. Chaque fois Grant retirait ma culotte, mais disait toujours qu'il gardait son pantalon s'il ne voulait pas perdre la tête. Je n'insistais pas, mais j'étais curieuse.

Grant se glissa sur moi en me fixant d'un regard avide. Sans détourner les yeux, il posa les lèvres sur mon sein et aspira mon téton dans sa bouche. Je le regardai faire. Je sentis mon ventre palpiter et je dus serrer les cuisses pour atténuer l'élancement à mon entrejambe.

Grant lécha mon téton du bout de la langue en souriant avant de diriger son attention sur mon autre sein.

Je m'agrippai aux draps pour m'empêcher de crier. C'était si bon. La chaleur de sa bouche sur mon corps, surtout sur les zones sensibles, était incroyable.

Il libéra de nouveau mon téton et fit glisser ses lèvres en direction de mon ventre. Il allait bientôt ôter mon short et de ses lèvres m'envoyer au nirvana. Ce soir, je voulais aller plus loin.

— Enlève ton pantalon, ordonnai-je.

Il se figea et ses yeux se rivèrent sur moi tandis qu'il déposait un baiser sous mon nombril.

— Tu connais les règles. Je ne peux pas faire ça. Je ne me fais pas confiance.

De nouveau, j'avalai la boule dans ma gorge.

— J'ai envie… je veux que tu enlèves ton pantalon. Je n'ai pas l'intention de t'empêcher de faire quoi que ce soit…

Je ne savais pas trop comment on signifiait à son amant qu'on était prête. Je n'avais encore jamais été dans cette situation.

Grant fronça les sourcils, ses yeux étincelant de cette lueur d'excitation qui les habitait lorsque je redescendais des sommets vers lesquels il me propulsait.

— Merde, tu es en train de me dire que je peux enfin te sentir en entier ?

Je m'étais préparée à ce qu'il ait des mots crus, mais ça ? C'était encore mieux. C'était sincère. En faire trop ou jouer la carte du romantisme aurait dénaturé l'instant. Entre nous, il était question d'attirance physique, j'en avais bien conscience. Je n'avais pas besoin de mots doux artificiels. J'avais envie d'honnêteté, et Grant semblait le comprendre.

Grant se glissa sur moi et posa une main de chaque côté de ma tête puis planta ses yeux dans les miens.

— On n'est pas obligés de faire ça. Ce n'est pas ce que je te demande. Si tu n'es pas prête, ça me va aussi. J'attendrai.

Pour cette simple raison, j'étais prête. Il était sincère. Il ne voulait pas me forcer la main.

— J'en ai envie… J'ai envie de toi.

— Bon sang, lâcha Grant en se relevant.

Il fouilla dans sa poche dont il ressortit un préservatif. Je ne savais pas trop quoi en penser ; j'étais contente qu'il soit paré, même si ça me dérangeait un peu. Il le jeta sur le lit. Puis, enfin, je pus le contempler en train de retirer son jean. Il le laissa tomber par terre avec son caleçon blanc. Je restai bouche bée. J'avais senti son sexe à plusieurs reprises à travers son pantalon ; une fois, je m'étais frottée contre jusqu'à en avoir un orgasme. Mais je n'avais jamais imaginé qu'il serait aussi… gros. Je n'étais pas sûre qu'il puisse entrer.

Grant ne me laissa pas le temps de m'en inquiéter. Il retira mon short et ma culotte d'un mouvement ferme et se hissa de nouveau sur le lit. Il posa les mains sur mes genoux et écarta mes cuisses. Je n'étais pas prête à ce qu'il soit aussi direct. J'avais besoin qu'il y aille progressivement…

Grant commença à embrasser l'intérieur de ma cuisse, puis remonta lentement vers l'endroit où je désirais sa bouche plus que tout. Il déposa un baiser au sommet de mon pubis puis je sentis sa langue descendre lentement en mon centre, et je sus que j'étais prête. Je serrai les draps de toutes mes forces et poussai un cri de soulagement lorsqu'il aspira mon clitoris dans sa bouche.

La première fois qu'il avait fait ça, je m'étais sentie gênée, jusqu'à ce que, à bout de souffle, j'atteigne en criant des sommets de plaisir. Et il n'avait pas relâché ses efforts – il avait recommencé. Quand il m'avait laissée cette nuit-là, j'étais épuisée et incapable de bouger.

Je ne pouvais le comparer à personne, mais j'étais sûre que Grant était expert en la matière. Je ne voulais pas non plus m'attarder sur le sujet, mais le fait est qu'il savait ce qu'il faisait. Il arrivait à me faire perdre mes moyens, moi qui ne perdais jamais le contrôle.

Je ressentis à l'intérieur de moi la poussée et le raidissement familiers, signe de l'excitation de mon corps. Je savais à quel point le nirvana vers lequel Grant m'emportait aisément était délicieux. Lorsqu'il s'arrêta, je faillis hurler en signe de protestation. J'y étais presque.

Il remonta le long de mon corps, déposant jusqu'à mon cou des baisers appuyés sur ma peau brûlante.

— Je vais mettre la capote, murmura-t-il en prenant le sachet que j'avais déjà oublié.

Il le déchira et je l'observai dérouler le préservatif le long de son membre large.

— On dirait que tu as peur, observa-t-il.

Il restait immobile et je levai les yeux sur lui.

— Ça va entrer ?

Il eut un petit sourire en coin.

— Oui, ma douce, ça va entrer.

Je le trouvais bien optimiste. Je n'étais pas si sûre.

Grant embrassa de nouveau mon cou et mordilla mon oreille tandis qu'il se positionnait entre mes jambes ouvertes. J'allais le faire. J'en avais envie.

— Tu as l'air tendue. Tu as eu de mauvaises expériences ? s'enquit Grant, le front barré d'inquiétude.

Je secouai la tête. Non, je n'avais pas eu de mauvaise expérience. Je n'avais aucune expérience. Il ne le savait donc pas ? Nous n'en avions jamais parlé, mais il avait bien dû s'en rendre compte.

— Je crois que je sais à quoi m'attendre… d'après ce que j'ai entendu.

Le corps de Grant se figea au-dessus du mien. Son froncement de sourcils se mua en expression de surprise.

— Qu'est-ce que tu veux dire ? On est d'accord que tu as déjà…

Il ne savait pas. Comme quoi, il ne s'en était pas aperçu.

— C'est ma première fois.

Grant ferma les yeux et marmonna un juron. Il n'aimait pas le faire avec des vierges ? Ça n'était pas bien ? J'avais envie de mettre de la distance entre nous. Pour la première fois, je me sentais vulnérable.

Il rouvrit les yeux et me dévisagea. La douceur de son regard me prit au dépourvu. Il nicha sa tête dans le creux de mon cou et prit une profonde inspiration. Je restai silencieuse.

— Tu m'as choisi, énonça-t-il simplement.

Son souffle chaud contre ma peau me fit frissonner et son corps trembla à son tour. Il releva la tête et plongea son regard dans le mien.

— Je vais faire ça bien, je te le jure.

Je n'en doutais pas une seconde. Je savais que j'allais avoir mal au début – je n'étais pas totalement ignorante sur le sujet – et je n'aurais probablement pas d'orgasme cette fois-ci, mais je voulais Grant en moi. Je voulais me sentir plus proche de lui que de quiconque. Voilà ce que j'attendais.

Grant déposa délicatement ses lèvres sur les miennes, puis laissa descendre son corps jusqu'à ce que l'extrémité de son sexe appuie sur ma peau. La sensation m'excitait autant qu'elle m'effrayait. Je soulevai les hanches pour le rassurer et il se glissa en moi. Lorsqu'il atteignit la barrière, il plongea son regard dans le mien et donna une poussée fulgurante des hanches. La douleur, comme une brûlure superficielle, ne me fit pas crier. Il m'avait pénétrée entièrement et se tenait immobile.

— Bon sang, tu es tellement étroite, lâcha-t-il d'une voix rauque. On dirait… (À bout de souffle, il baissa la tête et prit une profonde inspiration.) … un gant de satin chaud qui me serre parfaitement. Nom de Dieu, bébé.

Je n'étais pas sûre de ce que ça voulait dire, mais ses halètements me laissaient entendre qu'il y prenait du plaisir. La réalité dépassait mes attentes. J'étais pleine et entière. Grant était en moi et je me sentais comblée.

— Il faut que je bouge, mais je n'ose pas, dit-il en se retirant lentement avant de replonger en moi.

Un son grave sortit de sa poitrine, qui me donna des frissons de volupté. Le voir ainsi transporté de plaisir à être en moi m'excitait follement. J'écartai les cuisses et il me pénétra plus profondément encore en poussant un juron qui sembla lui arracher la poitrine.

Le son de sa voix faisait palpiter mon clitoris. Je me sentis partir vers l'extase. J'avais envie de le supplier pour qu'il accélère la cadence. Qu'il y aille plus fort. À chaque poussée, il frottait mon clitoris et massait un point irrésistible à l'intérieur de moi.

— C'est incroyable, lâcha-t-il dans un grognement avant de couvrir ma bouche d'un baiser vorace.

Il ne m'avait jamais embrassée de la sorte. Il perdait le contrôle exactement comme quand il m'embrassait entre les jambes. J'atteignais le sommet avec lui. Le voir ainsi faisait réagir mon corps de façon totalement inédite.

— C'est agréable, maintenant, le rassurai-je.

Il se raidit puis baissa de nouveau la tête jusqu'au creux de mon cou.

— Tu n'as plus mal ? demanda-t-il d'une voix étranglée.

— Non.

La sensation de brûlure était encore présente, mais étouffée par le plaisir.

Il se redressa pour me dévisager. Les muscles de son cou se contractèrent tandis que sa mâchoire se figeait, comme s'il retenait quelque chose de toutes ses forces.

— C'est… c'est plus que… (Il ferma les yeux et une expression de douleur se peignit sur son visage.) Je ne vais plus tenir très longtemps. J'y suis presque.

Ces dernières paroles suffirent à me faire grimper en flèche. Je l'entendis hurler mon nom tandis que je criai le sien et soulevai les hanches pour accueillir son ultime coup de reins. J'enroulai mes jambes autour de sa taille pour le maintenir contre moi, désireuse de ressentir jusqu'au dernier spasme de son orgasme en moi. Je ne voulais surtout pas qu'il bouge.

Arrimée à lui, je laissai s'exprimer chaque cri qui sortait de ma bouche.

— C'était incroyable, je n'avais jamais connu ça. Tu m'as tué, bordel. Je ne pourrai plus jamais m'en passer, me murmura-t-il à l'oreille tandis que son corps tressautait contre le mien.

C'était exactement ce que je voulais moi aussi. Jamais je n'avais imaginé que je passais à côté d'une telle expérience. Je ne raterais plus jamais une seule occasion. J'en voulais plus et ma peur de la vérité s'était estompée. Je ne pouvais pas arrêter l'engrenage. Pas maintenant.

Grant

Aujourd'hui

En la suivant à l'étage, je courais le risque que Nan ne se réveille et ne nous voie ou ne nous entende. Je n'avais pas peur de Nan, mais de ce qu'elle pouvait faire à Harlow. J'étais persuadé que celle-ci n'était pas ici par choix. Nan savait qu'elle se trouvait ici lorsqu'elle m'avait ramené. Pour elle, c'était un jeu, avec un motif secret à la clé, comme toujours. Et j'étais tombé en plein dans le panneau.

Kiro n'était pas fan de Nan, mais il adorait Harlow. Je ne voyais pas pourquoi il avait envoyé la seconde vivre avec la première. La maison lui appartenait. C'était sans doute la seule raison pour laquelle Nan avait toléré que sa demi-sœur s'installe ici : parce que Kiro ne lui avait pas laissé le choix. Ça semblait assez évident.

— Qu'est-ce que tu fais encore ici ? demanda Nan en passant devant moi dans un débardeur microscopique et une culotte qui peinait à couvrir son cul.

Avant, mon sang n'aurait fait qu'un tour. Son corps était capable de faire bouillir la sève de n'importe quel homme.

Mais plus maintenant. J'en étais revenu. Avec elle, le sexe était totalement insipide.

— J'allais me servir un café avant de partir, mais je peux m'en passer, répliquai-je en pivotant les talons en direction de l'escalier.

— Prends-toi un café si ça peut te faire plaisir. Après ça va-t'en, j'ai des choses à faire aujourd'hui, cria-t-elle dans mon dos.

Je n'allais pas rester dans les parages. Je voulais parler à Harlow seule, mais pas ici.

— Non merci. Tu es réveillée maintenant. Il est temps d'y aller.

C'était la dernière fois. Elle me prenait pour un sextoy qu'elle pouvait sortir et utiliser à sa guise. Le fait est que je m'étais livré au jeu. Mais chaque fois je fermais les yeux en m'imaginant avec quelqu'un d'autre. Ce n'était jamais aussi bien mais ça m'aidait à gérer.

La culpabilité était en train de me consumer. Avoir abandonné Harlow, quelques heures à peine après avoir été dans ses bras, pour me précipiter dans le jet privé de Slacker Demon et faire face à la mort d'un ami m'avait brisé. La vie était courte. Ce jour-là, cet adage avait pris tout son sens. Le spectacle du cercueil de Jace s'enfonçant dans sa tombe avait été un sacré choc. On disposait de combien de temps ? En voyant Bethy s'effondrer en pleurs, j'avais mesuré à quel point ce genre de douleur était insupportable. Bethy allait vivre le restant de ses jours sans lui. Ça me foutait les jetons.

Je n'avais jamais aimé personne comme elle avait aimé Jace. Mais je n'en étais pas loin… J'avais flanché et puis je m'étais ressaisi. Je ne pouvais pas me permettre d'être aussi fragile. Et si je me laissais totalement posséder par Harlow ? Je voyais bien à quel point c'était facile. Pour moi, Harlow était la bonne. Si je la laissais faire, elle allait prendre possession de mon âme. C'était impossible.

Chaque nouveau sanglot qui déchirait Bethy m'avait fait l'effet d'une douche froide. J'avais regardé Rush serrer sa femme, Blaire, qui pleurait en silence tout contre lui. Et je l'avais lu sur son visage : il avait donné son âme. Et il pensait la même chose, mais pour lui c'était trop tard.

Désormais, il était vulnérable. S'il la perdait, il n'y survivrait pas. Elle emporterait avec elle son dernier souffle vital. Sans elle, il ne pourrait plus respirer. Ce jour-là, après mon départ, j'avais bu jusqu'à engourdir toute pensée de Harlow. Le doux parfum de sa bouche s'était brouillé et la sensation que j'avais ressentie lorsque je l'avais pénétrée n'était plus qu'un souvenir.

Harlow me faisait peur. Ce que je ressentais pour elle m'effrayait. J'avais lutté pour ne pas retourner vers elle. Je m'étais laissé tourmenter par les souvenirs : son sourire qui gonflait de joie ma poitrine, ses petits soupirs innocents de plaisir. Et puis cette fameuse nuit… cette nuit hallucinante. J'avais peur de ne jamais réussir à l'effacer de ma mémoire pour passer à autre chose. Je n'avais jamais laissé quiconque exercer une telle emprise sur moi. Lorsque Harlow avait commencé à filtrer mes appels et que son père m'avait interdit de l'approcher, j'étais enfin parvenu à repousser ces souvenirs aux confins de ma mémoire. Le whisky y était pour beaucoup. Sans lui, j'avais plus de mal à l'oublier. L'alcool aidant, son souvenir était moins douloureux.

Le besoin de la voir avait commencé à reprendre le dessus, et j'avais appelé Dean Finlay pour qu'il m'aide. Il m'avait expliqué que Kiro me ferait coffrer si je posais un pied sur leur propriété. Il n'aimait pas la façon dont j'avais utilisé Harlow. Kiro croyait que j'avais couché avec Harlow pendant que je le faisais encore avec Nan. J'avais essayé de me défendre, mais Dean m'avait raccroché au nez.

Alors je m'étais mis à boire encore plus, parce que sobre, le besoin de la voir revenait en force. Avant, je buvais pour gérer le bordel de Nan. À présent, c'était pour oublier ce que j'avais fait à une personne innocente. Deux mois que cela durait : ça me permettait d'affronter la mort de Jace et de faire passer le parfum de ce que j'avais eu, mais détruit.

Et après tout ça… Kiro avait envoyé Harlow ici, pile sous mon nez, sans protection. J'étais complètement déboussolé.

J'atteignis la chambre de Nan et le dégoût me prit de nouveau à la gorge. Je me sentais sale. Coucher pour m'amuser ne m'avait jamais écœuré, mais ça… c'était dégueulasse. Je me détestais. J'enfilai précipitamment mon jean, mon T-shirt et mes bottes.

Je ne pris même pas la peine de dire au revoir à Nan. Je n'en avais pas envie et de toute façon elle s'en foutait. Et comme ça, je me suis tiré. Il fallait que je me lave de tout ça, que je me lave d'elle. Après quoi, j'allais appeler Harlow et trouver un moyen de m'expliquer. En espérant qu'elle me laisse une chance de le faire.

La petite Audi noire garée dans l'allée à côté de mon 4×4 m'avait fait l'effet d'un coup de couteau dans le cœur. Pourquoi ne l'avais-je pas remarquée la nuit dernière ? J'aurais dû me rendre compte que la maison n'était pas vide. Mais j'avais trop picolé, je n'avais rien vu.

Je sortis les clés de ma poche, claquai la portière et démarrai le moteur, furieux contre moi-même. Aujourd'hui je ne boirais pas. Ni aucun autre jour à partir de maintenant. Je ne pouvais plus me le permettre. Il fallait que je trouve le moyen de gérer la présence de Harlow et de lui faire comprendre pourquoi j'avais fait marche arrière.

En espérant qu'elle comprenne. Je ne voulais pas qu'elle souffre. Mais, malgré tout le désir que j'avais pour elle, la peur d'être à ce point vulnérable face à quelqu'un l'emportait sur le reste. Elle m'avait fait confiance et je l'avais trahie. Je ne me le pardonnerais pas.

Il fallait que je parle à Rush. C'était le seul à qui je pouvais m'adresser. Nous n'étions peut-être pas frères de sang, mais je le considérais comme tel depuis que j'étais petit. De toute ma vie, c'était la seule personne que j'avais laissée m'approcher. Même mon père ne me connaissait pas vraiment. Il faut dire qu'il n'avait jamais vraiment essayé. Quant à ma mère… c'était carrément une autre histoire.

J'appelais Rush avant de sortir de l'allée.

— Ouais, répondit-il, sa voix accompagnée du rire d'un bébé.

— J'ai besoin de te parler. Tu t'occupes de Nate aujourd'hui ?

Rush passait plus de temps avec son fils que tous les pères de ma connaissance. On pouvait penser qu'il voulait offrir à son gamin tout ce que lui-même ou moi n'avions jamais eu, mais ça allait plus loin que ça : il adorait son fils, il adorait sa femme et il ne supportait pas d'être éloigné d'eux.

— Je suis avec Blaire. On est en route pour la plage, mais si c'est important, elle ne m'en voudra pas de m'absenter une petite heure, répliqua-t-il après avoir perçu l'urgence dans ma voix.

Si ça ne l'ennuie pas. J'ai vraiment besoin de parler.

— Je termine de mettre de la crème solaire au petit bonhomme et je les aide à se préparer. Je te rejoins chez toi.

— Je me dirige vers le club. Retrouve-moi là-bas. Et merci, ajoutai-je.

— Pour toi, uniquement, répondit-il.

Et je compris. En dehors de Nate et Blaire, il ne prenait de temps pour personne à part moi. C'était notre lien à nous.

— Et remercie Blaire pour moi.

— O.K. À tout à l'heure.

Je raccrochai et jetai mon téléphone sur le siège passager, direction le country club.

Harlow

Je n'eus aucune peine à trouver le country club. Rosemary Beach était une petite bourgade de bord de mer, pas à proprement parler une ville. C'était le lieu de résidence et la destination de vacances préférée des élites. Après l'avoir traversée et découvert les maisons qui bordaient le Golfe, je compris pourquoi Nan voulait y vivre.

Je m'arrêtai à la grille du club et montrai au portier la carte d'adhérent que mon père m'avait donnée. L'homme ouvrit les grands battants de fer forgé et je suivis les panneaux jusqu'au voiturier. Je n'avais pas envie de partir en quête du parking et j'en profiterais pour demander qu'on m'indique les terrains de tennis.

Un jeune homme en polo et short blancs s'approcha de la voiture. J'eus le temps d'attraper ma raquette avant qu'il n'ouvre la portière.

— Bonjour, mademoiselle, lança-t-il avec un sourire avenant.

Une longue mèche blonde tomba devant ses yeux et il la remit en place derrière son oreille. Il avait une dégaine de surfer.

— Bonjour, répondis-je en hissant mon sac sur mon épaule. Je suis nouvelle. Pourriez-vous m'indiquer les terrains de tennis ?

Il hocha la tête.

— Prenez l'entrée principale devant vous, puis la première à gauche et traversez la porte donnant sur la terrasse. Descendez l'escalier et tournez à droite. Les terrains seront tout droit.

L'explication était claire.

— Merci, répliquai-je en lui tendant mes clés.

— Pourrais-je voir votre carte, mademoiselle ? Je dois enregistrer votre véhicule dans notre base de données.

Je sortis la carte du tableau de bord.

Il la parcourut rapidement, l'inséra dans un lecteur, puis me la rendit.

— N'hésitez pas à nous prévenir lorsque vous souhaiterez récupérer votre voiture, mademoiselle Manning.

— Merci.

J'eus envie de lui dire qu'il pouvait m'appeler Harlow, mais c'était inutile. Il aurait vraisemblablement des ennuis avec la direction si on le surprenait à m'appeler par mon prénom.

J'avançai vers l'entrée. La certitude de ne pas croiser Nan était un immense soulagement. Un homme vêtu comme son collègue à l'extérieur m'ouvrit la porte et je suivis les indications jusqu'aux courts de tennis.

En passant devant le restaurant, je décidai d'y revenir pour le déjeuner. Le lieu était agréable et les effluves de nourriture sentaient divinement bon. Une fille en short et polo blancs, les cheveux châtains noués en une natte haute, s'arrêta devant moi. De toute évidence, elle était employée au country club : elle portait le même uniforme que les hommes, en plus cintré. Un fin sourire se dessina sur son visage, qui me disait quelque chose.

— Harlow ?

Je finis par la reconnaître. Je l'avais croisée au mariage de Rush et Blaire.

— Oui, répondis-je, frustrée de ne pas me remémorer son prénom.

Ce jour-là, Grant m'avait embrouillé l'esprit et je ne me souvenais pas de grand-chose en dehors de ma conversation avec lui.

— Bethy, l'amie de Blaire. Nous nous sommes rencontrées au mariage, précisa-t-elle.

Je sentis mon visage s'empourprer. J'avais horreur de ne pas me souvenir des gens. C'était le signe de mon inaptitude sociale.

— Je me souviens, répondis-je en souriant. Ravie de te revoir, ajoutai-je en priant pour ne pas faire de faux pas, vu que je me sentais déjà suffisamment bête comme ça.

L'expression de Bethy était affable, mais on pouvait lire une certaine tristesse dans son regard.

— Tu as rencontré beaucoup de monde ce jour-là. Je ne savais pas que tu étais à Rosemary.

J'aimais bien cette fille. Elle me mettait à l'aise, ce qui était rare.

— J'habite ici pendant que mon père est en tournée. Il m'a envoyée vivre avec Nan.

Bethy ouvrit les yeux tout grands et émit un sifflement grave.

— Merde alors, je croyais que tu étais celle des deux qu'il aimait bien.

De toute évidence, elle était très proche de Blaire et connaissait parfaitement la situation de notre famille.

— Il a acheté la maison pour Nan ici, en échange de quoi j'ai le droit d'y loger moi aussi quand il est en tournée. Il n'aime pas me laisser seule à L. A., expliquai-je en essayant de ne pas avoir trop l'air de prendre la défense de mon père.

Bethy poussa un long soupir.

— Personnellement, je me farcirais Los Angeles, à ta place.

Je me mordis la lèvre pour m'empêcher de rire.

— Tu sais très bien que j'ai raison. Cette pétasse te déteste, poursuivit-elle. Elle déteste Blaire aussi. Vous devriez faire équipe, Blaire et toi, et unir vos forces.

— Blaire est super. Je suis si heureuse que Rush l'ait rencontrée.

Bethy me dévisagea un instant.

— Rush et toi devez beaucoup vous ressembler. Vous avez pratiquement été élevés par Slacker Demon.

Il y avait aussi mon frère Mase. Personne ne le mentionnait jamais. Il vivait avec sa mère dans un ranch au Texas. Mon père était allé lui rendre visite plusieurs fois, mais Mase se rendait rarement à L.A. Il aimait sa vie texane. Sans compter qu'il était très proche de son beau-père.

— Oui, on en a connu des belles.

Je fis volontairement l'impasse sur Mase. Je voulais éviter toutes les questions auxquelles je ne savais pas trop répondre. Mon père n'avait pas vu Mase depuis plus d'un an, mais ce dernier m'appelait au moins une fois par mois pour prendre de mes nouvelles. Ma grand-mère s'assurait toujours de nous réunir plusieurs fois par an. Je ne l'avais pas vu depuis qu'elle était morte, mais je n'avais jamais rien dit à mon père : j'avais peur qu'il soit blessé par l'attitude de Mase.

— En tout cas, je suis contente que tu sois à Rosemary, même si tu mériterais de crécher ailleurs. Tu trouves tes marques ou tu as besoin d'aide ? demanda-t-elle. (Elle posa les yeux sur ma jupe de tennis et la raquette accrochée à mon épaule et sourit.) Tu cherches les courts. Suis-moi. Je vais m'assurer que Nelton, le prof de tennis, te laisse tranquille. Il est salace. L'autre prof, Adam, est beaucoup plus sympa. C'est lui qu'il te faut.

C'était bon à savoir ; je notai mentalement d'éviter Nelson. Bethy fit demi-tour et se dirigea vers la porte. Sa queue-de-cheval oscillait de droite à gauche à chacun de ses pas, mais son allure manquait d'entrain. Je ne la connaissais pas très bien, mais ce détail me sembla étrange.

En franchissant la porte, elle fit signe à plusieurs personnes, pour la plupart des membres du club. Je pus constater qu'elle entretenait une relation amicale avec la clientèle quand bien même elle travaillait ici. Je n'avais pas l'habitude de ce genre d'établissement. Cette ambiance me plaisait beaucoup.

— Tu joues souvent au tennis ? demanda Bethy en se retournant vers moi.

— Chez mon père, il y a un terrain. Je m'en sers pour m'exercer et passer le temps, tout simplement. Ça permet de réfléchir.

— Et ici d'échapper à Nan. Bonne idée.

Cette fois-ci, je ne pus m'empêcher de sourire.

Un grand blond au teint mat et aux yeux verts nous vit avancer vers lui. Ses yeux se mirent aussitôt à se promener sur tout mon corps. J'étais mortifiée. Il portait sa visière à l'envers et arborait une tenue de tennis blanche.

— Pas touche, Nelson. Restes-en à tes cougars. Je cherche Adam, asséna Bethy et je me serrai contre elle en passant devant lui.

— Et si tu la laissais décider ? Pour elle, c'est une heure offerte, répliqua-t-il.

— Ah beurk, va-t'en, rétorqua Bethy sans s'arrêter.

J'étais bien contente d'être avec elle à ce moment-là.

— Désolée. Nelson est persuadé d'être le don de Dieu aux femmes. S'il n'était pas aussi pervers, il serait séduisant mais il est vraiment… argh. Mais les femmes plus âgées l'adorent. Adam est nouveau. Woods, le propriétaire du Club Kerrington, l'a engagé il y a deux semaines. Ou plutôt Della, la fiancée de Woods, l'a embauché. Elle n'était pas fan de Nelton et voulait une alternative.

Je ne connaissais pas Della, mais rien que pour ça, je l'appréciais.

— Adam ! l'interpella Bethy.

Je jetai un œil vers le court. Un homme de grande taille, athlétique, se retourna. Il était roux. Ou peut-être blond vénitien, en raison du temps considérable qu'il passait au soleil. Il portait un bandeau blanc sur le front et la même tenue blanche que Nelton, qui arborait en petites lettres brodées l'inscription « Kerrington Club » au-dessus de la mention « Tennis pro ».

Adam nous rejoignit au petit trot en souriant. Comme il se rapprochait, je distinguai nettement ses yeux bleus, d'une pâleur saisissante. En raison de son teint clair, il était moins bronzé que Nelson et de petites taches de rousseur recouvraient ses bras musclés. Comme aurait dit ma grand-mère, Adam était un rouquin.

— Salut Bethy, quoi de neuf ? lança-t-il en nous souriant à tour de rôle.

— Voici une nouvelle adhérente. C'est une amie de Rush et, malheureusement, la demi-sœur de Nan. On ne lui en tiendra pas rigueur. Tout comme Rush, elle ne ressemble en rien à Nan. Bref, elle a envie de jouer. Installe-la et trouve-lui un créneau ; elle va avoir besoin d'espace pendant qu'elle cohabite avec cette espèce de pétasse maléfique. Donc Harlow, voici Adam. Adam, je te présente Harlow.

Bethy détestait vraiment Nan.

— Enchanté, Harlow, me salua Adam en me tendant la main.

Je la serrai dans une poignée de mains brève, ni maladroite ou inconfortable. Pourtant, je n'aimais pas toucher les gens que je venais tout juste de rencontrer.

— J'ai deux créneaux libres dans mon emploi du temps. Celui de Nelton est bien rempli et il s'occupe de la plupart des habitués, nous expliqua Adam.

Ses dents d'une blancheur éclatante étaient parfaitement alignées. J'avais un faible pour les jolies dents.

— Très bien. Ma mission est accomplie, affirma Bethy avant de se retourner vers moi. Tu es entre de bonnes mains avec Adam. Rien de louche chez lui. Passe une bonne journée.

— Merci pour ton aide, répondis-je.

Bethy me gratifia d'un sourire mais, une fois encore, la tristesse imprégnait son regard.

— Pas de problème. Blaire m'avait chanté tes louanges. Je voulais m'assurer que tout allait bien pour toi.

Je hochai la tête. Bethy fit un signe de la main à Adam avant de rebrousser chemin.

— Si on jetait un œil à mon emploi du temps pour te programmer une séance quotidienne ? Enfin, si tu en as envie, bien entendu, proposa Adam.

— Oui, je vais avoir besoin de m'occuper.

Je me sentais à l'aise en sa compagnie, et la perspective d'avoir une activité et un interlocuteur chaque jour, même s'il n'était question que de tennis, était attrayante. En plus, Adam, avec son sourire qui faisait pétiller son regard, était séduisant. Ce qui était loin de me déplaire.

Grant

Harlow ignorait mes appels. Bon sang, exactement comme avant : elle me mettait sur la touche. L'expression sur son visage ce matin était si poignante. Elle n'avait pas répondu à mes appels, croyant tout du long que je baisais Nan. C'est pour ça qu'elle me repoussait… C'était bien ça, non ? J'avais flanché et recommencé à coucher avec Nan quand je m'étais aperçu que Harlow m'interdisait l'accès à sa forteresse. J'avais tenté de l'effacer de ma mémoire. En vain. Pourtant j'essayais, bordel. L'expression blessée et trahie de son regard me tuait. À quoi pensait-elle ? J'avais donc faux sur toute la ligne ?

Il fallait que je lui parle.

Je faillis percuter Bethy en entrant dans le club. Je ne l'avais pas beaucoup vue ces derniers mois. Elle était restée à l'écart pour se plonger dans le travail.

— Salut, lançai-je tandis qu'elle me dévisageait avec un sourire forcé.

— Salut.

— Quoi de neuf ?

C'était nul comme question, mais je ne savais pas trop quoi dire. De nous tous, c'est elle qui avait le plus souffert de la perte de Jace. Elle se contenta de hausser les épaules.

— Je vais au boulot. Je viens d'inscrire Harlow avec Adam, le nouveau prof de tennis : j'ai fait ma B. A. pour la journée.

Harlow.

— Harlow est sur les courts de tennis ? demandai-je en réfrénant l'envie de m'y précipiter.

— Oui. En planque pour échapper à Nan. Je la plains, la pauvre. Enfin, c'est pas comme si tu pouvais comprendre que Nan puisse déplaire à quiconque.

Elle leva les yeux au ciel et me contourna avant de passer la porte.

J'avais envie de me défendre, mais j'étais trop obsédé par l'idée de rejoindre Harlow.

En débouchant sur le chemin en briques qui menait aux courts, je remarquai Nelton en compagnie de la mère de Thad. J'étais sûr et certain qu'elle ne faisait pas partie de ses groupies. J'imaginais mal cette charmante dame en train de tromper son mari. Sans oublier qu'elle ne ferait jamais rien qui puisse décevoir Thad. Il était gâté, ce veinard.

Je repérai aussitôt Harlow. Elle renvoyait chacune des balles d'Adam avec une détermination sans faille. Et, dans cette jupe, elle avait carrément un corps de rêve.

— Bien joué, ma belle ! lança Adam pour l'encourager.

Je détestai aussi sec le ton de sa voix. Il avait l'air trop content. Trop… intéressé.

— On va augmenter la difficulté d'un cran. Tu te sens prête ? poursuivit-il.

— Envoie !

Elle s'immobilisa lorsque son regard croisa le mien. Je perçus la cascade d'émotions qui l'étreignirent avant qu'elle ne ferme les yeux, puis ne les rouvre pour les poser sur Adam.

— Laisse-moi une petite minute.

Adam s'était retourné vers moi. Je sentis son regard mais restai concentré sur Harlow, de peur qu'elle ne s'en aille.

Elle attrapa sa serviette et essuya la sueur sur son front avant de prendre une longue rasade de sa gourde. J'attendis patiemment en me délectant de ses moindres mouvements. Je n'avais jamais vu quelqu'un d'aussi posé que Harlow. Elle faisait tout avec grâce et élégance. Même en train de suer en plein soleil, on aurait dit l'héritière d'une famille royale.

Ses épaules se soulevèrent puis retombèrent tandis qu'elle prenait une profonde inspiration, puis elle se dirigea sur moi. La lueur déterminée dans son regard ne parvint pas à me dissuader. Au contraire, elle me donnait envie de l'embrasser furieusement jusqu'à ce qu'on en oublie les deux mois qui venaient de s'écouler.

— Qu'est-ce que tu veux? lança-t-elle en maintenant une distance respectueuse entre nous.

J'avais l'habitude de ce ton pincé, glacial et sexy comme pas deux. C'était celui qu'elle avait avant l'épisode du déjeuner chinois, quand je l'avais convaincue de me faire confiance.

— Il faut qu'on parle. J'ai beaucoup de choses à expliquer, affirmai-je.

Harlow haussa un sourcil.

— Je ne suis ni sourde ni aveugle. Inutile de m'expliquer, je comprends parfaitement.

Merde.

— Harlow, la nuit dernière, ce n'est pas ce que tu crois. Tu refusais de me parler. Je t'ai appelée et tu m'as mis sur la touche. J'étais censé faire quoi?... Merde à la fin, j'ai essayé de t'oublier. De nous oublier. Tu ne m'as pas laissé le choix. Et la nuit dernière, j'étais tellement défoncé que je ne savais même plus qui j'étais.

Harlow redressa les épaules et me dévisagea, une rage sourde illuminant son regard. Ça ne me disait rien qui vaille.

— Je ne suis pas stupide. Je sais que tu ne m'as jamais appelée, sauf une seule fois, alors que tu étais complètement bourré. Ne me traite pas avec condescendance pour te donner bonne conscience. Je suis une grande fille et, grâce à toi, beaucoup moins naïve qu'avant. J'ai bien appris ma leçon. (Elle déglutit avec difficulté et secoua la tête.) Non. Nous n'avons rien à nous dire, Grant. Le temps de la concertation est terminé. Alors s'il te plaît, va retrouver Nan et profite d'elle autant que tu veux. Tu n'as aucun compte à me rendre.

Elle fit demi-tour pour retourner sur le court.

Je l'agrippai par le bras pour l'arrêter. Il fallait qu'elle m'écoute. Tout du long, je pensais que Kiro lui racontait que je couchais avec Nan. Je ne sais pas trop où il pêchait ses infos ou s'il se contentait de suppositions mais, d'après ce que m'avait expliqué Dean, c'est la raison pour laquelle Harlow filtrait mes appels.

— Si tu n'étais pas au courant pour Nan et moi avant ça, pourquoi refusais-tu de décrocher ?

Harlow n'essaya pas de retirer son bras. Elle resta immobile, calme. Les femmes que je connaissais ne géraient pas leurs émotions de la sorte. Elles hurlaient et faisaient voler ce qui leur tombait sous la main. Harlow restait parfaitement impassible.

— Tu m'as appelée une fois. Tu étais ivre. Tu n'as jamais rappelé. Maintenant si tu veux bien lâcher mon bras. Il me reste quarante minutes avec Adam et j'aimerais faire bon usage de mon temps.

— Mais je t'ai appelée, bordel de merde ! Des milliards de fois ! Tu ne répondais pas. J'ai appelé à la maison, j'ai reçu des menaces de ton père. Même Dean était hostile. Je croyais que c'était ce que tu voulais. Laisse-moi t'expliquer.

Elle pivota sur ses talons et la foudre dans son regard me fit sursauter.

— Non, Grant, ça suffit. Ne me prends pas pour une conne. Si j'avais raté un coup de fil, je serais au courant. Tu n'as pas appelé.

Elle dégagea son bras d'un mouvement brusque et retourna sur le court.

Je n'avais pas envisagé la situation de cette manière. Et je ne savais pas comment m'y prendre pour qu'elle m'écoute. Elle se protégeait tellement. Elle avait érigé des murs entre nous, des murs de béton.

— Si vous le voulez bien, monsieur Carter, nous allons continuer notre entraînement, énonça Adam d'un ton très professionnel.

Je ne voulais pas lui parler dans ces conditions. Pas devant témoins. Je m'éloignai sans répondre. Je ne savais pas quoi faire. Il fallait que je réfléchisse à la suite. J'avais besoin de conseils. Et pour ça, je n'allais pas attendre Rush. J'allais m'adresser directement à Blaire.

Harlow

Adam faisait comme si de rien n'était, quand bien même je ratais toutes les balles. Je ne parvenais pas à me concentrer. Les paroles de Grant se répétaient en boucle dans ma tête. Il voulait me faire croire à tout prix qu'il m'avait appelée. Sans penser un instant que ses explications sur le fait qu'il avait couché avec Nan me faisaient l'effet d'un poignard en plein cœur. Je finis par jeter l'éponge. Adam arrêta la partie et nous restâmes à nous regarder dans le blanc des yeux.

— Je suis désolée, je ne crois pas que je vais pouvoir terminer le cours.

Adam n'eut aucun mal à comprendre. Il nous avait entendus. Nous n'avions vraiment pas été d'une discrétion à toute épreuve.

— J'ai encore une heure vingt devant moi. On boit un café ? demanda-t-il à ma grande surprise.

Je n'étais pas sûre d'en avoir envie. Je n'avais pas beaucoup d'amis. Mes livres étaient mes seuls amis.

— Je ne t'interrogerai pas sur ce qui vient de se passer si tu n'en as pas envie. J'ai pensé qu'une pause café serait sympa et j'aimerais bien un peu de compagnie, renchérit-il face à mon silence.

Je ne pouvais pas décliner. Il était temps que j'aie une vraie vie. Mon père m'avait envoyée ici en sachant que je ne pourrais pas me terrer dans ma chambre. En restant à la maison, je m'exposais à la présence de Nan.

— Avec plaisir, répondis-je.

Adam me sourit d'un air soulagé.

— Bien. Un instant, j'ai cru que j'allais devoir te supplier.

Je ne savais pas trop ce qu'il sous-entendait ou s'il voulait me taquiner. Il essuya la fine couche de sueur de son front et but de longues gorgées d'eau.

Je décidai aussitôt que j'aimais bien Adam. Il était séduisant et gentil. Et il n'avait pas couché avec Nan… Enfin pas que je le sache.

— Avant qu'on aille boire un café, j'aimerais savoir si tu as le moindre lien avec Nan.

Je savais bien que ma question était ridicule, mais je voulais me protéger. Car, si c'était le cas, il valait mieux que je ne le fréquente pas en dehors du court.

Adam se mit à rire. Je devais avoir l'air d'une enfant.

— Non. Je garde mes distances avec ce genre de filles. Sans compter qu'elle fricote avec August Schweep, le nouveau prof de golf.

Génial. Grant couchait avec elle alors qu'elle couchait avec le prof de golf. À vomir.

— Ce n'est pas le seul type avec qui elle fricote, précisai-je.

Adam haussa les sourcils.

— Encore une fois, ce n'est pas mon style.

C'est bon, on pouvait être amis.

— Bien. Non pas qu'un café engage à quoi que ce soit, mais je préfère ne pas perdre de temps avec des gens qui ont un lien avec Nan.

— Tu la détestes à ce point ?

Je secouai la tête.

— Non. C'est comme un signal d'alarme qui m'indique qu'il manque quelque chose à ces gens-là.

— Ah bon ? Comme quoi ?

— De l'intégrité, lâchai-je.

Je regrettai aussitôt mes paroles, mais Adam, une fois encore, éclata de rire.

Le petit café était niché derrière les fenêtres de la grande baie panoramique. Mes yeux tombèrent aussitôt sur Rush qui attendait à l'entrée de ce qui ressemblait à une salle de restaurant. Ses yeux naviguèrent jusqu'à Adam et il haussa légèrement les sourcils, puis salua d'un hochement de tête avant de retourner son attention sur un type que je reconnus du mariage.

— Ça te convient si on s'installe ici ? Le restau est bondé à cette heure-ci. À moins que tu n'aies envie de grignoter quelque chose ?

C'était l'heure du déjeuner, mais l'idée de m'engouffrer dans une pièce comble me rebutait.

— On peut prendre un sandwich ici ?

— Bien sûr, acquiesça-t-il en tirant une chaise. Assieds-toi, je vais nous chercher le menu.

J'allai répliquer que ce n'était pas la peine, qu'un café ferait l'affaire, mais il avait déjà rejoint la porte. Je ne pris pas la peine de vérifier si Rush lui glissait un mot. Je concentrai mon attention sur la baie vitrée qui surplombait les courts. Trop gamberger risquait de me rendre nerveuse, or il n'y avait aucune raison de s'inquiéter. Adam était sympa. Il jouait au tennis. Ce qui nous faisait déjà un point commun.

— J'aime bien Adam.

La voix de Rush me fit sursauter. Je me retournai et tombai nez à nez avec lui.

— Moi aussi, répondis-je en me demandant s'il savait quoi que ce soit sur Grant et moi.

— Nan te traite correctement ?

Rush s'inquiétait forcément de la situation. Il savait mieux que quiconque à quel point ça avait tourné au vinaigre entre nous.

— Je ne l'ai pas encore vue. Je l'évite.

— Ce n'est pas une mauvaise idée, observa-t-il avec un sourire en coin.

— Comment vont Blaire et Nate ?

Son visage s'illumina d'un large sourire. Un sourire franc qui venait du cœur.

— Parfaitement bien.

Rush était un homme de peu de paroles.

— J'aimerais bien leur rendre visite.

— Ça ferait très plaisir à Blaire. Elle va te traquer dès que je lui aurai dit que tu es en ville.

Sa réponse me fit sourire. J'appréciais sincèrement Blaire. Elle avait un charme rare.

— Bien. J'ai hâte qu'elle me mette la main dessus.

— Profite bien de ton déjeuner. Ne laisse pas Nan prendre le contrôle. Sois forte.

Sur ces mots, il s'éloigna. Je vis Adam revenir dans la salle, ils se saluèrent en passant, puis Adam déposa le menu devant moi. Il prit place à table et jeta un œil vers la porte.

Le visage qu'il tourna de nouveau vers moi était pensif. Je le laissai trouver le courage de m'interroger et dépliai le menu pour étudier le choix de salades et de sandwichs.

— Donc tu es amie avec Rush, mais pas avec Grant. Ils ne sont pas proches, frères ou quelque chose dans ce goût-là ?

Ah. Il allait enfin revenir sur la prise de bec entre Grant et moi. Je n'étais pas disposée à lui fournir des détails. Nous venions à peine de nous rencontrer et ce qui s'était passé avec Grant était trop personnel.

— Rush est un ami d'enfance. J'ai rencontré Grant il y a quelques mois et commis l'erreur de lui faire confiance. Ça s'arrête là.

Adam hocha la tête et se plongea dans la lecture du menu. Cette explication lui avait suffi. Tant mieux. Je n'avais pas l'intention de m'étaler sur la question.

Grant

Je m'apprêtais à reprendre le volant de mon 4 × 4 lorsque je remarquai le Range Rover de Rush. Il était donc ici. Je rebroussai chemin et l'appelai sur son portable.

— Ouais, fit-il en décrochant.

— Je viens de voir ton pick-up. Tu es où ?

— À l'intérieur. Tu es dehors ?

— Oui.

— Attends-moi, j'arrive.

Il raccrocha. Qu'est-ce que ça voulait dire ? Il m'avait répondu du restaurant, j'avais reconnu les bruits de fond. Pourquoi préférait-il me retrouver dehors ? À moins que Harlow ne soit à l'intérieur. Mais il s'attendait à quoi ? Que je fasse une scène ? Eh merde, j'en avais déjà fait une au terrain de tennis. Il me fallait un plan d'action, pas un nouveau désastre.

Je n'eus pas à l'attendre longtemps. Rush franchit la porte et me dévisagea d'un air préoccupé.

— Je suis arrivé avant toi ? me demanda-t-il d'un ton qui se voulait dénué de soupçon.

Je décidai de lui faciliter la tâche.

— Je sais que Harlow est en ville. Je sais qu'elle habite avec Nan et on s'est déjà croisés une fois… Enfin deux, en fait.

Rush poussa un soupir de soulagement.

— Ouf. Après ton dernier coup de gueule aviné, j'avais peur que ça ne crée des problèmes.

— Mon seul problème est qu'elle refuse que je m'explique. Elle me déteste. J'ai besoin de conseils. J'ai sérieusement merdé. C'est pour ça que je voulais te parler. Mais je crois... je crois bien qu'il faudrait que je discute avec Blaire.

Rush fronça les sourcils.

— Comment ça, « merdé » ? Kiro t'empêchait de la voir, c'est tout ! Harlow est adorable. J'ai du mal à l'imaginer haïr qui que ce soit.

— C'est plus compliqué que ça, concédai-je en passant une main dans mes cheveux.

Je n'avais pas envie de raconter à Rush que j'avais de nouveau couché avec Nan. C'était sa sœur et, même si c'était une vipère égoïste, il l'aimait. Je ne savais pas trop comment il réagirait en apprenant que je l'avais utilisée.

— Qu'est-ce qu'il y a d'autre à savoir ?

Je réfléchis un instant. J'aurais aimé qu'il me laisse parler à Blaire. Je n'avais pas besoin de son aide à lui.

— Ne me dis pas que tu as encore couché avec Nan, lâcha-t-il avec un soupir exaspéré.

Dans le mille. Il flairait toujours ce genre de connerie.

— Si, un peu.

Rush secoua la tête et partit d'un rire sévère.

— Tu es dans la merde. Harlow ne déteste personne, mais Nan est ce qui s'en rapproche le plus. Lâche l'affaire. Tu ne réussiras jamais à réparer ce bordel.

Je voulais que Harlow me comprenne, qu'elle me pardonne et qu'elle sache que je chérissais ce qu'elle m'avait donné. À mes yeux, plus rien ni personne ne serait exceptionnel après ça. Je n'oublierais jamais. C'était peut-être mieux, pour elle comme pour moi, si elle n'était pas prête à donner plus. Cette nuit-là, au plus profond d'elle, j'avais découvert quelque chose de plus puissant que tout ce que j'avais pu imaginer. Ça m'avait carrément fait flipper.

Aimer quelqu'un comme Rush aimait Blaire… C'était intense, impérieux et potentiellement destructeur. J'avais vu tant de chagrin dans ma vie. Mon père avait été amoureux à plusieurs reprises et chaque histoire s'était soldée dans la douleur, non seulement pour lui, mais pour moi aussi. Je ne croyais pas en l'amour éternel. Harlow représentait un danger pour moi. Elle était la seule personne avec qui je m'étais imaginé toute ma vie. Et si un jour elle cessait de m'aimer… ou si je la perdais ? J'avais vu le regard vide de Bethy. La douleur ancrée au plus profond d'elle. Elle se levait et vivait avec chaque jour.

— Je veux simplement qu'elle m'écoute. Rien d'autre. Je veux qu'elle sache… qu'elle a été spéciale. Cette nuit-là a été unique. C'est tout, rien de plus. Je ne demanderai pas une seconde chance, je ne peux pas me le permettre. Je veux son pardon. Je ne supporterai pas qu'elle soit persuadée que j'ai pris son innocence pour un jeu. Ça n'a jamais été un jeu.

Rush me dévisageait comme si je parlais une langue inconnue. Je divaguais, mes paroles n'avaient aucun sens, en tout cas pas pour lui. Il fallait que je parle à Blaire, nom de Dieu.

— Tu veux simplement lui dire que baiser avec elle a signifié quelque chose pour toi ? C'est ça que je dois comprendre ? Tu ne veux rien d'autre ?

Son résumé me fit tressaillir, mais je hochai la tête.

— Je peux te demander pourquoi ?

L'image de Bethy anéantie tandis que le cercueil de Jace descendait dans sa tombe restait gravée dans ma mémoire.

— Je ne peux pas aimer quelqu'un tel que tu aimes Blaire.

— Pourquoi donc ? demanda Rush en haussant un sourcil.

— Parce que ça me fout les jetons. Je ne peux pas être vulnérable à ce point. Je ne veux pas.

Rush n'avait pas l'air de comprendre, mais il finit par désigner sa Rover d'un mouvement de la tête.

— Je rentre à la maison. Retrouve-moi là-bas si tu veux les conseils de Blaire. Tu pourras lui déballer tout ton bordel. Mais elle ne sera pas de ton côté sur ce coup-là, je te préviens tout de suite.

— Je sais bien.

— Quand tu lui auras raconté que tu as couché avec Nan après avoir pris la virginité de Harlow, tu as intérêt à te planquer : elle va sortir les flingues et cette fois elle n'hésitera pas à appuyer sur la détente, affirma-t-il avec un sourire amusé.

Il rejoignit son pick-up sans se retourner.

Il avait raison. Blaire allait m'arracher les yeux. Mais, la colère passée, elle allait m'aider, ne serait-ce que parce qu'elle comprendrait que Harlow le méritait.

Trente minutes plus tard, Blaire me fusillait du regard. D'horrifiée, son expression était devenue furax. Heureusement, Nate était monté sur ses genoux, sans quoi je suis à peu près sûr qu'elle m'en aurait collé une.

— Tu veux que je le prenne, mon cœur ? proposa Rush en entrant dans le salon.

— Non. Laisse-le dans ses bras. Je me sens plus en sécurité comme ça, répliquai-je.

Rush s'assit à côté d'elle avec un petit rire. Nate se précipita vers lui avec allégresse et je vis ce teigneux de Rush se transformer en grand dadais sentimental alors que son fils lui collait un baiser sonore sur la joue. Voilà… ce genre d'amour. J'en étais incapable. Et s'il arrivait quoi que ce soit à Nate ? Dans quel état serait Rush ?

— Je ne suis pas comme Rush. Je ne peux pas faire ça. Cette vie… Je ne peux pas aimer quelqu'un entièrement, au point de mettre mon cœur entre ses mains. Je ne suis pas assez fort. Je n'avais pas une bonne expérience de ce degré de confiance. Mais je tiens à Harlow. Je suis allé loin avec elle. Suffisamment pour m'inquiéter du mal que j'ai pu lui faire. Je ne veux pas qu'elle souffre. Aide-moi, s'il te plaît.

L'air furibond de Blaire s'adoucit et elle se pencha en avant, plongeant son regard dans le mien.

— Pourquoi ? Explique-moi pourquoi, Grant. Qu'est-ce que tu ne peux pas assumer dans ce qui existe entre Rush et moi ?

Je n'allais pas déterrer le passé et parler de mon enfance comme si ça excusait tout. Et aucun d'entre nous n'avait envie de mentionner Jace. C'était encore trop frais.

— Je ne suis pas prêt. Je finirais par blesser Harlow et je ne peux pas me le permettre. Je veux simplement qu'elle écoute mon explication et qu'on se quitte amis. Elle est exceptionnelle et je ne supporte pas qu'elle pense que je l'ai utilisée.

Qu'on se quitte amis. Ce mot était plat. Même si Harlow me pardonnait, comment pourrions-nous être amis ? Comment faire pour la regarder sans me souvenir de son corps tout contre moi ? Est-ce que je demandais l'impossible ? Je ne voulais pas quitter Rosemary. Bon sang, j'en étais incapable. Il fallait que quelqu'un veille à ce que Harlow survive à la présence de Nan.

Blaire glissa une mèche de ses longs cheveux blonds derrière son oreille et me fixa de son regard perçant.

— Tu ne veux pas d'elle, mais tu veux qu'elle sache que ce que vous avez partagé est spécial. Je peux comprendre. Ça te ressemble. Tu n'aimes pas faire souffrir.

— Tu peux me dire comment faire ? Elle me déteste.

Nate tira sur les cheveux de sa mère en gloussant joyeusement.

— Ne tire pas les cheveux de maman. On en a déjà parlé, p'tit gars, intervint Rush en sauvant Blaire d'une nouvelle offensive.

Blaire remercia Rush et déposa un baiser sur la tête de son fils avant de se tourner vers moi.

— Laisse-moi lui parler. Ensuite je te dirai quand tu peux la contacter. D'ici là, tu évites soigneusement le lit de Nan, sachant maintenant que Harlow habite sur place.

— Je n'y retournerai pas. Et j'arrête le whisky.

— Bien. J'en ai marre de te repêcher au bar par la peau du cul, commenta Rush.

— Surveille ton langage, le sermonna Blaire.

— Désolé.

Blaire poussa un soupir.

— Ma main à couper que le premier mot de Nate sera un gros mot…

— « Cul », c'est juste de l'argot, objectai je.

— Les flingues, mon pote, pense aux flingues. Cette femme est armée, plaisanta Rush.

Blaire se leva en soufflant.

— Tous les deux, je vous jure ! (Puis, prenant Nate dans ses bras :) Il faut que je donne à manger à ce petit bonhomme, et après c'est la sieste. Je te passe un coup de fil, Grant.

Je la regardai quitter la piece.

— Et tu arrêtes de mater le cul de ma femme, trancha Rush.

Pour la première fois de la journée j'eus envie de rire.

Harlow

Le déjeuner s'était déroulé sans histoires.

Pour autant, je n'étais pas sûre de recommencer de sitôt. Je n'étais pas prête à faire confiance à qui que ce soit pour le moment. Même si l'idée d'avoir un ami était séduisante, je ne voyais pas Adam s'en tenir là. Il finirait par en vouloir plus.

Je quittai le country club pour rejoindre ma voiture. Je n'étais pas d'humeur à jouer au golf. J'avais envie de lire et d'échapper à tout ce bazar auquel mon père m'avait abandonnée. J'allais sortir de Rosemary et trouver un parc, m'asseoir sous un arbre et lire. J'avais deux romans sur ma liseuse que j'avais hâte de dévorer.

C'est alors que je l'aperçus, avec ses longs cheveux noirs ramenés en queue-de-cheval bouclée qui lui donnaient un petit air ébouriffé, son chapeau de cow-boy vissé sur la tête et sa chemise à carreaux bleue épousant ses épaules carrées et son dos appuyé contre ma voiture, les bras croisés sur la poitrine. Je sentis l'excitation bouillonner en moi, même si je me demandais ce qu'il faisait par ici. Je me mis à courir.

Le bruit de mes pas attira son attention. Un sourire nonchalant se peignit lentement sur son beau visage. Je reconnaissais tellement Kiro dans ses traits. Je me demandais souvent si mon père aurait ressemblé à ça s'il n'avait pas laissé sexe, drogues et rock'n'roll prendre le contrôle de sa vie. Mase était en parfaite santé.

Il écarta les bras et je me jetai à son cou.

— Mais qu'est-ce que tu fais ici ? m'enquis-je en le serrant de toutes mes forces.

J'avais les larmes aux yeux. Jusqu'à cet instant, je n'avais pas réalisé à quel point je me sentais seule. Le fait d'avoir Mase, quelqu'un qui m'aimait, quel soulagement...

— J'ai entendu dire que ton paternel t'avait jetée en pâture aux loups et je voulais m'assurer que tu allais bien, expliqua-t-il avec son accent traînant du Texas qui me donnait le sourire.

J'avais la gorge trop serrée pour répondre. S'il lisait l'émotion dans mon regard ou la percevait dans ma voix, il allait m'emmener au Texas séance tenante. J'avalai la boule dans ma gorge.

— Ça va pas si mal que ça. J'ai passé une bonne journée.

Mase poussa un petit grognement et s'écarta pour me dévisager.

— De ce que racontait mon père, cette nana est une vraie furie. Et voilà qu'il t'envoie vivre avec elle. J'ai un peu du mal à encaisser.

— Elle me déteste. Elle te détestera toi aussi, juste parce qu'elle peut se le permettre. Mais Rush et sa femme Blaire sont ici. Elle va te plaire, elle est très gentille. Je ne suis pas toute seule.

Mase fronça les sourcils et la fossette disparut de sa joue gauche.

— Rush s'est marié ? Merde alors, je suis à la bourre rayon famille.

— Oui. Et il a un adorable bébé, Nate. De toute façon, Rush... enfin Rush et Blaire sont formidables.

— J'y crois pas ! L'idole de ces dames s'est rangée. Ça fait une paie que je ne l'ai pas vu, mais je ne m'attendais pas à ça.

— Les gens changent. Rush n'est plus le même.

— Ouais, c'est vrai, songea Mase en hochant la tête.

Je n'avais plus du tout envie de lire, mais de passer du temps avec Mase.

— Tu es ici jusqu'à quand ?

Mase haussa un sourcil et caressa sa barbe naissante.

— Tant que tu auras besoin de moi, p'tite sœur.

Autrement dit pendant neuf mois, mais je ne pouvais pas lui répondre ça.

— Tu loges où ?

Mase émit un petit rire.

— Je loge dans cette grande et belle maison que mon père a achetée.

J'en restai bouche bée. Il était forcément au courant que Nan y habitait. Elle n'allait certainement pas le laisser s'installer comme ça.

— Mais Nan ne voudra…

Je n'eus pas le temps de terminer ma phrase ; Mase s'était penché vers moi en me gratifiant d'un clin d'œil :

— J'ai appelé Kiro. Il sait que je suis ici. Et il m'a dit que si cette mégère me donnait du fil à retordre, elle n'avait qu'à l'appeler. Qu'il s'en occuperait. (Il eut un petit sourire en coin.) Non pas que j'aie besoin qu'il le fasse à ma place. Je vais choisir ma chambre et y déposer tout mon barda. Qu'elle essaie donc de m'en empêcher.

J'imaginai la réaction de Nan ; ça n'allait pas être beau à voir.

— Elle va devenir folle. De toute façon, elle est folle à lier !

Mase posa un bras sur mes épaules.

— Parfait. Ça manque d'animation, par ici. Si tu me montrais comment on va jusqu'à chez toi, comme ça tu pourras m'aider à m'installer. Après quoi on va se trouver un bar digne de ce nom pour boire quelques coups et jouer au billard. Un troquet sans clients en polos ni bagnoles de luxe, précisa-t-il en regardant le parking d'un air dégoûté.

Il avait beau être le fils unique du rocker le plus tristement célèbre de la planète, il n'en restait pas moins un garçon de la campagne. Sa grosse camionnette Dodge noire avait les roues boueuses et une paire de bottes de travail crasseuses à l'arrière. Mase n'aimait pas les faux-semblants.

— O.K. Je conduis et tu me suis ?

— Ouais, on va ramener ta voiture à la maison avant de sortir ce soir.

J'ouvris ma portière et me retournai pour le regarder grimper dans sa camionnette.

Mon frère était là. Il allait s'installer avec nous. Les trois enfants de Kiro sous le même toit. Un vrai désastre en perspective.

Grant

— J'ai besoin que tu viennes maintenant ! Tout de suite, bordel ! éructa Nan dans le téléphone.

J'éloignai le combiné pour épargner mes tympans.

— Arrête de me hurler dans les oreilles, aboyai-je.

— Il refuse de partir ! J'ai besoin d'aide. Je n'arrive pas à joindre mon abruti de père. J'ai besoin de toi. S'il te plaît. Viens m'aider !

— C'est qui ?

— Viens ici, c'est tout ! hurla-t-elle avant de raccrocher.

Merde. Je n'avais aucune envie d'approcher Nan. Mais Harlow... si le type en question ébranlait Nan à ce point, il pouvait faire du mal à Harlow. Est-ce que Nan avait ramené un inconnu chez elle ? Un gars dangereux ? J'attrapai mes clés de voiture et me précipitai dehors. J'y allais, mais pas pour Nan. Je faisais tout ça pour Harlow.

Une Dodge noire dotée d'une cabine arrière, qui avait l'air d'avoir fait du tout-terrain dans la boue, était garée à côté de la voiture de Harlow. Qui est-ce que Nan était allée dégoter cette fois-ci ? L'idée que Harlow coure le moindre danger me fit bouillonner de rage. Cette tarée de Nan était trop nocive pour Harlow, qui avait besoin d'un lieu sûr, pas que sa sœur fasse des choix débiles en ramenant une foutue Dodge.

Je gravis le perron à grandes enjambées et ouvris sans frapper. Je n'eus aucun mal à suivre les hurlements suraigus de Nan. Je grimpai l'escalier et entrai dans la première chambre.

— Il est hors de question que tu crèches chez moi ! Tu prends tes affaires et tu te tires ! Ce n'est pas l'accord que j'ai avec Kiro.

Nan était écarlate. Son regard furibond se posa sur moi et elle se jeta à mon cou.

— Tu es venu. Merci, merci. Il faut que tu m'aides.

Mes yeux trouvèrent ceux de Harlow, écarquillés dans un mélange d'émotions. La seule qui m'importait était la douleur. J'agrippai les bras de Nan et la repoussai fermement sans détacher mon regard de Harlow. Je ne voulais pas qu'elle pense que j'étais venu pour Nan.

— Tu as appelé ton jules ? C'est à mourir de rire !

L'accent traînant attira mon attention. Je posai les yeux sur le type qui se tenait à côté de Harlow. Sa voix était calme, mais son attitude, posté devant Harlow dans une certaine raideur, me renseigna sur le fait qu'il la protégeait.

— Qui es-tu ? interrogeai-je en délaissant Nan pour m'approcher de Harlow.

Je ne sais pas ce qu'il essayait de faire, mais je n'avais pas l'intention de le laisser s'approcher davantage de Harlow.

— Il veut s'installer dans cette chambre ! Dis-lui que c'est impossible ! ordonna Nan.

Quoi ?!

Harlow s'approcha du type et enroula sa main minuscule sur son biceps. Je n'aimais pas ça du tout. J'arrachai mon regard de sa main pour le planter dans le sien. C'était son mec ? Elle avait rencontré quelqu'un ?

— C'est qui, Harlow ?

Je voulais l'entendre de sa bouche. Harlow regarda le type puis posa de nouveau les yeux sur moi. L'indécision se lisait sur son visage. Elle se méfiait de moi. Je détestais ça, moi qui avais bataillé dur pour obtenir sa confiance. Et voilà qu'elle s'agrippait à ce ducon comme s'il allait sauver la veuve et l'orphelin.

— J'y crois pas ! Tu débarques ici et tu lui demandes à elle qui c'est ? Mais c'est quoi ton problème ? Il est chez moi et je veux qu'il se casse. Immédiatement.

Nan s'était pendue à mon bras pour attirer mon attention, mais je l'ignorai, gardant ma concentration sur Harlow.

— Grant, voici mon frère Mase Colt-Manning. Mase, voici Grant Carter, le meilleur ami de Rush et le petit copain de Nan.

En entendant les mots « mon frère » je sentis mon corps se détendre. La tension dans ma poitrine s'envola et je pus de nouveau respirer. Le reste n'avait aucune importance. Mase Colt-Manning, le fils unique de Kiro Manning. Je me demandai tout à coup si mon soupir de soulagement ne s'était pas entendu.

Mase fit un pas vers moi, la main tendue.

— Content de te rencontrer, dit-il avec un accent texan à couper au couteau.

Je lui serrai la main. Sa poignée me fit l'effet d'un avertissement plus que d'une salutation.

— Moi aussi.

La menace silencieuse dans ses yeux ne m'échappa pas. Il avait senti mon attention envers Harlow. Sauf que la situation lui donnait une impression de moi totalement fausse et il fallait que je corrige le tir, pas pour lui mais pour Harlow.

— Sans déconner ? Tu lui serres la main ? Il s'incruste chez moi ! hurla Nan d'une voix stridente.

Je reculai d'un pas et dévisageai Nan pour la première fois depuis mon arrivée.

— C'est la maison de Kiro, Nan. S'il veut héberger son fils, il a le droit. Je ne vois pas comment tu vas l'en empêcher.

Le visage de Nan vira au cramoisi. Elle tapa du pied par terre en poussant un cri de gamine capricieuse.

— Je sais que ce ne sont pas mes affaires, mais comment tu fais pour supporter ça ? demanda Mase.

— Nan n'est pas ma copine. Harlow a mal compris certaines choses et elle refuse que je m'explique, répliquai-je en la regardant.

Harlow planta ses yeux dans le sol.

— Je vois, lâcha Mase.

Je me doutais bien qu'il comprenait. En tout cas plus clairement que Harlow. Un, c'était un mec et deux, ça se voyait comme le pif au milieu de la figure : je voulais que Harlow me pardonne et je n'avais plus du tout besoin de Nan.

— Va-t'en, ordonna Nan en montrant la porte du doigt. (Cette fois-ci, ses foudres m'étaient adressées.) Maintenant. Tu sors de chez moi. Toi, j'ai le droit de te foutre dehors. Alors dégage. Je n'aurais pas dû t'appeler.

— Je te dirais bien de rester, mais on a d'autres projets, avec Harlow. Je suis sûr qu'on se reverra, conclut Mase. Tu peux sortir de ma chambre maintenant, Nan.

L'air furibond de Nan, tandis qu'elle faisait demi-tour et quittait la pièce à grands pas, me donna envie de rire. Mase n'allait pas la laisser mener son petit monde à la baguette. C'est pour ça qu'il était venu ? Pour Harlow ? C'est en tout cas ce que m'indiquait sa posture, devant sa sœur, paré à sauter sur le premier venu.

— Merci, répliquai-je avant de gagner la porte.

— Je t'en prie, mais de quoi ? demanda-t-il.

Je me retournai et plantai mes yeux dans ceux de Harlow.

— D'être venu pour la protéger. Je dormirai mieux en sachant que tu es là.

Je quittai la pièce sans plus tarder.

Harlow

Je n'osais pas me tourner vers Mase. Pourtant je sentais son regard et sa curiosité, envahissantes, peser sur moi. Qu'est-ce que tout cela voulait dire ? Grant était arrivé ventre à terre comme s'il voulait sauver Nan. Après quoi il l'avait carrément repoussée. J'avais presque de la peine pour elle. La nuit dernière, il la faisait hurler de plaisir et voilà qu'aujourd'hui il refusait de la toucher.

— Tu me fais le débrief, p'tite sœur, parce que, là, je suis paumé, lança Mase en s'asseyant sur le lit.

— Je ne vois pas de quoi tu veux parler, ripostai-je en évitant soigneusement son regard.

— Bien sûr que si, mon p'tit, répliqua Mase en rigolant. Allez, crache le morceau. Sinon je demande à Grant.

Impossible. Je ne pouvais pas le laisser parler à Grant. Mais je me demandais ce qu'il croyait savoir.

— Je ne sais pas trop. Grant et Nan couchent ensemble, mais apparemment ça ne va pas plus loin. Il était ici la nuit dernière.

— Il couche avec elle ? Sans rire ? Alors que tu es à la maison ?

Je haussai les épaules.

— La nuit dernière il ne savait pas que j'étais là.

Mase resta un instant silencieux. J'ignorais ce qu'il pouvait bien penser de la situation, et, pour la première fois depuis son arrivée, j'eus envie d'être seule quelques instants.

— Tu te rends compte que tu lui plais, quand même ? demanda Mase.

Je secouai la tête.

— Non, ça n'est pas ça. Il veut que je lui pardonne…

Je m'interrompis. Je ne pouvais pas lui raconter la vérité. Mase risquait de se lancer à ses trousses avec un de ses fusils de chasse.

— Que tu lui pardonnes quoi ?

Mase s'était relevé, le corps tendu. Bon sang, il fallait que je règle la situation au plus vite.

— Il y a quelques mois, Grant et moi sommes devenus amis. Il me plaisait bien. On s'est embrassés. Puis un de ses amis s'est noyé et il est revenu ici. Après, il ne m'a jamais rappelée. Je pensais qu'il était en plein deuil et qu'il avait besoin de temps. Et puis j'ai découvert qu'il couchait avec Nan.

Mase émit un grognement mécontent et croisa les bras sur sa poitrine.

— Il t'a embrassée ? C'est tout ou il t'a fait des promesses ?

Je secouai la tête. Le mensonge était le seul moyen d'épargner la vie de Grant.

— Si ça peut t'aider, sache qu'il s'en veut à mort de t'avoir fait du mal. Il ne veut pas être avec Nan. À mon avis, il est surtout attiré par toi et il sait qu'il a carrément merdé. Je te conseille de l'éviter. Les types faibles dans son genre ne valent pas le coup. Un gars qui te plaît devrait avoir conscience de sa chance au lieu de la gâcher. Il n'a rien compris. Trouve-toi un homme digne de toi.

Je souris et finis par lever les yeux sur lui.

— C'est ton conseil de grand frère ?

— Exactement. J'en ai des tonnes en magasin. En attendant, file mettre un jean et la paire de santiags que je t'ai envoyée à Noël. On va aller traîner avec les vrais gens, riposta-t-il, clin d'œil à l'appui.

— Merci, murmurai-je en le serrant dans mes bras.

— Je prends soin de toi, inutile de me remercier.

Le bar que Mase avait trouvé se situait à vingt bonnes minutes à l'extérieur de Rosemary. Les néons de la devanture et la brochette de 4×4 dans le parking avaient suffi à convaincre Mase.

— Qui dit gadoue sur les roues dit bonne bibine, proclama Mase en ouvrant sa portière.

Je levai les yeux au ciel et descendis prestement de mon siège.

Nous approchions de l'entrée lorsque Mase se retourna vers moi.

— Évite d'être trop séduisante. J'ai envie d'une bonne mousse, d'une partie de billard et de passer du temps avec ma sœurette, pas de refaire son portrait au premier abruti qui la drague.

J'éclatai de rire, puis opinai du chef. Il s'attendait à quoi ? Que je fasse irruption dans la salle et papillonne des cils à tout va ?

Mase ouvrit la porte du bar. À l'intérieur, la fumée de cigarette saturait l'air. Cette odeur m'était familière. Mase prit une profonde inspiration et me sourit.

— Ça sent la bière jusqu'ici. La pression tient la route, jaugea-t-il avec un sourire loufoque avant de mettre le cap sur le zinc.

Je lui embrayai aussitôt le pas, jetant un œil alentour pendant qu'il commandait nos verres. Je laissai Mase gérer sans préciser que je n'avais pas l'âge légal pour consommer de l'alcool.

Les tables de billard étaient bondées. Je partis à la recherche d'un box libre, en évitant de regarder les clients dans les yeux. Mais je remarquai soudain un visage familier. Elle ne regardait pas dans ma direction mais fixait le verre d'alcool sur sa table. Un homme s'approcha d'elle pour lui parler et elle se contenta de lui répondre sans lever les yeux.

Le type repartit en secouant la tête. Ses traits tirés et ses épaules affaissées me fendirent le cœur.

Je me retournai vers Mase.

— J'aperçois une connaissance. Je vais lui dire deux mots. Je n'en ai pas pour longtemps. Une présence amicale lui fera sans doute du bien.

Mase laissa glisser son regard sur la foule et finit par distinguer Bethy. Il hocha aussitôt la tête.

— Bien sûr. Je ne bouge pas.

— O.K.

Je traversai la salle et m'assis en face d'elle. C'est alors seulement qu'elle leva les yeux. Son regard confus s'emplit de surprise.

— Harlow ? s'exclama-t-elle en se retournant pour vérifier si j'étais accompagnée.

Elle fut prise d'une vague de panique : elle ne voulait pas qu'on sache qu'elle buvait pour oublier sa douleur.

— Je suis venue avec mon frère, personne d'autre, la rassurai-je.

Elle posa de nouveau les yeux sur moi, soulagée.

— Oh, fit-elle simplement.

Je n'étais pas très douée dans ce genre de situation. J'avais déjà connu la perte, à commencer par ma mère, dont je me souvenais à peine, et puis ma grand-mère, mais personne dont j'avais été amoureuse. Personne d'aussi jeune, qui avait toute la vie devant lui.

— Tu veux parler ? proposai-je.

Bethy fronça les sourcils et planta de nouveau le regard sur son verre.

— Je ne sais pas. Pas vraiment.

Je n'avais jamais aimé ni été aimée et je ne savais pas trop de quoi il retournait. À quel point on se sentait vulnérable. Je connaissais juste la douleur de la trahison, profonde, mais qui était sans commune mesure avec la sienne.

— Certains jours, je me dis que je vais me réveiller, que ce n'est qu'un cauchemar, énonça-t-elle en fixant son verre comme s'il recelait toutes les réponses.

Je décidai de l'écouter en silence. J'étais une bonne oreille. De cette manière-là, je pouvais peut-être l'aider.

— Et puis je me réveille et il a disparu. Il n'est plus à côté de moi. Il n'est pas là à me sourire avec ses beaux yeux. Je ne peux plus lui faire de câlins ni faire des projets pour toute l'éternité. Il me protégeait. Jamais personne ne m'avait protégée. Jace prenait soin de moi… alors que… je ne le méritais pas.

Je voulus l'interrompre, mais elle poursuivit.

— Il n'a jamais su la vérité à mon sujet. Il n'a jamais connu mes secrets. Je voulais tout lui raconter. Mais je risquais de le perdre et je ne pouvais pas me le permettre. Et puis… et puis Tripp était de passage en ville et je partais en vrille. Les souvenirs, les mensonges ; c'était trop. Cette nuit-là, j'avais bu parce que je m'étais enfin décidée à dire la vérité à Jace. Il méritait de tout savoir sur la personne qu'il aimait. Et comme j'étais lâche, j'ai bu. Et après… je l'ai tué.

Je pris sa main dans la mienne.

— Tu ne l'as pas tué.

Je savais pertinemment que Jace s'était noyé.

Elle leva son visage vers moi et les grosses larmes accumulées dans ses yeux se mirent à rouler lentement sur ses joues.

— Il s'était précipité pour me sauver. Je m'étais avancée dans le courant. J'ai failli me noyer. Ç'aurait dû être moi. (Elle hoqueta.) Ç'aurait dû être moi. Pour s'en sortir, il aurait fallu qu'il me lâche, mais il n'a pas voulu. Il m'a sauvée alors que j'aurais dû y passer. C'est moi qui mentais. C'est moi qui ne méritais pas de vivre.

Cela ne me regardait pas. Je ne voulais pas connaître ses secrets. Je savais en revanche que Jace l'aurait sauvée quoi qu'il advienne. Un mensonge ne faisait pas disparaître l'amour purement et simplement. J'aimais mon père, et il était loin d'être parfait.

— Il t'aurait sauvée même si tu lui avais dévoilé ces secrets. L'amour ne se volatilise pas comme ça. Il en aurait vraisemblablement souffert. Il n'aurait peut-être plus pu te faire confiance. Mais il ne t'aurait pas lâchée, c'est ça l'amour.

Bethy étouffa un sanglot.

— Il méritait une vie longue et heureuse. Je la lui ai volée.

Je ne pouvais pas l'inciter à se pardonner. Ça prendrait du temps.

— Mais tu as commis une erreur. Jace t'a protégée. Un jour tu parviendras à ne plus culpabiliser. D'ici là, essaie de voir le côté positif des choses. Sans t'appesantir sur les mauvais côtés.

— Mais Tripp est en ville en ce moment. Ça ravive tout. Dès que je l'aperçois, ça me rappelle tout ça.

J'ignorais qui était Tripp et pourquoi elle n'arrêtait pas de parler de lui. Encore une fois, ça n'étaient pas mes affaires. De toute évidence, il faisait partie d'un passé qui la tourmentait.

— Plusieurs choses te rappelleront Jace et le passé. Ça ira mieux avec le temps.

Bethy serra fort les yeux.

— J'espère, murmura-t-elle.

Je n'avais pas envie de la laisser.

— Pourquoi tu viens ici toute seule ?

Bethy fronça les sourcils.

— J'aime bien cet endroit. Je n'ai envie de voir personne. Mais je ne vais pas tarder.

Je serrai sa main dans la mienne brièvement.

— Si tu as besoin de parler à quelqu'un d'extérieur à tout ça, je suis là, conclus-je en me levant.

— Merci, Harlow, dit-elle avec un faible sourire. Ça me touche beaucoup.

Grant

Rosemary n'était pas une grande ville, plutôt une étroite bande de plage. Comment Harlow avait-elle réussi à m'éviter totalement pendant trois jours ? J'avais fait tout mon possible pour la croiser par hasard. Je savais que Mase était dans le coin et je voulais la voir seule pour lui parler. Il fallait que je retrouve un peu de sérénité avec elle.

J'attendais qu'elle se gare devant le country club. Elle avait son cours de tennis dix minutes plus tard. J'avais triché en demandant à Woods d'appeler Adam pour décaler sa leçon d'une heure. Woods ne s'était pas exécuté de gaité de cœur, mais comme il voulait surtout que je débarrasse le plancher, il avait accepté à condition que je lui fiche la paix le reste de la journée.

Harlow s'arrêta devant le voiturier et descendit de son véhicule dans une jupette de tennis blanche qui n'aidait vraiment pas à garder les idées claires. Depuis quand les tenues de sport étaient aussi sexy ?

Je me précipitai pour lui ouvrir la porte. Elle leva les yeux et s'immobilisa en m'apercevant. Son regard débordait de questions ; je voulais répondre à chacune d'entre elles. Mais pour cela il fallait qu'elle m'écoute.

Elle se remit en marche, tête baissée, et tenta de regagner l'intérieur en m'ignorant. Je posai délicatement une main sur son bras.

— Ta séance de tennis a été repoussée d'une heure. Il faut que je te parle. Si tu veux bien. Je te laisserai tranquille si tu me le demandes. Mais avant, je voudrais que tu m'écoutes.

Harlow s'était raidie pendant que je lui chuchotais ces quelques mots à l'oreille. Elle resta un instant immobile, puis finit par acquiescer d'un hochement de la tête.

— Merci, répondis-je. Je voudrais te parler en privé. Tu m'accompagnes à ma voiture ?

Harlow poussa un soupir vaincu.

— Oui, si tu veux.

Elle acceptait, même si c'était à contrecœur. C'était une première victoire.

Nous gagnâmes le parking en silence. J'ouvris la portière passager avant de prendre place côté conducteur.

— Parle, je t'écoute, ordonna-t-elle, les yeux fixés droit devant.

— Ce que nous avons fait… ce que nous avons vécu est important pour moi.

Harlow ne broncha pas.

— Quand j'ai reçu le coup de fil pour Jace, je me suis précipité ici en état de choc. Ensuite… j'ai vu Bethy s'effondrer totalement. À l'enterrement, elle souffrait tellement de sa perte, ça m'a terrifié. Avec Jace, elle était partie pour la vie. Elle l'avait aimé de tout son cœur et la vie le lui avait arraché. À jamais.

Harlow continuait à regarder droit devant elle, mais je vis un froncement inquiet gagner son visage.

— Et je ne pensais qu'à une chose : si moi aussi j'aimais une personne aussi fort et qu'elle disparaissait ? Comment survivre à ça ? Je regardais Rush et Blaire. Il la serrait contre lui, elle sanglotait et je me suis demandé comment il réussirait à se lever chaque matin s'il la perdait. Ou s'il perdait Nate.

Je pris une profonde inspiration. Je n'avais encore jamais parlé aussi ouvertement à quelqu'un. Même avec Blaire et Rush, je ne m'étais pas expliqué de cette manière. Devant Harlow, je déballais tout.

— J'ai décidé de ne jamais être vulnérable comme ça, de ne jamais aimer quelqu'un à ce point, ni de courir le risque de perdre la personne qui me possédait tout entier. C'est pour ça que je me suis mis à boire. Aussi parce que je me suis rendu compte que je pourrais facilement tomber amoureux de toi. En à peine deux semaines, j'avais commencé à avoir pour toi des sentiments que je n'avais jamais connus, pas de cette manière, en tout cas, et ça m'a fait peur. Je savais que tu me posséderais tout entier si je laissais faire les choses. Alors j'ai pris la tangente. J'ai bu trop de whisky et, quand Nan s'est pointée, j'ai dérapé. J'aurais dû l'éviter. Je croyais avoir été amoureux d'elle à un moment donné. Sauf que ce n'était pas le cas. J'ai compris ça au bout de deux semaines avec toi. Avec Nan, c'était purement du désir. Ça me plaisait qu'on ait besoin de moi. Avec Nan, ça n'a jamais été autre chose.

Harlow finit par baisser les yeux. Elle se tordait nerveusement les doigts.

— Je n'ai jamais voulu te faire de mal. Pour rien au monde. Je ne mérite pas ce que tu m'as donné, mais je te jure que je le chérirai toute ma vie. Ça compte plus que tu ne peux l'imaginer. Mais je n'aurais pas dû prendre ton innocence cette nuit-là. J'aurais dû me comporter en homme, me rendre compte que je ne le méritais pas et partir. Mais tu me rends vulnérable. C'est aussi ce qui me fait peur chez toi. Personne ne m'avait jamais mis dans cet état.

Harlow finit par tourner la tête vers moi. La dureté de son regard avait cédé le pas à de la compréhension. Elle se contenta de hocher la tête.

— O.K. Tu es pardonné.

Elle ouvrit la portière et sortit sans un mot.

Je restai assis en attendant que le tourbillon d'émotions retombe. Je ne voulais pas qu'elle le prenne aussi simplement et qu'elle s'en aille. Mais je ne pouvais pas lui donner plus. C'était réglé : je m'étais expliqué et elle m'avait pardonné. C'était donc fini entre nous ? La douleur qui accompagnait ce constat était profonde. Je frottai ma poitrine, me reposai contre l'appui-tête et fermai les yeux.

— Qu'est-ce que j'ai fait ? murmurai-je.

Un grand coup me fit sursauter. J'ouvris les yeux et découvris Mase dans l'encadrement de la fenêtre.

Je baissai la vitre tandis qu'il faisait glisser ses lunettes de soleil sur le sommet de son crâne.

— C'était quoi, ce cirque ?

— Je voulais lui expliquer certaines choses. Je lui ai fait du mal et je voulais m'assurer qu'elle connaisse la vérité.

— À savoir ? insista Mase sans me quitter des yeux.

— À savoir que je n'étais pas prêt à m'engager et qu'elle est le genre de fille pour qui on s'engage.

Mase eut un petit rire hargneux.

— Un peu, mon neveu, et elle est trop bien pour toi. Harlow ne se contentera jamais des miettes de Nan, et tu n'es rien d'autre que ça, mon pote : un vieux reste de Nan.

Il remit ses lunettes en place et regagna sa camionnette cradingue d'un pas léger.

J'étais furax, mais il avait raison. Je n'étais pas assez bien pour Harlow. Je le savais, bordel, ce n'était pas la peine de me le rappeler.

Harlow

Le tennis était le défouloir idéal. Comme je n'avais aucune envie de parler, je m'étais contentée de frapper la balle pendant une heure et je n'en avais pas raté une seule. Lorsque Adam reposa sa raquette, lança la balle en l'air, la rattrapa et l'empocha, je sus que le cours était fini.

— Tu as tout déchiré, aujourd'hui. J'ai cru que tu allais déchiqueter la balle, plaisanta-t-il tandis que je regagnais le banc.

Je m'essuyai le visage et pris une longue gorgée d'eau.

— C'était par amour du jeu ou tu t'imaginais la tête de quelqu'un à la place de la balle ?

Je m'efforçai de sourire.

— Il y a des jours comme ça. Je me sens mieux, maintenant.

— Tant mieux. Parce que je me demandais si tu voulais dîner avec moi ce soir, et pourquoi pas aller au cinéma.

Adam était-il en train de me proposer une soirée en tête à tête ? Son regard plein d'espoir était assez explicite.

Spontanément, je voulus dire non. Je n'étais pas prête à ça, mais je me ravisai. Grant m'avait blessée, mais cela ne voulait pas dire que tout le monde après lui allait faire la même chose. Grant s'était surtout sorti d'un mauvais pas, sans le savoir. Adam ne courait pas du tout le même danger. Jamais je n'aurais envie de lui comme je désirais Grant. En plus, pourquoi se protéger de tout le monde? C'était injuste. Est-ce que je voulais réellement passer seule toute ma vie? Non. Je ne voulais pas vivre avec mon père pendant le restant de mes jours. Je méritais de profiter de la vie. Je voulais connaître l'amour. Et comment le trouver si je l'empêchais de venir jusqu'à moi?

— Avec plaisir, répondis-je.

Adam me sourit et je ne pus me retenir de faire de même. J'avais un rendez-vous galant. Un vrai de vrai. Mon père aurait été fier de moi.

— Pfiou, depuis ce matin je me dis que tu vas refuser, il m'a fallu tout mon courage pour te poser la question.

Il avait pris un risque. Sa démarche me touchait. Plus que tout ce que Grant avait jamais fait.

— Je suis contente que tu aies proposé, affirmai-je en toute honnêteté.

— Moi aussi, dit-il en posant sa serviette sur son épaule. Tu t'en vas?

Je hochai la tête.

— Je te raccompagne à ta voiture. Mon prochain élève peut bien attendre une petite minute, dit-il en ouvrant la grille.

Cette attention me plaisait. Il m'emboîta aussitôt le pas.

— Je peux passer te prendre chez toi, si ça te convient.

— Oui, c'est parfait. J'habite au 43 Rosemary Beach Estates.

— 19 heures? Ou c'est trop tôt?

— 19 heures c'est parfait.

Nous contournâmes le bâtiment au lieu de le traverser, mais Adam ne semblait pas pressé.

— Ça se passe bien avec Nan? s'enquit-il.

Je haussai les épaules. Pas vraiment. Elle détestait Mase et moi encore plus d'être là, mais ça m'était égal.

— C'est tolérable.

Nous débouchions sur le parking lorsque je me souvins que j'avais laissé ma voiture au voiturier.

— Harlow ! interpella Mase depuis sa camionnette.

Je l'aperçus puis jetai un œil à Adam.

— C'est Mase, mon frère. Il est de passage, expliquai-je.

Adam écarquilla imperceptiblement les yeux.

— J'ai entendu dire que Kiro avait un fils, mais je croyais que c'était une rumeur.

Une boule se forma dans le creux de mon ventre. L'allusion à mon père me déstabilisait. Il avait entendu parler de Mase ? Seuls les inconditionnels de Slacker Demon étaient au courant. Mase restait soigneusement à l'écart de la presse. Je ne savais pas trop qu'en penser…

Adam tourna son visage souriant vers moi.

— À ce soir, lança-t-il.

Je hochai la tête et il rebroussa chemin avant que Mase ne nous ait rejoints.

— Monte, suggéra Mase. J'ai envie de déjeuner, mais pas ici. Je veux de la vraie bouffe.

Je grimpai dans la camionnette.

— C'est ton prof de tennis ? interrogea-t-il.

Je me contentai de hocher la tête, préoccupée que j'étais par le commentaire d'Adam à son propos.

— Il te plaît ? Parce qu'il craque carrément sur toi. Il avait la langue qui traînait par terre.

— On déjeune où ? demandai-je dans l'espoir de faire diversion.

— Hooters. Réponds-moi : il te plaît, ce gusse ?

Je poussai un soupir de frustration. Mase était un vrai pitbull.

— Il m'a invitée à sortir.

— Ça ne répond pas à ma question.

— O.K. Je crois que je l'aime bien.

— Tu crois ?

Je poussai un grognement et lui lançai un regard exaspéré.

— J'en sais rien. Il a l'air gentil et sincère, mais je connais la chanson. Les mecs m'aiment bien à cause de papa. À force, ça lasse, d'autant plus que je me suis déjà fait avoir par le passé. Mais j'ai grandi, je suis plus futée et je fais attention maintenant.

Mase fronça les sourcils. Il ne connaissait pas ce problème. Les femmes se jetaient à ses pieds parce qu'il était tel qu'il était, pas à cause de son père. Il était superbe et personne ne savait vraiment qu'il était le fils de Kiro.

— Tu as l'impression que ce type s'intéresse à ton père ?

— Je ne sais pas, avouai-je en haussant les épaules.

— Tu as accepté ?

Je hochai la tête.

— Tu dois bien lui trouver quelque chose, alors, observa-t-il.

C'était le cas. Jusqu'à ce qu'il voie Mase.

— Il avait entendu parler de toi. Quand je t'ai présenté comme étant mon frère, il savait déjà que Kiro avait un fils. Seuls les purs et durs sont au courant.

Une lueur de compréhension illumina le regard de Mase tandis qu'il prenait un embranchement pour quitter la ville.

— Je vois. Ouais, c'est bizarre. Mais peut-être qu'il n'est pas vraiment fan ; il a peut-être juste entendu des ragots à Rosemary. Ce bled est une vraie mine d'informations, tout ça parce que le fils de Dean a grandi ici. Tout le monde a l'impression de détenir un scoop. Si ça se trouve, il a simplement entendu un bruit de couloir.

Je n'avais pas pensé à cette éventualité. Il devait croiser les membres du groupe au country club. Rosemary avait des liens forts avec les Slacker Demon. Je poussai un soupir de soulagement et me laissai aller contre le siège. C'était plausible.

— Tu te sens mieux ? s'enquit Mase.

— Oui.

— Bien. Mais si j'ai tout faux, tu me dis et je lui refais le portrait.

Je souris. Pas parce qu'il fanfaronnait. Mais parce qu'il était sérieux. Mase était un dur à cuire. Petit, il avait grandi avec un père absent. Son beau-père texan, propriétaire d'un ranch, portait des santiags et un Stetson en toutes occasions. C'était un grand costaud qui parlait fort. Je l'adorais. Même quand j'étais toute petite, il faisait toujours en sorte que je me sente à l'aise quand je leur rendais visite.

De nous trois, Mase avait eu le plus de chance : sa mère l'adorait, son beau-père le traitait comme un fils. C'est peut-être pour cela que Mase était le meilleur d'entre nous. En tout cas pas le pire. Le titre revenait à Nan. Mais à vrai dire, c'est elle qui avait écopé de la pire existence, pour autant que je puisse en juger.

Une petite partie de moi ressentait de la peine pour elle. Mais une toute petite partie uniquement.

Grant

J'entrai chez Rush après avoir frappé une seule fois. Je n'étais pas d'humeur à attendre. Blaire descendit l'escalier avec Nate juché sur sa hanche, une poignée des cheveux de sa mère dans la bouche.

— Grant ?

Elle avait l'air inquiet. Je n'avais plus fait irruption chez eux depuis leur mariage. Ce n'était plus désormais la garçonnière de mon frère, mais leur maison.

— Elle m'a laissé parler et elle m'a répondu « O.K. », elle m'a pardonné et elle est partie. C'est tout. Sans poser de questions. Rien. Et puis… ce connard d'Adam a raconté qu'il l'invitait à dîner ce soir. J'ai fait un crochet par le café pour prendre une bouteille d'eau et je l'ai entendu parler. Adam ! Ce type est… vraiment…

— Il est sympa, compléta Blaire en sauvant ses cheveux des mains de Nate avant de me tendre son fils. Prends-le, mais pas de gros mots. Il faut que je me prépare un truc à grignoter ; tu peux me parler pendant ce temps.

Nate me gratifia d'un sourire et j'aperçus une petite dent qui affleurait de sa gencive.

— Regarde-moi ça. Tu as une dent, petit homme.

Nate continua de me sourire tout en attrapant mes boucles. Il avait une sacrée poigne et moi une énorme tignasse.

— Ouah, mec, va pas m'arracher les cheveux, j'en ai besoin !

Je fis diversion en lui tendant mes clés de voiture.

Blaire se retourna en entendant le cliquetis du trousseau et le lui retira des mains aussi sec.

— C'est plein de microbes. Il fait ses dents et porte tout à sa bouche.

Elle ouvrit le congélateur et lui tendit à la place un jouet bleu qui avait l'air congelé.

— Mais il va se geler les menottes !

— Non, c'est conçu pour la poussée de dents ; ça anesthésie les gencives.

Je n'avais pas envie de penser à toutes ces conneries pour moutards.

— Rush est là ?

— Il est allé courir sur la plage. Il ne va pas tarder, ça fait plus d'une heure. Bon, revenons-en à Harlow, poursuivit-elle en sortant de la nourriture peu ragoûtante du frigo. Elle te pardonne, te laisse t'en tirer comme ça et tu es furax parce qu'elle n'est pas montée au créneau et sort maintenant avec Adam.

Pas exactement. À l'entendre, j'étais sacrément égoïste.

— J'aurais voulu qu'on en parle plus longuement.

Blaire leva les yeux de la tomate qu'elle était en train de couper.

— Vraiment ? Et rien d'autre ? Parce que la plupart du temps quand un mec veut rembarrer une nana, il évite que ça fasse un foin. On dirait bien que Harlow t'a mâché le travail.

— Je ne l'ai pas rembarrée, protestai-je tandis que Nate balançait son jouet bleu par terre en applaudissant d'un air émerveillé.

— Il veut que tu le ramasses, expliqua Blaire avec un petit sourire en coin. Je te préviens, c'est son jeu favori. Il va te traiter comme son toutou et il continuera tant que tu iras le chercher.

Je haussai les sourcils.

— Ben mer… mince alors je suis censé faire quoi, moi ?

Blaire eut un haussement d'épaules.

— Soit tu es son tonton préféré et tu ramasses, soit tu es un vieux rabat-joie et tu l'ignores.

Merde. Je me penchai pour ramasser son jouet et Nate me sourit comme si j'étais la personne la plus extraordinaire au monde. Il était mignon… et à cet instant précis, je me sentis assez spécial… jusqu'à ce qu'il le balance de nouveau par terre en battant des mains.

— Quel manipulateur, rouspétai-je en me penchant pour ramasser.

— Oh, la bonne poire ! s'exclama Rush en entrant par l'arrière de la maison.

Il me sourit puis s'approcha de Blaire qu'il embrassa goulûment devant moi et le gamin.

— J'ai besoin d'un coup de main. Lâche-la, tu vas finir par lui gober tout le visage, ronchonnai-je.

Rush fit durer le plaisir puis se tourna vers moi.

— C'est encore à propos de Harlow ?

— Oui, répondit Blaire en déposant un dernier baiser sur ses lèvres avant de retourner à sa tomate.

— Papapapapa, gazouilla Nate.

Blaire et Rush se figèrent sur place. Blaire laissa tomber son couteau et plaqua la main contre sa bouche.

Rush dévisagea son fils avec une émotion qui m'était incompréhensible.

— Papapapapa, répéta Nate.

— Oh mon Dieu, il l'a dit pour de vrai, s'exclama Blaire en riant, les larmes aux yeux.

Rush contourna le plan de travail et me prit Nate des mains comme si je n'étais pas là.

— Hé, p'tit gars, murmura-t-il avec émerveillement.

Nate tapota la poitrine de Rush.

— Papapapa.

Blaire émit un nouveau petit cri de joie et Rush se fendit d'un large sourire.

— C'est ça, p'tit gars. Tu arrives à le dire maintenant, hein ?

En regardant Blaire, je compris qu'il s'agissait du tout premier mot de Nate. Je venais d'être témoin d'un moment privilégié dans la vie de leur famille. Il fallait que je parte pour les laisser avec leur fils. Je parlerais à Blaire plus tard.

Blaire se précipita vers Rush qu'elle serra dans ses bras.

— C'est qui, Nate ? interrogea-t-elle et une fois encore il répondit joyeusement.

Je m'éclipsai sans un mot et regagnai mon 4×4. J'envoyai un texto à Rush :

Félicite Nate de ma part pour son premier mot. On se parle plus tard. Je vous laisse profiter de ce moment ensemble.

Il était 20 heures passées et je n'arrêtais pas de ressasser le rancart de Harlow. Pourquoi ? Il fallait que je l'oublie. Je lui avais bien dit que je ne pouvais pas m'engager envers elle, ni sortir avec elle, ni rien. Il me restait juste un putain de bon souvenir. Le meilleur. Il fallait tourner la page. Puisque j'avais peur de m'impliquer dans autre chose que des relations sans lendemain, il fallait que j'accepte mon sort. Mais il était hors de question que je sois superficiel avec Nan. C'était trop dangereux.

Harlow voulait plus que ça. Et moi je voulais moins. Je me dirigeai donc vers le rade le plus proche. J'allais lever une minette qui voulait passer du bon temps. Je ne voulais pas m'encombrer d'une fille du club. Elles cherchaient toutes quelque chose que je n'étais pas prêt à donner.

Je connaissais bien cet endroit. C'était mon point de chute quand je fuyais Rosemary. Les musicos y faisaient de bonnes reprises, la bière était bien fraîche et les filles des facs environnantes étaient disponibles en abondance.

En entrant, je jetai un coup d'œil circulaire et repérai plusieurs sujets prometteurs avant de mettre le cap sur le bar. Lynette était aux manettes ce soir. Pour une nana de l'âge de ma mère, c'était une vraie bombe.

— Salut beau gosse. On ne t'a pas vu de la semaine. J'ai cru que tu avais encore quitté la ville.

Je la gratifiai d'un sourire, qui ne lui ferait ni chaud ni froid, elle était trop hardcore pour ça, mais je savais qu'elle aimait bien qu'on flirte un peu.

— Tu me manquerais trop.

— Mon œil ouais, lâcha-t-elle en souriant avant de déposer une pinte devant moi. C'est notre meilleure pression.

— Merci ma belle, répliquai-je, clin d'œil à l'appui.

Lynette éclata de rire avant de s'éloigner pour porter main-forte à un collègue. Je me retournai vers la salle. Deux jolies blondes en minijupe de cuir rouge et dos nus assortis me draguaient de leurs petits sourires. Elles n'étaient pas jumelles, mais se donnaient bien du mal pour le paraître. La tenue assortie apportait une touche réussie. Sans oublier leurs jambes à tomber par terre. Même si elles ne jouaient pas dans la catégorie de Harlow…

Mais non, merde ! J'interrompis le fil de mes pensées. Je n'allais pas commencer à comparer toutes les filles à Harlow. Ces deux-là étaient bien roulées, avec une belle paire de seins rebondis prêts à déborder de leur haut microscopique. Et les talons aiguilles me faisaient carrément de l'effet. Je décollai aussitôt du zinc.

— Je me doutais bien que ces deux-là allaient te taper dans l'œil, commenta Lynette d'un ton amusé.

Je lui coulai un regard en biais.

— Tu me connais bien.

Elle secoua la tête et versa une nouvelle bière.

Les deux filles prirent une pause sexy en me voyant approcher. Elles ne demandaient que ça. Ça allait être un jeu d'enfant. Je n'avais aucune envie de me prendre la tête ce soir, ce serait parfait.

— Vous êtes seules, toutes les deux? Habillées comme ça? lançai-je en sirotant une gorgée.

Je n'allais pas m'embarrasser de répliques débiles. Elles se mirent à rire et échangèrent un regard.

— Oui, dirent-elles en chœur.

Elles allaient même jusqu'à répondre d'une seule voix. Elles géraient leur duo à la perfection. C'était impressionnant.

Le groupe commença à balancer un bon son sexy et je reposai ma bière.

— Dansez avec moi, intimai-je en les devançant sur la piste de danse.

Je n'eus pas besoin de me retourner pour m'assurer qu'elles me suivaient. Je voulais voir ce qu'elles avaient dans le ventre : leur tenue et leur corps étaient prometteurs, mais leur manière de danser allait m'indiquer si elles valaient le détour. En plus, j'étais encore sobre. Il allait me falloir plus d'alcool pour jouer à ça.

— Moi, c'est Carly, annonça la nana aux yeux marron en s'approchant si près que ses seins se comprimèrent contre son haut.

— Moi c'est Casey, enchaîna l'autre en se collant contre mon dos.

Même leurs prénoms étaient assortis. Si c'était pas mignon.

— Faites-moi voir ce que vous avez sous la carrosserie, les filles.

Je glissai une main sur la hanche de la nana de devant et enroulai la main de celle de derrière autour de ma taille.

Puisque j'étais persuadé d'avoir envie de ça, j'allais réapprendre à apprécier tout ce cirque. Casey fit glisser sa main jusqu'à ma queue qu'elle caressa tout en se frottant contre mon dos. Je posai une main sur le cul de Carly et passai deux doigts sous l'ourlet de sa jupe pour titiller sa peau nue. Elle était douce. Ses seins appuyaient juste sous ma bouche et à chaque ondulation de nos corps je me concentrai sur le plaisir que j'aurais à sucer ses tétons. Ma bite se raidit sous mon jean tandis que Casey continuait à l'astiquer.

J'écartai les jambes pour qu'elle puisse empoigner mes couilles à travers le tissu. Ces deux nanas allaient me soulager cette nuit.

— C'est bon ? me susurra Casey à l'oreille.

— Avec ta bouche dessus ce sera encore meilleur.

— J'aime bien le faire à quatre pattes, enchaîna Carly en se léchant les lèvres.

Ouais, ces deux-là feraient l'affaire.

Harlow

Adam s'était montré poli et attentionné tout au long du dîner. Il n'avait pas une seule fois mentionné mon père ou Mase, à mon grand soulagement, ce qui me permit d'évacuer cette inquiétude. Les habitudes ont à la vie dure, et j'avais le chic pour dresser des murs entre moi et les types que je soupçonnais de vouloir approcher mon père par mon biais.

Au cinéma, nous avions choisi un film d'action. Nous étions tous les deux fans du genre et, pendant deux heures, j'avais profité d'être en « mode veille » sans me soucier de la conversation. Puis il m'avait raccompagnée à la maison. La voiture de Nan et la camionnette de Mase n'étaient pas là et je m'étais dit que je pouvais l'inviter. C'était bien ce que j'étais censée faire, non ?

— J'ai passé une bonne soirée, lui confiai-je en gagnant la porte d'entrée.

— Moi aussi. J'espère qu'on pourra remettre ça, renchérit-il d'un ton sincère.

— Avec plaisir, répliquai-je avec la même honnêteté.

Car c'était vrai. Malgré mon anxiété, le rendez-vous s'était bien passé et m'avait agréablement occupée le temps d'une soirée.

Je sortis les clés de mon sac.

— Tu veux entrer boire quelque chose ? J'ai du café, proposai-je.

Fallait-il proposer plutôt une boisson forte ? Je ne savais pas trop.

Adam me sourit.

— Oui, volontiers. Je ne suis pas tout à fait prêt à déjà partir.

Je poussai un soupir de soulagement. J'avais fait le bon choix.

J'ouvris la porte et m'effaçai pour le laisser passer.

— Entre.

Adam eut un petit sifflement admiratif. Je jetai un œil à la maisonnée : elle était plutôt impressionnante.

— Nan a des goûts de luxe, expliquai-je en déposant mon sac dans l'entrée. La cuisine est par là, poursuivis-je en ouvrant la voie.

— Tu arrives à vivre avec quelqu'un avec qui tu ne t'entends pas bien ?

— Oui et non. C'est comme ça. On s'y résout l'une comme l'autre mais on s'ignore. Tu veux un café ou autre chose ? Nan a un bar complet, précisai-je tandis que nous débouchions dans la cuisine.

— Il faut encore que je conduise jusqu'à chez moi : un café, c'est très bien.

Je m'activai à la préparation du café en laissant Adam à la contemplation des lieux.

— Ton frère habite ici, lui aussi ?

Sa question me crispa instantanément. Je fis un effort pour me rappeler qu'il faisait simplement la conversation. La mention de Mase ne signifiait pas forcément qu'il s'intéressait à mon père.

— Il loge ici le temps de sa visite.

— Une réunion de famille, observa-t-il avec un sourire.

Je n'allais pas céder, ne pas y penser. Il fallait que j'apprenne à faire confiance. L'allusion à ma famille ne voulait pas dire qu'il était fan de mon père. Je devais surmonter ce sentiment d'insécurité.

— Pas exactement, répliquai-je en sortant deux tasses du placard.

J'entendis alors le bip qui signalait l'ouverture de la porte d'entrée et me figeai. Si c'était Nan, ça ne présageait rien de bon. Son rire me parvint, accompagné d'une voix plus grave. Je sentis mon ventre se nouer. Mon Dieu, par pitié, faites que ce ne soit pas Grant. Pas maintenant. Je ne pourrais pas faire face. Je n'étais pas encore prête.

Le claquement de ses talons sur le marbre du couloir se rapprochait de la cuisine.

— Nan, expliquai-je à l'attention d'Adam en versant une tasse de café.

— Ah, fit-il simplement.

— Lait et sucre ?

— Nature, merci.

Je lui tendis la tasse tandis que Nan entrait en titubant dans la cuisine au bras d'un grand blond au teint hâlé, affublé d'un polo rose pâle et d'un short à carreaux écossais. Une tenue qui aurait eu l'air parfaitement ridicule sur moins attirant que lui.

— Bien le bonjour, lança-t-il en me gratifiant d'un sourire qui me mit mal à l'aise. (Puis son regard se posa sur Adam et il écarquilla légèrement les yeux.) Adam, salut.

Nan nous décocha un regard mauvais à tous les deux.

— Qu'est-ce que vous faites ici ?

— J'habite ici, et voici mon invité, répliquai-je.

Je mélangeai le sucre dans mon café tout en priant pour qu'elle s'en aille.

— Rentre tes griffes, mon chaton. C'est ta sœur et Adam. Sois mignonne.

— Ce n'est pas ma sœur, riposta Nan d'un ton rageur.

Je n'étais pas d'humeur à supporter ses ridicules accès de rage. Je commençais à en avoir ras le bol.

— Dans ce cas, tu devrais peut-être quitter cette maison que mon père a payée, suggérai-je avant d'avaler une gorgée de café.

La haine qui illumina son regard me confirma que j'avais tapé dans le mille. Tant mieux. Il fallait qu'elle grandisse.

— Comment oses-tu ?

— Comment j'ose quoi, Nan ? Te rappeler que nous partageons un père à qui cette maison appartient ? Ici c'est autant chez toi que chez moi. Si tu as quelque chose à y redire, je te prierai de l'appeler. Je suis sûre qu'il clarifiera la situation pour toi.

Ce sens de la repartie me venait forcément de quelque part, mais je ne savais pas trop d'où ; j'avais l'impression d'être possédée et de perdre le contrôle de ma parole.

Le grand blond se mit à rire, puis tapota le bras de Nan comme pour la calmer.

— C'est ta sœur, pas de doute. Grande gueule elle aussi. Calme-toi un peu, ma belle, et laisse-les tranquilles. On n'est pas venus pour siroter du café, objecta-t-il en me gratifiant d'un clin d'œil, comme si leurs projets m'intéressaient. Moi, c'est August, au fait, conclut-il.

Le prof de golf dont j'avais entendu parler. J'étais ravie que ce soit lui et pas Grant. Plus que je ne voulais bien l'admettre.

— Harlow, enchantée.

— Ne lui parle pas ! cracha Nan.

— Tu deviens mauvaise quand tu bois de la tequila. Je vais finir par t'empêcher de picoler autant, intervint August.

— Non, elle est mauvaise tout le temps. La tequila n'a rien à voir là-dedans, coupai-je.

Cette fois-ci, Adam se mit à rire. August, lui, se retenait de sourire.

— Je crois que je vais mettre un terme à tout ça avant que ça vire à la bagarre. Allez viens, Nan, on monte.

Le bip résonna de nouveau et tout le monde se retourna vers l'entrée.

Le bruit lourd d'une paire de bottes m'informa qu'il s'agissait de Mase avant même qu'il n'atteigne la cuisine.

— Merde, il ne manquait plus que lui, se lamenta Nan, ce qui me fit sourire.

Mase contourna Nan et August en les dévisageant avant de se tourner vers Adam et moi.

— Quoi de neuf ? Me dites pas que j'ai raté une engueulade familiale ? Quel dommage !

— J'emmène celle-là à l'étage avant que ça dégénère, expliqua August.

Mase s'appuya sur le plan de travail devant moi avant de croiser les bras sur sa poitrine.

— Elle a pas intérêt à toucher un seul cheveu de Harlow, si elle ne veut pas retrouver ses os en mode puzzle, lâcha-t-il d'un ton las.

August riposta d'un air étonné.

— Mec ! Harlow n'est pas innocente dans l'affaire. Elle l'a carrément rembarrée, elle aussi.

Mase me jeta un coup d'œil par-dessus son épaule.

— Tu as répondu ? interrogea-t-il.

Je hochai la tête. Inutile de mentir. Le visage de Mase se fendit d'un sourire.

— Ah ben ça alors ! C'est bien, ma grande, s'exclama-t-il. (Puis se retournant vers August :) Mets-toi à la colle avec elle si ça peut te faire plaisir. Mais quand elle t'aura bien écrabouillé sous ses talons pointus, tu comprendras à quel point c'était une mauvaise idée.

— Allez vous faire foutre, tous les deux. Viens, August. On se casse, ordonna Nan en lui empoignant le bras pour quitter la cuisine.

Ses talons résonnèrent dans l'escalier qu'elle gravit en tapant des pieds comme une sale gosse.

— Eh bien c'était… intéressant, observa Adam avant d'avaler une gorgée de café.

— N'est-ce pas ? Cette baraque est un vrai zoo, renchérit Mase. (Puis se tournant vers moi :) Il reste du café ?

Je hochai la tête, versai une tasse et contournai le bar. La situation était devenue embarrassante et je ne savais pas quoi faire d'Adam après cet épisode.

— Je suis le frère de Harlow. Mase.

Voilà qu'il était obligé de se présenter lui-même. Quelle piètre maîtresse de maison j'étais.

— Adam. Ravi de faire ta connaissance.

— Vous avez passé une bonne soirée, tous les deux ? interrogea Mase.

— Oui.

Nous avions répondu en chœur. Je rougis aussitôt tandis que Mase rigolait.

— Bien, je vais me coucher. On se voit demain. Ravi de t'avoir rencontré, Adam, conclut-il en m'embrassant sur le sommet du crâne.

Une fois le bruit de ses pas s'estompant dans l'escalier, je jetai un œil à Adam.

— Je suis désolée de ce qui s'est passé. Ce n'était peut-être pas une très riche idée de t'inviter à entrer.

— Non. Mais… euh, je comprends maintenant. Pourquoi tu n'aimes pas habiter ici. Elle est vicieuse comme une vipère. Je me demande pourquoi August fricote avec elle. À tous les coups, elle n'est même pas au courant qu'il a une petite fille. Il ne la laisse quand même pas approcher sa gamine quand il la garde le week-end.

Mince… Nan sortait avec un type qui avait un enfant ? J'avais du mal à me représenter la situation.

— J'espère que non. Nan serait capable d'y voir une concurrente. Elle est totalement immature.

Adam hocha la tête avant de froncer les sourcils.

— Je me disais la même chose.

Je bus une nouvelle gorgée de café en songeant à le convier dans le salon. Mais j'étais trop épuisée après tout ce cirque et je n'avais pas envie de faire durer la soirée. Surtout si Nan se mettait à faire du bruit là-haut.

— Je commence à fatiguer et j'ai les idées un peu en vrac.

Adam hocha la tête et m'adressa un sourire compréhensif.

— Je serais dans le même état à ta place, affirma-t-il en se levant.

Je reposai ma tasse et le raccompagnai à la porte.

— Encore merci pour cette soirée, et désolée pour la scène.

Adam resta silencieux. Il me dévisagea un moment comme s'il prenait une décision importante. Puis il se pencha lentement et je sus d'instinct ce qui allait se passer : mon premier baiser depuis Grant. Au cours de cette fameuse quinzaine, j'avais beaucoup embrassé Grant. Je n'avais pas l'intention de le comparer à Adam, mais j'avais bien peur de ne pas pouvoir m'en empêcher.

Ses lèvres touchèrent délicatement les miennes. Elles n'étaient pas aussi douces mais elles étaient chaudes. Notre baiser fut agréable et Adam ne tenta rien de plus. Lorsqu'il recula pour me sourire, je sus que rien ne serait jamais à la hauteur des baisers de Grant, mais que je pouvais très bien me contenter de ça.

— Elles sont aussi douces et onctueuses qu'elles en ont l'air, murmura-t-il en secouant la tête. Bonne nuit, Harlow.

Avant que je n'aie eu le temps de répondre, il avait déjà refermé la porte derrière lui.

Adam n'était pas Grant, mais il était gentil et il avait envie de moi. Je me sentais spéciale dès qu'il me souriait. Comme si, à ses yeux, j'étais exceptionnelle. Grant Carter était fait pour nourrir les fantasmes des femmes. Adam appartenait à la réalité. Et je ne courais pas le risque de trop m'impliquer avec lui. Il serait parfait pour me tenir compagnie.

Grant

— Tu te fous de ma gueule.

La voix de Rush fit irruption dans mon rêve. Je décollai lentement les paupières et tombai nez à nez avec une paire de seins. Perplexe, je baissai les yeux et aperçus deux paires de jambes drapées sur moi.

Carly et Casey. J'avais oublié qu'elles étaient encore là. J'étais tombé dans les vapes. Merde. J'aurais préféré les renvoyer chez elles. La voix de Rush me revint soudain à l'esprit et je me tournai d'un bond vers la porte. Rush me lançait un regard écœuré et évitait soigneusement de poser les yeux sur les deux femmes nues dans le lit. Ce pour quoi je lui tirai mon chapeau : elles avaient de bien beaux culs, comme j'avais pu le constater de première main.

— Débarrasse-toi d'elles et retrouve-moi sur le balcon, ordonna Rush avant de tourner les talons.

Pourquoi était-il furax à ce point ? J'étais adepte de ce genre de choses, ça n'était pas nouveau.

Je me démêlai du lit et contemplai les deux filles avec qui j'avais passé la nuit. Plusieurs emballages de préservatifs jonchaient la pièce et le lit. Elles n'avaient pas manqué de répondant.

— Il faut se lever, les filles. Il est l'heure de rentrer à la maison, annonçai-je en retirant la couverture avant de leur administrer une claque sur les fesses.

Elles se mirent à ronchonner. Je ne me souvenais même plus qui était qui, juste que j'avais fini par les appeler toutes les deux Harlow pendant la nuit ; à ce moment-là j'avais touché le fond.

— J'ai de la visite. Habillez-vous. Je vais vous commander un taxi, il sera là dans cinq minutes. C'était sympa, conclus-je en allumant la lumière pour accélérer le mouvement.

— Aïe, se lamenta l'une d'elles en se couvrant les yeux.

J'attendis qu'elles soient toutes les deux levées, cherchant leurs vêtements à tâtons, avant de les laisser se préparer. Je me demandais ce que Rush faisait ici.

J'ouvris la porte du balcon et sortis dans un flot de soleil.

Rush me fusilla du regard.

— Deux nanas ? Sérieusement ? C'est vraiment tordu.

Je haussai un sourcil.

— Épargne-moi la leçon de morale. Tu faisais la même chose dans le temps.

— J'étais stupide. Comme toi aujourd'hui, protesta Rush en secouant la tête.

— Fais gaffe à ce que tu dis. Je trouve au contraire que c'était carrément malin. Elles étaient gentiment déchaînées et ça m'a permis de lâcher du lest.

Rush tourna la tête vers moi.

— Je croyais que tu avais un faible pour Harlow.

C'était le cas, mais je ne pouvais pas me le permettre, et je lui avais déjà expliqué pourquoi.

— Désirer Harlow est une chose. Bien sûr, j'ai envie d'elle. Comment lui résister ? Mais je tiens trop à elle pour lui faire du mal. Je ne vais pas devenir sérieux du jour au lendemain. Je ne peux pas avoir ce que toi tu as avec Blaire. Ça ne me ressemble pas.

— Foutaises, coupa Rush en se tournant vers moi. Je t'ai vu totalement bourré me bassiner qu'elle était spéciale, que tu voulais lui parler et à quel point son sourire te manquait. Ça ne disparaît pas en cinq secondes, ce genre de connerie.

J'avais même avoué qu'elle me manquait. Je ne m'en étais pas rendu compte. Et pourtant c'était vrai. Même ici elle me manquait. Elle me faisait rire et son sourire éclipsait tout sur son passage.

— Elle est sortie avec Adam hier soir.

— Le prof de tennis ?

— Ouais, lâchai-je.

J'en étais malade. Et si Adam l'avait embrassée ? S'il l'avait touchée ?

— Et alors, tu as baisé deux inconnues dans ton lit.

— Parce qu'elle est sortie avec Adam, ripostai-je.

C'était la vérité. Si elle n'avait pas eu ce rancart avec Adam, je ne serais pas parti en quête de distraction.

Rush poussa un soupir.

— Harlow est la personne la plus réservée que je connaisse. On l'a protégée toute sa vie. Elle est le seul rejeton de Kiro à avoir fait les frais de la presse étant enfant. Du coup il l'a cachée en Caroline du Nord chez sa grand-mère. Il détestait l'obsession des journalistes envers elle. Il a déboursé sans compter pour la préserver du monde extérieur. Quand sa grand-mère est morte, Harlow s'est retrouvée propulsée dans le monde de Kiro et elle a fait ce qu'elle fait de mieux : elle est retranchée dans sa chambre. Aujourd'hui, elle habite ici et elle a besoin d'amis. Elle ne peut plus rester planquée chez elle à cause de Nan. Alors oui, un gars lui a proposé un rancart et elle accepté. Pourquoi s'en priver ? Tu ne t'es pas donné la peine d'en faire autant. Tu n'as pas levé le petit doigt pour elle.

— J'ai peur d'elle.

Voilà. C'était dit.

Rush fronça les sourcils.

— Tu as peur d'elle ? On cause de Harlow ou de Nan ?

— J'ai peur de Harlow. De ce que je pourrais ressentir pour elle.

— Tu as peur de tomber amoureux d'elle, comprit-il enfin.

Je me contentai de hocher la tête.

— Pourquoi ? Pourquoi ça poserait un problème ? C'est quand même plus glorieux que ce sur quoi je suis tombé ce matin.

J'agrippai la rambarde. Je détestais l'aveu que je m'apprêtais à faire ; il me faisait passer pour un faible.

— Et si je la perdais ? Comme Jace.

— Tout le monde peut disparaître. Tu pourrais me perdre, pourtant tu ne me mets pas sur la touche.

C'était différent. Je plongeai mon regard dans le sien.

— Et si tu perdais Blaire ?

Cette possibilité l'effrayait forcément. Rush fronça les sourcils.

— Ce serait la pire des épreuves. Sa disparition détruirait mon âme. Mais je ne peux pas ne pas l'aimer par peur de la perdre. Ça ne serait pas une vie. Je ne connaîtrais jamais le bonheur de me réveiller dans ses bras. Je ne pourrais pas la regarder s'amuser et rire avec Nate. Le jeu en vaut la chandelle. En t'empêchant de vivre ça tu te soumets à la peur. Ne t'inflige pas ça. Le moindre instant passé en compagnie de Blaire et Nate vaut tout l'or du monde.

Ça se lisait sur son visage. Il n'avait pas peur de la perdre, n'était pas hanté par cette idée. Son existence lui plaisait véritablement. Ce qui pouvait potentiellement se passer ne l'empêchait pas d'avancer. C'était donc ça, la vie ? Prendre des risques ?

— Si tu penses que Harlow est faite pour toi, il faut que tu tentes ta chance. Si je perdais demain tout ce que j'ai, je ne regretterais pas une seule minute de ma vie. C'est pour ça qu'elle vaut la peine d'être vécue.

— Mon père a cru tomber amoureux. Deux fois. Et les deux fois, il s'y est brûlé les ailes et j'ai payé le prix fort. Je regarde sa vie et où il en est aujourd'hui et je trouve ça triste. Je ne veux pas vivre ça.

Rush secoua la tête comme s'il ne me comprenait pas du tout.

— Les deux femmes que ton père a aimées n'avaient rien à voir avec Harlow. Ton père n'a pas fait les bons choix. Harlow est le bon choix. L'homme à qui elle donnera son cœur sera chanceux. Elle est profondément intègre et bienveillante. Si tu t'autorises à tomber amoureux d'elle, je serai très heureux pour toi.

Il avait raison.

Le poids qui comprimait ma poitrine se souleva lentement. Ses paroles faisaient leur chemin. Je n'étais pas obligé de me faire du mal pour me protéger.

— Je l'ai sans doute trop repoussée, concédai-je en prenant conscience de la réalité.

Rush eut un haussement d'épaules.

— Peut-être. Peut-être pas. Tu n'as peut-être jamais eu l'ombre d'une chance. Mais est-ce qu'elle vaut la peine que tu essaies ?

Je hochai la tête.

— Oui, elle mérite que je la supplie.

Rush s'assit et appuya ses pieds contre la rambarde.

— Dans ce cas, tu arrêtes d'avoir des plans à trois avec des inconnues et tu t'appliques à ce que Harlow t'accorde une seconde chance.

Plus facile à dire qu'à faire. Je lui avais dit que je voulais que nous soyons amis et rien de plus. Elle avait acquiescé et était partie sans un mot. Que faire à présent ? Lui dire que j'avais changé d'avis ?

— Je ne crois pas qu'elle va me laisser revenir aussi facilement. Et puis son frère ne m'approuve pas particulièrement.

Rush eut un petit rire.

— Mase ? Ça ne va pas être de la tarte pour le convaincre. L'avantage, c'est que tu n'es pas obligé de le couvrir de baisers ni de le supplier de te pardonner. Concentre-toi sur Harlow.

Pour la première fois depuis des mois, j'entrevis une lueur d'espoir. L'idée de partager de nouveau la compagnie de Harlow était de loin la plus excitante… hormis celle de la voir nue.

Harlow

Une sonnerie lointaine interrompit mon rêve. Je m'efforçai d'ouvrir les yeux et compris qu'il s'agissait de mon téléphone. Je me tournai sur le côté et vis le numéro de Dean Finlay s'afficher à l'écran. C'était forcément à propos de mon père. Le père de Rush appelait exclusivement quand il y avait un problème avec Kiro. Je me redressai et répondis promptement.

— Salut. Qu'est-ce qui ne va pas ? demandai-je en jetant un œil au réveil.

Il était un peu plus de 3 heures du matin.

— Il a encore disparu, annonça Dean.

Ce n'était pas la première fois que mon père se volatilisait. Malheureusement, il se défonçait tellement qu'il se retrouvait dans des situations ridicules, à partir avec la première venue pour cuver dans son lit, souvent à des centaines de kilomètres de l'endroit où il était censé se trouver.

Je me levai pour sortir quelques vêtements du placard.

— Depuis combien de temps ? repris-je.

— Après le concert hier soir, il a fait la fête avec des groupies. Je l'ai laissé rejoindre la limousine pour se reposer. C'est la dernière fois que je l'ai vu. Trac était encore avec lui, et Wayne aussi. Wayne était trop dématé pour se souvenir de quoi que ce soit. Trac dit qu'il est parti avec deux femmes. Une rousse et une brune aux longs cheveux bouclés. Ça ne l'a pas particulièrement inquiété.

Trac Trace était le bassiste et Wayne Rolls le guitariste du groupe. J'enfilai un jean à la va-vite.

— Et Hail était où ?

Hail Holloway, le pianiste, était le plus responsable de la troupe.

— Hail était déjà parti. Il n'est au courant de rien.

— Je m'habille. Vous êtes où ?

Je savais bien que Dean m'appelait car c'était le seul moyen de remettre la main sur mon père. Parfois, il touchait le fond et j'étais visiblement la seule à pouvoir le ramener à la surface. Un jour, Dean m'avait dit que c'était parce que j'étais le portrait craché de ma mère.

— Je n'aime pas l'idée que tu fasses le voyage toute seule. C'est dangereux, dit-il d'une voix inquiète. Je ferais bien appel à Rush, mais il ne laissera jamais Nate et Blaire.

— Mase est de passage. Il m'accompagnera sûrement. Vous êtes où ? répétai-je en boutonnant ma chemise.

— À Las Vegas, soupira-t-il.

— Je me mets en route. Je ne sais pas quand je pourrai avoir un vol, mais j'arrive. Tiens-moi au courant.

— J'ai déjà envoyé le jet. Il t'attendra sur la piste d'atterrissage privée de Destin dans environ trente minutes. Ton père n'apprécierait pas que tu prennes un avion de ligne.

— Merci. Je vais essayer de l'appeler. S'il doit répondre à quelqu'un, ce sera à moi.

— Oui. Et insiste. À très vite, mon petit.

— Salut.

Je raccrochai et m'emparai d'une valise pour y mettre quelques vêtements. Je ne savais pas combien de temps l'épisode allait durer. Et il fallait que je réveille Mase.

J'ouvris ma porte sans faire de bruit et traversai le couloir. Je frappai à plusieurs reprises à la porte de Mase avant d'entendre un grognement.

— Quoi ? rouspéta-t-il.

Je poussai sa porte précautionneusement et jetai un œil dans sa chambre.

— Papa a disparu. Il faut que j'aille à Vegas pour le retrouver.

Mase se redressa et se frotta vigoureusement le visage.

— Sans déconner. Il a quel âge, dix-huit ans ? Fait chier. Comment il se démerde pour disparaître ? C'est Kiro Manning, bordel.

Mase ne se doutait pas à quel point c'était fréquent.

— Ça lui arrive quand il est en tournée. Je finis par le trouver ou lui par me rappeler. Il faut que je file. Le jet m'attend à l'aéroport dans une vingtaine de minutes.

Je sentis que Mase débattait en son for intérieur de la marche à suivre. Il n'aimait pas la fréquentation du groupe. Il allait rarement les voir. Et partir à la recherche de son père ne le mettait pas particulièrement en joie.

— Je t'accompagne. Tu ne vas pas aller toute seule à Vegas. Laisse-moi le temps de m'habiller et d'attraper deux, trois trucs.

Je me contentai de hocher la tête et de refermer la porte derrière moi. Il fallait encore que je fasse mon sac, que je me coiffe et me brosse les dents. J'appelai le portable de Kiro en retournant dans ma chambre ; il sonna dans le vide avant de basculer sur la messagerie.

Une fois mon sac bouclé, je regagnai l'escalier. Il me fallait un café et Mase aussi en aurait grand besoin. Il était parfaitement inutile de réveiller Nan pour la mettre au courant. Elle m'accuserait de la déranger. Autant ne pas l'informer qu'on partait. De toute façon, elle ne s'en rendrait probablement pas compte.

J'étais occupé à verser le café dans le filtre lorsque j'entendis un coup léger à la porte d'entrée. Quoi encore ? Je consultai l'heure ; il était à peine 3 h 45. Qui pouvait venir à cette heure-là ?

Je refermai le couvercle de la cafetière et la mis en marche avant de gagner l'entrée. Il faisait encore nuit. J'allumai les lumières extérieures et découvris Grant sur le perron, un Thermos à la main, l'air tout à fait éveillé.

J'ouvris la porte et le dévisageai d'un air perplexe. Il me sourit.

— Tu es prête ?

Quoi ? Je nageais en plein songe ? Mon père n'avait pas réellement disparu ? Était-ce un de ces rêves alambiqués, comme j'en faisais fréquemment, dans lequel je terminais au lit avec Grant ?

— Dean a appelé Rush qui m'a appelé. Je peux entrer ? dit-il en passant devant moi.

— Quoi ? finis-je par articuler.

Grant brandit son Thermos de café.

— Je suis prêt à aller chercher Kiro. Je peux même nous conduire à l'aéroport.

Le pas lourd de Mase me sortit de ma torpeur.

— Ça devient carrément une chasse à l'homme, maugréa-t-il en laissant tomber son sac par terre avant de nous dévisager l'un après l'autre.

— Ça y ressemble, acquiesça Grant.

— Je, euh…

C'est tout ce que je parvins à articuler. La situation était trop confuse.

— Ça sent le café. Va m'en chercher, sœurette. Je vais en avoir besoin pour faire des phrases cohérentes. Je m'occupe de cette affaire, annonça Mase.

Je ne voulais pas le laisser seul avec Grant, mais je ne savais sincèrement pas quoi faire d'autre.

J'allai donc chercher le café.

Grant

— Explique-toi, intima Mase, campé sur ses deux pieds écartés, les bras croisés sur la poitrine.

C'était le frère aîné de Harlow et probablement la seule personne qui ait jamais endossé le rôle de figure paternelle dans sa vie. Ce que je respectais.

— Je veux l'accompagner. J'ai un paquet de conneries à rattraper. Et je m'y mets maintenant.

Mase continua à me fixer, les sourcils froncés.

— Qu'est-ce que c'est que ce bordel ? Aux dernières nouvelles, tu sautais Nan. C'est quoi le rapport avec Harlow ?

Elle ne lui avait rien raconté. Je me demandais si elle l'avait fait pour me protéger.

— J'avais peur d'avoir des sentiments pour quelqu'un. Harlow a remué des choses que je ne maîtrisais pas et ça m'a fait fuir. Mais j'ai décidé que je ne voulais plus fuir.

Mase m'approcha d'un pas.

— T'as intérêt à être sûr de toi. Parce que tu lui plais plus qu'elle en a vraiment envie et je ne te fais pas confiance. Pas du tout. Tu veux donner un coup de main pour retrouver notre abruti de père ? C'est nickel, mais je suis de la partie.

J'aurais préféré avoir Harlow pour moi tout seul, mais tant pis. Au moins, j'étais tout près d'elle. J'en avais assez d'être loin.

— C'est compris, acquiesçai-je.

Harlow retraversa le vestibule avec deux tasses de café.

— Tiens, fit-elle en en tendant une à Mase.

— Merci. Il vient avec nous. Il aime bien te regarder ou une connerie à l'eau de rose dans le genre, annonça-t-il.

Harlow ouvrit les yeux grand comme des soucoupes et je me mordis les joues pour ne pas sourire. Ce n'était pas exactement ce que j'avais dit, mais l'expression de Harlow était impayable.

— Oh, fit-elle.

Mase empoigna son sac puis leva les yeux sur sa sœur.

— Où est ton sac ?

— Je l'ai laissé dans la cuisine. Je vais le chercher.

— Je m'en occupe, intervins-je en me mettant en route avant qu'elle n'ait le temps de finir sa phrase.

Si je voulais regagner sa confiance et essayer de fissurer le mur de protection dont elle s'était entourée, je devais tout tenter pour lui faire admettre que j'étais sérieux.

— Je ne comprends plus rien, l'entendis-je murmurer tandis que je quittais la pièce.

Sa réaction me fit sourire ; si mon attitude la désarçonnait, c'était parfait.

Un sac en toile Louis Vuitton attendait sur le sol de la cuisine. En le ramassant, je constatai qu'il était usé. À tous les coups, il s'agissait d'un cadeau de Kiro qu'elle utilisait depuis des années. Ce n'est pas le genre d'accessoires que Harlow se serait acheté.

Je le rapportai dans l'entrée puis ouvris la porte.

— Il faut y aller, lançai-je sans lâcher son sac.

Harlow baissa les yeux sur son bagage puis les releva sur moi.

Mase eut un petit raclement de gorge amusé et leva les yeux au ciel à mon attention en sortant sur le palier. Harlow lui emboîta le pas mais s'immobilisa à ma hauteur.

—Merci, souffla-t-elle avant de le rejoindre au-dehors.

Cet épisode allait nous faire du bien.

Mase grimpa sur le siège passager avant. Il ne voulait pas me laisser près de Harlow. Il n'allait donc pas me faciliter la tâche. Parfait. J'allais très bien m'en sortir quand même.

— Tu es bien installée à l'arrière? demandai-je en me retournant pour m'assurer qu'elle avait assez de place pour ses jambes.

— Oui, merci, répondit-elle en rougissant légèrement.

Bon sang, elle était magnifique.

Je repris place face au volant et démarrai le 4×4.

— Rush m'a expliqué que Kiro faisait ça souvent. Il y a une marche à suivre pour le retrouver? demandai-je pour amorcer la conversation.

— Ouais. Harlow l'appelle. Il finit par décrocher et elle va le chercher. À part elle, il n'écoute personne d'autre, expliqua Mase.

Je n'aimais pas l'idée que tout cela retombe sur les épaules de Harlow. Kiro avait trois enfants, tous adultes. Pourquoi Harlow avait-elle l'entière responsabilité?

— Tu ne peux pas l'appeler et t'en charger, toi? ripostai-je, incapable de dissimuler l'agacement dans ma voix.

— Notre cher *padre* a sa préférée. Il n'écoute qu'elle.

— Ça n'est pas vrai, rétorqua Harlow. Toi tu as ta mère et tu n'as pas vraiment besoin de lui. Tu mènes une vie agréable. Nan, elle, ne lui facilite pas les choses. Quant à moi... je suis seulement celle

— ... qui est spéciale à ses yeux. Il adorait ta mère. Elle était tout pour lui et, quand elle est morte, c'est toi qu'il a idolâtrée. C'est comme ça, et, pour ma part, je suis sacrément content qu'il se préoccupe de toi, renchérit Mase.

Harlow resta silencieuse. J'avais envie de l'interroger, de savoir comment elle se sentait et si elle était inquiète. Mais, avec Mase à côté de moi, le moment était mal choisi.

— J'ai la dalle. Le jet a intérêt à être approvisionné, marmonna Mase.

— Il est toujours rempli, le rassura Harlow.

Ce n'est pas la première fois que je prenais l'avion de Slacker Demon mais, avec les gosses de Kiro, c'était étrange. J'avais toujours embarqué avec Rush et ces deux-là avaient une dynamique qui m'était inconnue. Jusqu'à ce que Mase se pointe à Rosemary, je n'étais même pas au courant qu'ils s'entendaient bien. Je croyais que le fils insaisissable de Kiro se tenait à l'écart de tout ce petit monde.

— Vous avez toujours été proches, tous les deux ?

— Oui, répondirent-ils en chœur.

— Ma grand-mère m'emmenait toujours dans le ranch de Mase et de ses parents quand j'étais petite.

— Ses parents ? répétai-je.

— Mon beau-père et ma mère. Mais il est davantage un père pour moi que mon propre père.

Je ne m'en étais jamais rendu compte. Intéressant. Mase se laissa aller contre l'appui-tête, les yeux mi-clos, et poursuivit :

— J'avais toujours hâte que Harlow nous rende visite. Je trouvais ça hyper cool d'avoir une sœur. Surtout une aussi chouette que Harlow. Je m'amusais beaucoup à la faire patauger dans la boue, à la convaincre de monter à cheval ou de donner à manger aux vaches.

Le petit rire de Harlow me parvint de la banquette arrière.

Après tout, c'était peut-être une bonne chose que Mase soit là. Au moins j'aurais l'occasion d'apprendre à connaître Harlow.

Harlow

Une fois à bord du jet, Mase avala un bol de céréales et partit se coucher. Ce n'était pas un lève-tôt. Je pris place sur le canapé en cuir à côté du hublot pour regarder le paysage en réfléchissant aux pérégrinations de mon père et éviter de penser au fait que Grant était ici avec moi.

Je ne prêtai pas attention à ce qu'il faisait ; je ne savais pas trop quoi lui dire maintenant que nous étions seuls. Et je détestai que mon cœur s'emballe à ce point lorsqu'il me souriait.

Grant se laissa tomber à côté de moi, son bras effleurant le mien.

— Ça va ? fit-il simplement.

L'ignorer était à la fois impossible et grossier. Et j'étais bien élevée.

— Ça va, répliquai-je en lui jetant un œil avant de me tourner de nouveau vers le hublot.

— Tu es inquiète pour ton père ?

Pas vraiment. C'était récurrent.

— Non. Juste déçue qu'il refuse de grandir.

— Tu ne vas pas me regarder ?

Je n'en avais pas envie. Il me faisait oublier qu'il était dangereux.

— Probablement pas, répondis-je en toute honnêteté.

Grant eut un petit rire.

— C'est dommage. J'aime bien plonger dans ton regard.

Je fermai les yeux en jurant intérieurement. *Pourquoi, Grant ? Pourquoi me faire ça à moi ? C'est injuste !*

— Tu vas me détester jusqu'à la fin des temps ?

Je ne le détestais pas, cela n'avait rien à voir. Il ne comprenait donc pas ? Lui-même avait défini les modalités. Je me préservais, c'est tout.

— Pas du tout. Je sais où j'en suis par rapport à toi et je fais en sorte de ne pas trop y penser, ni de trop penser à toi, d'ailleurs.

Il resta silencieux. Tant mieux. J'avais réussi à le faire taire. Il allait peut-être s'éloigner et m'éviter de respirer son parfum si capiteux. Je connaissais l'effet de sa peau sur la mienne et je n'avais pas besoin de piqûre de rappel.

— J'ai fait une erreur, Harlow. J'ai flippé et j'ai merdé.

Je finis par me retourner vers lui. Nous avions déjà eu cette discussion. Je n'avais pas envie de remettre le couvert.

— Je sais. Tu me l'as déjà dit. Je comprends.

Je fis mine de lui tourner le dos mais il me saisit le menton et orienta mon visage délicatement vers le sien.

— Non. Nous n'avons pas parlé de ça. Je t'ai raconté des conneries. Je t'ai dit que je n'étais pas prêt pour une relation. C'est un mensonge. J'étais mort de peur à l'idée de perdre quelqu'un que j'aimais tant. Mais plus maintenant. Je ne peux pas continuer à m'infliger ça.

Ne comprenant pas du tout où il voulait en venir, je choisis de rester silencieuse.

— Je te veux. J'ai envie de toi depuis la première fois que je t'ai vue. Quand je me suis retrouvé enfoui au plus profond de toi, j'ai su que j'avais signé ma perte. Tes beaux yeux et ton sourire d'ange avaient commencé à se faire une place dans mon cœur. Mais cette nuit-là… tu as fait main-basse sur moi, je ne peux pas m'en défaire, ni oublier.

Oh. Je levai les yeux sur lui tandis que ses mots faisaient leur chemin. Était-il sincère ou voulait-il simplement coucher avec moi ?

Il baissa la tête jusqu'à ce que ses lèvres effleurent mon oreille.

— Je ne veux que toi. Tu veux bien me pardonner d'avoir fui ? S'il te plaît ?

Je reculai pour remettre un peu de distance entre nous.

— Arrête. Je ne suis pas prête à oublier que tu as couché avec Nan ni que tu ne m'as pas appelée pendant deux mois.

Grant fronça les sourcils et passa une main dans ses longs cheveux, les ébouriffant davantage.

— J'ai appelé. Demande à Dean. Il te le confirmera. Je ne sais pas pourquoi tu n'as pas reçu les appels sur ton téléphone mais je n'ai pas arrêté d'appeler. J'ai cru que tu avais découvert que j'avais baisé bourré avec Nan et que tu ne voulais plus entendre parler de moi. Ton père menaçait d'appeler les flics si je me pointais chez toi. J'ai commencé à boire, beaucoup, pour t'oublier et oui, Nan était dans les parages à ce moment-là.

Avait-il réellement essayé de m'appeler ? Pourquoi mon père l'aurait-il tenu à l'écart ? Peut-être savait-il pour Grant et Nan, ce qui expliquerait les menaces. Me disait-il la vérité ?

— Je veux être près de toi. Quand je suis avec toi, tout le reste disparaît et je ne pense à rien d'autre. C'est ce qui me faisait peur, mais c'était stupide. Au contraire, c'est précieux. Comme toi.

Ma grand mère m'aurait conseillé d'ignorer le baratin et de mettre les bouts. Mais elle n'avait jamais posé les yeux sur Grant Carter. Son pouvoir d'attraction était indescriptible. Il me manquait. Tout ça, être avec lui, me manquait. Au cours de nos deux semaines, il m'avait appris à apprécier la vie. À ses côtés, j'avais eu l'impression d'enfin vivre.

— Je ne peux pas me fier à mon bon sens avec toi, murmurai-je.

— Tu verras que tu peux me faire confiance. Je ne suis pas un mauvais bougre. Au fond, tu le sais. J'ai fait une bêtise, c'est tout.

Prendre des risques n'avait jamais été mon fort. J'étais plutôt prudente, je me préservais, me protégeais, érigeais des murs. Grant avait franchi ces murs une fois. Le laisser passer une seconde fois n'était pas une mince affaire.

Il s'approcha de moi et posa la tête sur mon épaule.

— Je suis prêt à quémander, affirma-t-il.

Son souffle sur ma peau me fit frissonner. C'était une mauvaise idée. Grant était un beau parleur. Avec sa belle gueule et ses mots doux, il était terriblement convaincant. Si je me laissais attendrir, j'allais finir le cœur en miettes.

— C'est inutile. Laisse-moi de l'espace. J'ai besoin de réfléchir, répliquai-je en m'éloignant de lui.

Au fond, j'avais envie de me mettre en boule sur ses genoux. Ça ne me ressemblait pas d'être à ce point vulnérable. À l'écouter, je le fragilisais ; si seulement il savait à quel point l'inverse était vrai aussi.

Grant tourna vers moi son visage empreint de tristesse qui le rendait encore plus séduisant. Je fermai les yeux et pris une profonde inspiration.

— Arrête. Tu as couché avec Nan. Je t'ai entendu. Tu n'imagines donc pas ce que ça fait ? De savoir que les cris qui t'ont tenue éveillée toute la nuit venaient de quelqu'un…

Je m'interrompis de peur d'en dire trop.

— J'en perds le sommeil. Je déteste l'idée que tu aies entendu. Je ne me souviens pas de grand-chose de cette nuit-là. Mais savoir que tu nous as entendus… ça me tue.

Je tournai la tête vers le hublot. Les yeux de Grant rivés sur moi, je ne me faisais pas confiance.

— Mets-toi à ma place. Si tu m'avais entendue coucher avec un autre homme… un homme que tu hais. Ça t'aurait fait quoi ?

Grant ne dit rien. Je pensai lui avoir enfin rabattu le caquet. Je ressentis un mélange de soulagement et de déception.

Grant se rapprocha de nouveau et d'un mouvement de la main dégagea les cheveux qui tombaient sur ma nuque.

— L'idée qu'un autre homme puisse te toucher me rend tellement fou que j'ai envie de tout défoncer. Je ne peux même pas l'imaginer. Y penser me fait trembler de fureur.

Je sentis la raideur de son corps qui effleurait le mien.

— Ton rancart avec Adam m'obsède. Je ne supporte pas l'idée qu'il te touche. (Grant fit courir son doigt le long de mon bras nu.) Je n'ai jamais fait dans le possessif ou le frapadingue. Mais avec toi… J'ai envie de t'envelopper et de t'emporter très loin pour que personne d'autre que moi ne te touche.

Il baissa la tête et le bout de son nez frôla la peau de mon cou.

— Tu sens un mélange de paradis et d'enfer, souffla-t-il.

Mon cœur se mit à tambouriner contre ma poitrine et mes jambes se ramollirent. Était-il sincère ? Je tournai la tête pour le regarder dans les yeux. La détermination et le désespoir que j'y lus me renseignèrent sur sa franchise. Grant Carter me désirait réellement. Si invraisemblable que cela paraisse, il avait essayé de m'appeler sans que je le sache. Je n'arrivais pas à me persuader qu'il mentait.

Le souvenir des sensations intenses que Grant était capable de m'offrir repassait dans ma tête avec une clarté saisissante. Je voulais tout oublier, mais il ne me facilitait pas la tâche.

— Si tu ne me fais pas confiance, je comprendrai. Mais laisse-moi t'approcher, murmura-t-il en glissant une main sous ma chemise pour la poser sur mon ventre. Tu en auras la preuve. Donne-moi une chance.

Sa main se mit à danser sur ma peau et j'en oubliai de respirer.

— Je ne veux pas être une autre Nan pour toi.

J'avais vu de mes propres yeux avec quelle facilité il avait couché avec Nan pour l'ignorer totalement l'instant d'après.

— Tu n'as rien à voir avec Nan. Ce que nous partagions elle et moi était superficiel et reposait sur son égoïsme et son manque d'affection. Elle n'a aucun sentiment pour moi et a fait ce qu'il fallait pour tuer le moindre sentiment que j'avais pour elle.

Sa main continuait à caresser ma peau, précipitant des picotements à travers tout mon corps. Ce revirement finirait peut-être par me hanter, mais je me trompais rarement sur les gens – et je croyais ce que me disait Grant Carter.

— Tu es tellement douce, bon sang, me murmura-t-il à l'oreille.

J'inclinai la tête pour lui faciliter le passage. Je n'avais aucune résistance à opposer à ce que cet homme pouvait m'offrir. Ce n'était pas malin, et je faisais sans doute une grosse erreur, mais c'était plus fort que moi. J'adorais les sensations qu'il me procurait et mon corps en redemandait, même si ma tête me hurlait d'arrêter.

Je poussai un petit grognement de contentement. Ses lèvres trouvèrent le creux de mon cou et il descendit en mordillant ma peau jusqu'à l'encolure de ma chemise. Il la déboutonna. Je ne protestai pas. J'avais envie qu'il embrasse mes seins. Grant m'avait donné des orgasmes inimaginables : j'en voulais plus. Il faisait faire à mon corps des choses insoupçonnées : j'en voulais encore.

— Magnifique, souffla-t-il d'un ton profondément respectueux.

Il fit glisser mon soutien-gorge et recouvrit mes seins de ses mains. Je gémis de soulagement. La douleur qui s'était logée dans ma poitrine semblait faiblir à son toucher. J'en voulais plus.

Grant me souleva par la taille et me déposa sur ses genoux. Je me retrouvai à le chevaucher, mes seins nus à hauteur de son visage.

— Oh oui, bon sang, lâcha-t-il avant de poser ses lèvres sur mon téton.

De sa deuxième main il malaxait mon autre sein. La sensation précipita aussitôt la moiteur entre mes jambes. Je me laissai tomber sur ses genoux. L'érection qui tendait son jean frotta contre moi et je lâchai un cri de plaisir.

Grant arrêta de sucer mon sein et me dévisagea avidement de son regard enflammé.

— Tu veux que je caresse ta petite chatte ? s'enquit-il tandis que ses mains déboutonnaient mon jean.

Je poussai un gémissement. C'était plus fort que moi, je ne pouvais plus faire marche arrière.

J'étais terriblement excitée. Jusqu'à ce que Grant fasse irruption dans ma vie, je ne comprenais pas ce mot, mais cet homme avait la capacité de me faire perdre mes moyens en quelques secondes à peine.

— Mets tes mains derrière moi et accroche-toi, ordonna-t-il.

J'obtempérai. J'avais envie de sentir ses mains sur moi. Mon cœur battait la chamade et mon corps tremblait d'excitation.

Sa main descendit jusqu'à l'avant de mon jean et il glissa deux doigts dans ma culotte pour caresser mon clitoris. Je me cambrai en gémissant.

— Putain, grogna-t-il en retirant sa main.

Je commençai à le supplier et il se releva en m'attirant contre lui. J'enroulai mes jambes autour de sa taille tandis qu'il rejoignait l'arrière de l'avion à grands pas. Il s'arrêta pour regarder la porte close qui donnait sur la chambre de mon père et où dormait Mase. J'avais oublié la présence de mon frère, et Grant aussi, c'était certain.

Il jeta un œil à la chambre mitoyenne ; même si nous étions discrets, Mase allait nous entendre. Grant fit demi-tour et se dirigea à l'opposé vers la salle de bains privative dont il claqua la porte derrière nous.

— Déshabille-toi, ordonna-t-il d'une voix suave tandis qu'il retirait sa chemise.

Je baissai les yeux et entrepris de m'extraire de mon jean. En un clin d'œil, Grant s'était dévêtu et avait pris le relais, m'ôtant mon jean et ma chemise. Lorsque nous fûmes tous les deux nus, sa bouche s'abattit contre la mienne et sa langue m'envahit, chaude, mentholée, avide. Je m'agrippai à ses épaules et l'embrassai avec la même férocité. Nos étreintes, concentrés de désir, de passion et de besoin, m'avaient manqué. Grant posa les mains sur mes fesses tout en mordillant la commissure de mes lèvres pour finir par me ravir d'un baiser inouï.

En se retirant, il planta son regard dans le mien puis déposa un dernier baiser sur mes lèvres avant de me déposer sur le rebord du meuble.

— J'ai envie de te pénétrer, mais d'abord je veux te goûter. Ton parfum m'a manqué, mais il ne faudra pas faire de bruit, m'informa-t-il en me gratifiant d'un sourire malicieux. Tu sauras rester silencieuse pendant que je te lèche la chatte ? poursuivit-il en me pénétrant d'un doigt qui me fit gémir. Je ne crois pas que tu y arriveras. Ma chérie adore s'exprimer. Je ne peux pas embrasser ton sexe si tu cries.

Il pressa ses lèvres sur mon cou tout en caressant mon entrejambe humide.

Je voulais sentir sa bouche sur mon sexe. Mon désir était impérieux.

— Je ne ferai pas de bruit, promis-je.

Il n'eut pas l'air de me croire et son visage se fendit d'un large sourire. Je retins ma respiration tandis qu'il se laissait tomber le long de mon corps et déposait un baiser sur mon pubis dénudé.

Il déroula sa langue qu'il glissa sur mon clitoris. Je plaquai une main contre ma bouche et rejetai la tête en arrière sous les assauts du plaisir.

Il s'interrompit et je posai une main sur sa tête pour le maintenir en place.

— Si tu cries, j'arrête, menaça-t-il avec son sourire sexy qui me donnait envie de céder à tous ses fantasmes.

Je hochai la tête et reposai la main sur ma bouche.

Grant

Ce n'était pas du tout l'objectif que je m'étais fixé. Je voulais lui causer, la mettre à l'aise pour qu'elle me parle. Je voulais que Harlow me sourie et me fasse confiance comme avant que je foire tout en me comportant comme un lâche. Mais elle avait évoqué l'idée que quelqu'un d'autre la touche, connaisse le bonheur d'être en elle et de la faire crier de plaisir. Bordel de merde, je ne pouvais pas me permettre de penser à ça. Si l'idée de coucher avec un autre lui avait traversé l'esprit, il fallait que je nous rappelle à son bon souvenir. Il était hors de question de la perdre une nouvelle fois.

Son goût et son parfum me firent tout oublier. J'avais presque zappé que son frère était dans la chambre. De petits gémissements s'échappaient de sa main plaquée contre sa bouche. Je ne pouvais pas m'empêcher de sourire. Elle était tellement craquante.

Si je lui donnais un orgasme de cette façon, elle allait baisser la main, empoigner mes cheveux et crier. Je le savais et, même si j'en avais très envie, ce n'était pas envisageable. Il fallait que sa bouche soit suffisamment proche de la mienne pour que je puisse étouffer ses cris au moment crucial.

Je déposai un dernier baiser sur sa peau tendre et me penchai en arrière. Elle m'attira aussitôt contre elle. J'adorais voir Harlow, si douce et convenable, devenir exigeante sur le plan sexuel. C'était ultra-bandant.

— Chut... Je vais te donner du plaisir, ma douce. Patience.

Je fouillai dans le placard derrière elle à la recherche d'un préservatif – après tout, c'était le jet de Slacker Demon. Le second battant s'ouvrit sur une boîte entamée. Harlow me regarda enfiler une protection, puis je saisis sa taille et la fis avancer jusqu'au bord du meuble.

Ses yeux s'arrimèrent aux miens tandis que je me glissais en elle. Elle était si étroite que j'eus envie de pousser un cri. Je me mordis la lèvre en plongeant au plus profond d'elle, comme dans un gant lisse et chaud qui me serrait parfaitement.

— Si tu bouges, je ne réponds plus de rien, souffla-t-elle.

Je couvris sa bouche de mes lèvres avant de me retirer, laissant un frisson délicieux parcourir mon échine. Harlow étouffa un gémissement tandis que ma langue explorait sa bouche au rythme de nos corps.

Pour mon plus grand plaisir, Harlow me laboura le dos ; je sentirais les marques pendant longtemps et j'en avais très envie. Je saisis une poignée de ses cheveux en poussant un grognement entre ses lèvres tandis que ses hanches rejoignaient les miennes à chaque nouvelle poussée. Elle souleva les jambes et je sentis ses genoux appuyer contre mes côtes. Ce fut le coup de grâce. J'y étais presque, c'était trop bon.

— Laisse-toi aller, murmurai-je contre sa bouche.

À ces mots, son sexe chaud me serra si étroitement que je ne pus plus me retenir. Le cri que poussa Harlow tandis que je jouissais redoubla la puissance de mon orgasme. En sentant son corps tressauter sous moi, j'eus envie de hurler à pleine gorge : tout cela m'appartenait. Comment avais-je pu penser une seconde que je pourrais m'en passer ?

J'enfouis ma tête dans le creux de son cou pour reprendre mon souffle. Ses ongles éraflèrent mon dos une dernière fois et elle poussa un long soupir frémissant. Ses jambes retombèrent le long de mon corps tandis que je restais en elle, réticent à quitter sa chaleur.

— Je n'arrive pas à croire ce que je viens de faire, murmura-t-elle.

Moi non plus, mais je ne dis rien, de peur qu'elle ne le regrette.

— Tu es incroyable, répliquai-je en levant la tête pour contempler son visage.

La rougeur sur ses joues et sa poitrine soulignait l'assouvissement qui se lisait dans son regard.

— Je ne suis pas comme ça. Je ne fais pas ce genre de choses, protesta-t-elle.

Voilà qu'elle se remettait à douter d'elle. Je me redressai et la relevai avec moi.

— Tu fais ce genre de choses avec moi. C'est tout ce qui compte. On ressent une attirance, des sentiments, tout va bien. Rien à voir avec une aventure sans lendemain.

Harlow passa une main dans sa chevelure désordonnée et leva les yeux vers moi.

— Tu es sûr que ça ne fait pas de moi une fille facile ?

Seule l'inquiétude sincère que je décelais dans son regard m'empêcha d'éclater de rire.

— Chérie, à part moi, deux fois, il n'y a eu personne d'autre. Ça ne fait pas de toi une fille facile. N'y pense même pas.

Harlow réfléchit un instant en se mordillant la lèvre et finit par acquiescer dans un soupir :

— D'accord, tu as sans doute raison. Mais… ce n'est pas comme si nous étions en couple et en fait…

Sa phrase resta en suspens tandis qu'elle baissait les yeux sur nous. J'étais encore en elle et ses joues roses virèrent au cramoisi.

Je me retirai en poussant un grognement sous le regard fasciné de Harlow. Si elle n'arrêtait pas, j'étais prêt à remettre ça dans moins de cinq minutes. Je pris un morceau de papier toilette et retirai le préservatif avant de lever de nouveau les yeux sur elle.

Elle détourna brusquement le regard de mon sexe et me sourit timidement.

— J'ai oublié ce que je disais.

Un coup violent à la porte la fit sursauter. Je poussai un juron.

— Rhabillez-vous et sortez votre cul de là, ordonna Mase d'une voix forte.

Merde. Je n'avais pas du tout envie de gérer ça maintenant.

— Laisse-moi lui parler, suggéra Harlow en sautant du meuble pour ramasser sa culotte.

Son frérot en pétard avait beau nous attendre de l'autre côté de la porte, je n'allais pas le laisser gâcher cet instant.

Je lui pris sa culotte des mains et me penchai pour l'aider à l'enfiler. Puis je fis de même avec son jean. Harlow coopéra en silence. Une fois son soutien-gorge agrafé, je m'autorisai enfin à la regarder. Elle était suffisamment vêtue pour ne pas me faire perdre la tête.

Je décelai une douceur en elle que je n'avais jamais vue auparavant. J'eus envie de la garder ainsi à l'écart de tous, à jamais préservée dans cet instant. Elle glissa les bras dans sa chemise que je boutonnai avant de déposer un baiser sur ses joues.

Je mis rapidement mon jean et ma chemise et nous enfilâmes nos chaussures. Je passai une main dans ses cheveux emmêlés pour lui ôter le petit air de la nana qui vient de prendre son pied dans un avion.

— Allons-y, lançai-je en lui ouvrant la porte.

— Tu devrais peut-être attendre ici, reprit-elle à voix basse.

Je secouai la tête. Le cow-boy ne me faisait pas peur.

— Pas question.

Harlow poussa un soupir et nous regagnâmes la cabine principale de l'avion. Mase, assis à côté du hublot, buvait une tasse de café, face à nous.

— Ça ne me surprend pas vraiment. C'était gros comme une maison, siffla-t-il en me fusillant du regard.

— Tu ne comprends pas. Ce n'était pas simplement… c'était… on était…, bredouilla Harlow.

— J'ai foiré pas mal de choses. Harlow et moi prenons la situation en main. Je suis en train de regagner sa confiance.

— Non. Tu te la tapes dans la salle de bains d'un avion, rectifia Mase d'un air mauvais.

Je fis un pas vers lui mais Harlow m'arrêta d'une main sur le bras.

— Tu ne comprends pas, Mase.

Il haussa les sourcils et avala une gorgée de café.

— Tu es une grande fille. Si tu as envie de faire une connerie, je ne peux pas t'en empêcher.

Qu'il me qualifie de connerie me foutait en rogne mais je tins ma langue.

— Ne dis pas des choses comme ça. Tu ne comprends pas. Mais tu as raison. Je suis grande et, malgré tout l'amour que je te porte, cela ne te regarde pas.

Mase eut un sourire suffisant.

— Je te parie que notre père ne sera pas du même avis.

Cette fois-ci, Harlow s'avança vers lui.

— Tu ne diras rien du tout à papa. On n'est plus des gamins.

Mase avala une longue gorgée de café.

— Tout doux, tigrou, je te charrie. De toute façon, il s'en rendra bien compte tout seul. Encore faut-il qu'on retrouve cet abruti.

Harlow

Grant, assis sur le canapé, m'avait attirée contre lui, le bras posé fermement sur mes épaules, et parlait avec Mase comme si ce dernier ne nous avait pas surpris dans la salle de bains quelques instants plus tôt.

Les hommes…

Le reste du vol se déroula rapidement, Grant m'ayant préalablement tenue bien occupée pendant la majeure partie du voyage. Une fois à Vegas, Grant prit mon sac et nous rejoignîmes la limousine affrétée par Dean. Sans le demander, je savais déjà qu'ils étaient au Hard Rock : c'était leur hôtel préféré en ville. Personnellement, je préférais le Venetian.

Grant se glissa tout contre moi, de sorte que nos corps se touchaient des épaules aux chevilles, bien que Mase se soit assis en face de nous et qu'il y ait suffisamment de place pour s'étaler. Grant était bien déterminé à ne pas me quitter d'une semelle, ce qui n'était pas pour me déplaire.

— Tu l'as appelé depuis qu'on a atterri ? demanda Mase en s'étirant.

Je rallumai aussitôt mon téléphone, mais, par trois fois, je tombai sur la messagerie.

— Il ne répond toujours pas, l'informai-je.

— Quel con. Dire qu'on s'est traînés jusqu'ici pour mettre la main sur notre paternel de quarante-cinq balais. C'est ridicule, rouspéta Mase.

Je savais que Mase n'avait aucun respect pour son père, la star du rock, la légende, qui vivait sur une autre planète. Quand Kiro voulait quelque chose, il n'avait qu'à lever le petit doigt et le monde entier se mettait en quatre.

— Ça reste notre père, ripostai-je en essayant de ne pas trop être sur la défensive.

Grant posa sa main sur la mienne et la serra. J'eus le sentiment d'avoir un allié. Personne ne saisissait ma vie et mes choix, pas même Mase. La possibilité que quelqu'un puisse comprendre était libérateur. Comme si je n'étais plus seule.

— Ça c'est sûr. On en a, de la chance, lâcha Mase en regardant par la fenêtre de la voiture.

La main de Grant se referma sur la mienne et il m'attira contre lui. Je ne voulais pas désirer sa présence, ni en avoir besoin. Mais en cet instant précis je m'abandonnai à elle.

Mon téléphone sonna, faisant sursauter tout le monde, mais ce n'était que Dean.

— Allô, répondis-je en priant pour qu'il m'annonce que mon père était de retour dans sa chambre.

— Vous avez atterri ?

— Oui, on est en route pour l'hôtel.

— Tu l'as eu au téléphone ?

Quelque chose clochait dans la voix de Dean. Me cachait-il quelque chose ?

— Non… il t'a appelé ?

Dean ne répondit pas tout de suite. Je fus prise d'inquiétude.

— Non, dit-il. Mais, à ton arrivée, il faudra qu'on parle avant que tu partes à sa recherche.

Il avait l'air d'en savoir plus. Je n'aimais pas ce ton mystérieux, qui me rendait nerveuse.

— O.K., je ne devrais pas tarder.

— À tout, mon petit, conclut-il avant de raccrocher.

Je restai un instant les yeux rivés sur l'écran de mon téléphone.

— Tu as oublié de dire à Dean que tu arrivais accompagnée de son autre fils, railla Mase.

Je le fusillai du regard et Grant se contenta de glousser de rire. J'étais contente que l'attitude de Mase ne le froisse pas. Je n'avais pas le loisir de m'en préoccuper pour le moment ; j'avais un problème bien plus important à régler et je ne pouvais pas m'empêcher de penser au mauvais pressentiment que m'avait laissé la voix de Dean. Quelque chose ne tournait pas rond. S'il était arrivé malheur à mon père, il me l'aurait dit… non ? Je laissai tomber le téléphone sur mes genoux et posai une main à plat sur mon ventre. Tout allait bien se passer. C'était obligé.

Au Hard Rock, on nous dirigea vers le penthouse que Dean et Kiro avaient l'habitude de louer. Le reste du groupe descendait dans un autre. Dean ouvrit la porte, les sourcils froncés. Je l'observai minutieusement. Il n'avait pas la contenance de quelqu'un qui s'apprêtait à m'annoncer la mort de mon père. Il avait juste l'air inquiet.

— Il faut qu'on parle.

Je hochai la tête, sachant qu'il m'avait dit la même chose au téléphone. Je n'avais rien raconté à ce propos à Mase et Grant dans la voiture, craignant d'avoir la gorge nouée par l'émotion. Car j'avais peur. Je détestais me l'avouer, mais j'avais peur de perdre Kiro.

En un instant, Grant avait pris mes mains et Mase me tenait le bras comme si j'avais besoin d'aide pour avancer.

— Il est vivant ? s'enquit Mase.

Je me rendis compte qu'il n'en savait pas plus mais qu'il sentait comme moi la tension dans la pièce. Il fallait que

Dean me parle, quelles que soient les circonstances, même s'il n'en avait aucune envie.

Dean leva les sourcils au ciel, se rendit compte du sérieux de son attitude et prit aussitôt un air confus.

— Bon sang. Oui, il est vivant. Je suis désolé, Harlow. Je ne voulais pas t'effrayer, ma chérie. Habituellement, lorsqu'il fait ça et que je sais où le trouver, je ne prends pas la peine de t'appeler ; je m'en occupe. Mais, quand il est parti cette fois-ci, j'ai décidé qu'il était temps que tu sois au courant. Tu n'es plus une enfant. Kiro te traite comme une gamine sans se rendre compte à quel point il a besoin de toi.

Dean se mit à arpenter la pièce en silence, serrant et desserrant les poings, les yeux rivés sur le sol.

Sachant que mon père était encore en vie, je me retrouvais désormais confrontée à la peur de son terrible secret. Était-il souffrant ? Me cacherait-il un problème de santé ?

— Tu ne devrais pas l'apprendre de ma bouche. Merde, il aurait dû te le dire il y a des années. Ce n'est pas bien. Mais il faut que tu le saches. Je veux que tu le saches. Je n'arrive plus à l'en sortir. J'ai besoin d'aide, et toi seule peux l'aider, j'en ai bien peur. C'est de plus en plus difficile de le faire partir une fois qu'il est là-bas.

Le discours décousu de Dean n'avait ni queue ni tête. Il continuait à faire les cent pas comme un possédé. Quel que soit le secret en question, il était grave. Je sentis mes jambes se dérober.

Dean fit un geste en direction du canapé avant de se passer une main dans les cheveux.

— Il vaut mieux que tu t'assoies.

Différents scénarios fusèrent dans mon esprit. Mon père était en cure de désintoxication, il avait une famille cachée, ou il était en phase terminale. Je lâchai la main de Grant et pris place sur le canapé sans quitter Dean des yeux. Grant était resté tout près de moi. Je n'étais plus trop sûre de vouloir être entourée à cet instant précis. Je commençai à étouffer et l'angoisse m'empêchait de respirer.

— Je ne m'attendais pas à te voir, Grant, commenta Dean.

Son regard m'informa qu'il savait pertinemment ce qui était arrivé aux coups de fil que je n'avais jamais reçus. À ma grande surprise, il n'approuvait pas ma relation avec Grant.

— Dis-lui ce que tu as à lui dire, Dean. Elle a besoin de l'entendre, répliqua Grant.

Dean fit mine de s'asseoir puis se releva et se passa une main dans les cheveux.

— Nom de Dieu, ça ne va pas être simple, marmonna-t-il en jetant un regard à Mase.

— Accouche, Dean, renchérit ce dernier en s'asseyant en face de moi.

J'étais soulagée qu'il n'ait pas pris place à côté de moi. J'avais du mal à respirer.

Dean hocha la tête et se tourna vers moi.

— Tu connais l'histoire du décès de ta mère dans un accident de voiture quant tu étais bébé ?

J'acquiesçai. Ma mère m'avait confiée à mon père le temps d'aller faire une course. Un camion avait grillé un feu et percuté sa voiture. Elle était morte sur le coup. Ma grand-mère m'avait rapporté ce récit lorsque j'avais été en âge de l'interroger. Mais elle ne voulait jamais en parler. Elle avait même évité mon regard quand elle avait abordé le sujet et je me doutais bien qu'elle souffrait de la perte de sa fille. Alors je n'étais jamais revenue sur la question. Le fait que Dean m'interroge sur ma mère ne faisait qu'empirer mon état d'anxiété. J'agrippai l'accoudoir et tentai de me calmer.

— Elle n'est pas morte dans l'accident de voiture, mon petit. Elle est tombée dans le coma. Pendant cinq ans. Ton père a refusé de la débrancher et un jour elle s'est réveillée.

Sauf qu'elle ne se souvenait de rien. Ni de toi, ni de Kiro, ni même de son propre nom. Elle ne pouvait ni manger, ni boire, ni parler et... elle était paralysée. Les médecins se sont aperçus qu'elle ne souffrait pas d'une simple amnésie, mais d'un traumatisme crânien. Elle n'avait plus toute sa tête et ne serait plus jamais capable de réapprendre des choses simples. Elle resterait dans cet état pendant le restant de ses jours. Lorsque ton père a essayé de la ramener à la maison, elle est devenue très agitée et les docteurs l'ont prévenu qu'en l'emmenant il risquait de provoquer un nouveau coma dont elle ne se réveillerait jamais. Il a dû la laisser sur place.

Je me relevai d'un bond du canapé et m'isolai dans un coin de la pièce. Je n'arrivais pas à respirer. Ce n'était pas vrai, c'était impossible, ma grand-mère ne m'aurait jamais menti, elle n'aurait jamais fait ça, ma mère était morte.

Grant me rejoignit aussitôt et me prit par la taille.

— Je ne te crois pas, vociférai-je en fusillant Dean du regard.

Ce n'était qu'un tissu de mensonges. Pourquoi cherchait-il à me faire souffrir ?

— Putain, lâcha Mase en se relevant, son regard navigant de Dean à moi.

Je lus dans son regard qu'il croyait Dean sur parole. Il ne voyait donc pas qu'il mentait ?

— Il est temps que tu la voies. Je pense qu'il va falloir que tu ailles le chercher. Il déteste partir en tournée parce qu'il ne peut pas lui rendre visite quand il veut. Elle est dans le meilleur établissement de Los Angeles. Quand on est à Vegas, il est suffisamment près pour faire des allers et retours. Mais on doit quitter les States pour jouer en Grande-Bretagne et il ne veut pas la laisser. Il va avoir besoin de ton aide. On ne peut pas partir sans lui et ses visites le bouleversent de plus en plus.

Je me dégageai de l'étreinte de Grant. Je ne voulais pas qu'on me touche. J'avais besoin de place pour respirer. Je réussis enfin à faire entrer de l'air dans mes poumons, posai mes deux mains à plat contre le mur et fermai les yeux. Comment était-ce possible ? Mase croyait Dean. Il n'avait pas besoin de le dire, c'était écrit sur son visage. Et Grant non plus n'avait pas traité Dean de menteur. Il s'était contenté de me réconforter.

Comment avait-on pu me cacher ça toute ma vie ? Ma grand-mère n'avait-elle jamais eu envie de rendre visite à sa fille ? C'était impossible, insensé. Je plantai mon regard dans le mur et pris une profonde inspiration.

— C'est impossible. Je m'en serais aperçue. Ma grand-mère aurait eu envie de rendre visite à son enfant.

Je voulais lui hurler dessus et lui balancer des choses en pleine figure, au lieu de quoi je serrai les poings et me concentrai pour recouvrer mon calme. Afin qu'il m'explique pourquoi ma grand-mère avait passé le restant de ses jours sans jamais voir sa fille unique.

— Le Texas, Harlow. Ta grand-mère t'envoyait au Texas chez Mase, reprit Dean d'une voix douce.

Malgré sa douceur, j'avais l'impression qu'il m'avait asséné un coup de poing dans le ventre.

Ma grand-mère partait rendre visite à ma mère. Mon Dieu. Je me pliai en deux de douleur. Elle n'était jamais restée avec moi au Texas. Comment avait-elle pu me mentir ? Pourquoi, mais pourquoi ? Ils ne voulaient donc pas que je la voie ? Ma propre mère !

J'entendis Mase et Grant prononcer mon nom mais je secouai la tête en silence. Je ne voulais pas de leur réconfort. Rien ne pourrait atténuer cette douleur. Je me tournai vers eux – ils avançaient sur moi – et le hurlement qui bouillonnait en moi m'échappa.

— NON !

Je ne voulais pas qu'ils m'approchent et leur opposai les deux mains levées pour qu'ils s'éloignent. Ils se figèrent sur place. Je ne m'attardai pas sur la peine dans les regards de Grant et de Mase. Il n'était pas question d'eux. Il fallait que je fasse front seule. Je me retournai vers Dean :

— Où est-elle ?

La fureur et le sentiment de trahison qui grondaient en moi étaient dirigés exclusivement sur cet homme. Je ne pouvais m'en prendre qu'à lui, lui qui était au courant et qui avait laissé tout le monde me mentir.

— La limousine va te conduire jusqu'à elle. Ton père l'a prise pour aller à L.A. Le chauffeur connaît la route, expliqua Dean en poussant un soupir, tête basse.

Il ne voulait pas que je l'apprenne de sa bouche. J'aurais dû lui en être reconnaissante. Mais, à cet instant, mon cœur n'avait pas de place pour la reconnaissance.

Grant fit mine de s'approcher de moi, bientôt imité par Mase.

— Arrêtez. L'un comme l'autre. N'approchez pas. J'ai besoin d'être seule. Je veux y aller seule. Restez ici, ordonnai-je.

Je gagnai la porte sans attendre leur réponse.

Il fallait que je monte dans cette limousine. Si ce que racontait Dean était vrai, ça changeait tout. Mon père m'avait menti pendant toute ma vie ; ma grand-mère aussi. Comment faire confiance à quiconque ? Comment avaient-ils pu m'empêcher de voir ma mère ?

Grant

Jamais je ne m'étais senti aussi désarmé. La porte claqua derrière Harlow tandis qu'elle quittait précipitamment la suite. Elle ne voulait pas que je l'accompagne. Ni moi ni Mase. Elle y allait seule. Par quel miracle allait-elle gérer ça sans personne ?

Je lançai un regard noir à Dean. J'avais envie de tout casser.

— J'y crois pas, bordel ! Tu lui balances comme ça sans ménagement que sa mère est en vie dans une institution spécialisée ? Mais à quoi tu penses ?

— À ce qu'il a dit, trancha Mase avec colère.

Dean se laissa tomber dans un fauteuil.

— Qu'est-ce que je suis censé faire ? Kiro refuse de partir. Quand j'ai enfin pigé où il se trouvait, j'ai appelé et bingo, il y était. Il m'a dit qu'il ne ferait pas la tournée, qu'il ne la quitterait pas aussi longtemps. Quand les visites sont trop espacées, elle devient très agitée. Les docteurs disent qu'elle l'attend et que son absence la bouleverse.

Je m'approchai des fenêtres surplombant Vegas. Comment avait-il survécu à cette épreuve ? Comment pouvait-il voir la femme qu'il aimait encore dans cet état, sachant qu'elle ne lui adresserait plus jamais la parole ? C'était pire que la mort !

— Quelqu'un aurait dû le lui dire. Elle a vingt ans ! On l'a dépossédée de sa mère pendant toute sa vie ! hurla Mase qui semblait prêt à donner des coups de poing dans le mur.

— Kiro avait peur que Harlow ne soit ébranlée de la voir dans cet état et que du coup ça ne chamboule sa mère. Il fait tout ce qu'il peut pour protéger Emily. Les médias n'ont jamais mis la main sur cette histoire. À part nous, personne n'est au courant. Aux yeux de tout le monde, elle est morte. Kiro adore Harlow, mais il fera tout ce qui est en son pouvoir pour protéger sa mère, quel qu'en soit le prix, quitte à empêcher Harlow de la voir. Mais tu as raison. Elle aurait dû être au courant depuis longtemps. Kiro aurait dû le lui dire.

Je ne pouvais pas poireauter ici, à me demander si elle allait bien après avoir rencontré sa mère pour la première fois. Je regardai Dean et Mase.

— J'y vais.

— Quoi ? Tu te casses comme ça ? Et quand elle reviendra alors ? Tu te dégonfles ? riposta Mase en me fusillant du regard.

— Je vais la rejoindre. Je ne veux pas qu'elle soit seule après avoir vu sa mère.

L'air furieux de Mase se mua en une expression de respect. Il hocha la tête.

— Bien.

Je ne lui proposai pas de m'accompagner. Je n'en avais pas envie.

Fini le ménage à trois.

Harlow

En pénétrant dans la grande demeure d'un blanc immaculé, véritable hôtel particulier, je fus accueillie par une dame en blouse d'infirmière.

— Je peux vous aider, mademoiselle ? demanda-t-elle en me bloquant l'accès à l'établissement.

De toute évidence, le Manoir sur la colline était une véritable forteresse. À la grille, j'avais dû présenter mes papiers d'identité. Le gardien avait passé dix minutes au téléphone avant d'ouvrir l'imposant portail en fer forgé.

— Je m'appelle Harlow Manning. Mon père est à l'intérieur… avec… ma mère, expliquai-je.

Évoquer la présence de ma mère entre ces murs me fit un drôle d'effet. Sur la route, j'avais eu largement le temps de digérer la situation. Une partie de moi comprenait les motivations de mon père et de ma grand-mère, mais une autre partie les détestait. On m'avait dérobé quelque chose que je ne pourrais jamais récupérer.

La femme rentra des informations sur son iPad mini.

— Je vais avoir besoin de votre carte d'identité, s'il vous plaît.

Encore ? Sérieusement ? Je lui tendis mon permis de conduire. Ses yeux firent plusieurs allers et retours entre la photo et mon visage, puis elle renseigna le détail de ma carte.

Après ce qui sembla une éternité, elle finit par faire un pas en arrière.

— Regina, lança-t-elle à l'attention d'une des femmes du bureau d'accueil. Veuillez l'accompagner à la chambre de Mme Manning. M. Manning est sur place et attend sa visite.

Donc mon père savait que j'étais ici.

J'emboîtai le pas à Regina dans ce qui ressemblait au lobby d'un hôtel cinq étoiles. Arrivée à l'ascenseur, elle entra un code et les portes s'ouvrirent. À l'intérieur, Regina tapa un second code avant de me fixer droit dans les yeux.

— Quoi que vous fassiez, ne contrariez pas Mme Manning. La présence de M. Manning l'apaise, mais si elle se sent menacée, elle devient très agitée et nous sommes contraints de lui administrer des sédatifs. M. Manning a horreur de ça.

Mon cœur battait à tout rompre. Jusqu'alors, je n'avais pas ressenti de nervosité, mais la perspective de voir ma mère, une personne à des années-lumière de la femme souriante que je connaissais des photos, un être sans réaction… Étais-je réellement prête à affronter cela ?

Et mon père. Le portrait qu'on peignait de lui quand il était avec elle m'était totalement étranger. Kiro Manning ne se laissait pas déborder par ses émotions. Il s'envoyait en l'air avec des filles de mon âge et il buvait comme un trou. Il ne veillait pas au chevet d'une femme malade. J'avais l'impression de flotter dans une autre dimension.

Les battants coulissèrent et je suivis Regina dans le couloir. Cet étage comportait une seule et unique porte, ce qui ne me surprit pas vraiment ; mon père ne pouvait rien faire comme les autres. Regina frappa deux fois au battant.

La porte s'ouvrit enfin sur mon père. Il n'était pas rasé et il avait l'air de ne pas s'être coiffé depuis des jours. Il portait un de ses T-shirts étriqués et un jean beaucoup trop serré pour un homme de quarante-cinq ans. Kiro Manning, fidèle à sa réputation.

— Merci, Regina. Vous pouvez nous laisser, dit-il d'une voix abattue.

Je le dévisageai, pétrifiée sur place. Cet homme m'était inconnu. Il ressemblait à mon père, mais il avait l'air brisé. Je ne l'avais jamais vu dans cet état.

— Je lui ai dit que tu venais. Je lui parle de toi à chacune de mes visites, donc elle te connaît. Je pense qu'elle est contente de te voir, mais je veux que tu restes calme. Pas d'étalage d'émotion, ça la perturberait. On ne revient pas sur la situation devant elle ; il est hors de question que ça la remue. Ça me fout en rogne quand je n'arrive pas à la calmer. Je déteste ces connards et leurs seringues. Alors tu vas rester bien calme. Tu gardes tes questions pour toi et on discutera quand elle ne nous entendra pas. Je sais que tu es en colère ; ça se voit dans tes yeux. Mais que ce soit bien clair : personne ne contrarie Emily. Personne. Pas même toi. Je ne le permettrai pas.

Je ne lui avais encore jamais vu ce regard féroce et protecteur. Et je n'avais pas envie de me pencher sur l'émotion qui écrasait ma poitrine. J'ignorais tout de cette facette de mon père.

— O.K., fis-je simplement.

Il hocha la tête et recula d'un pas. Je pénétrai dans la chambre, qui était tout aussi sophistiquée que le reste de l'établissement. Un lustre pendait dans l'entrée. Les moulures du plafond encadraient des fenêtres hautes.

— Par ici, lança-t-il en passant devant l'imposante cheminée de marbre et les canapés en cuir du salon.

Nous entrâmes dans une nouvelle pièce. Cette fois, mon attention ne s'attarda pas sur la décoration ; mes yeux s'arrêtèrent sur une longue chevelure noire, bien coiffée, qui retombait sur l'arrière de ce qui était vraisemblablement une chaise roulante, bien que je n'en aie jamais vu de telle ; elle était en cuir capitonné, mais les roues étaient sans ambiguïté. Elle était orientée face à une baie vitrée qui donnait sur les collines vallonnées et le ruisseau voisins.

Mon père s'approcha d'elle et prit une brosse à cheveux sur la chaise d'à côté. Lui brossait-il les cheveux avant que je n'arrive ?

— Emmy, ma chérie, tu te souviens que Harlow allait te rendre visite ? C'est une grande fille maintenant. Elle est très contente de te voir. Je t'ai brossé les cheveux, tu es magnifique.

Était-ce mon père qui s'exprimait ainsi ? Je ne l'avais jamais entendu parler sur ce ton. Je le fixai, bouche bée. Ce n'était pas Kiro, ce n'était pas mon père. Mon père ne s'exprimait pas comme ça. Et, même quand j'étais petite, il ne m'avait jamais brossé les cheveux.

Il leva les yeux sur moi, puis fit lentement pivoter la chaise de ma mère. Mon cœur se mit à battre la chamade. De nouveau, j'avais du mal à respirer et je craignais d'avoir une crise de panique. C'en était trop. Et j'étais censée garder mon calme ? Mais c'était ma mère !

Je plongeai mon regard dans le sien. Je retins ma respiration en dévisageant lentement la femme qui me faisait face. J'avais vu des photos d'elle et je reconnus ses traits de jeune femme. Elle était entre de bonnes mains. Et, malgré le vide évident qui hantait son regard, un mince sourire sembla se dessiner sur ses lèvres.

— Bonjour.

Je fus incapable d'ajouter « maman ». Je ne la connaissais pas. La femme que j'avais toujours identifiée comme étant ma mère avait les yeux noisette et un large sourire. Sur les photos, elle était pleine de vie. La femme assise devant moi m'était inconnue.

— Harlow, voici ta mère, Emily. Emmy, voici Harlow. Tu te souviens de ce minuscule nouveau-né dans tes bras ? Des photos qu'on regarde ensemble et de tous les endroits où on est allés ? Quand elle est née, elle était trop petite, et nous avons eu si peur de la perdre. Mais elle a tenu bon. Tu l'aimais trop pour la laisser mourir. Regarde le beau résultat aujourd'hui, comme elle a grandi.

Emily Manning continuait à me regarder fixement. J'aurais voulu accepter qu'il s'agissait de la femme des photos que je contemplais enfant, mais cela m'aurait encore plus brisé le cœur. Cette femme heureuse et pleine de vie n'était plus. Il n'en restait que cette enveloppe.

— Elle est suffisamment grande pour te rendre visite, maintenant. Ça te ferait plaisir si je l'amenais parfois avec moi ? poursuivit mon père en s'asseyant à côté d'elle pour lui prendre la main. Je pense que cela te donnerait le sourire. Et tu sais à quel point j'aime te voir sourire.

Ce n'était pas la réalité, je devais être en train de dormir, égarée dans un songe.

— Viens par ici pour qu'elle te voie mieux, Harlow. Elle ne distingue pas très bien au loin, intima mon père sans détourner les yeux du visage de ma mère.

Je ne voulais surtout pas le contredire. De toute évidence, il était prêt à remuer ciel et terre pour lui faire plaisir. Je n'avais aucune envie de la perturber.

Je m'approchai d'elle. Elle suivit le moindre de mes mouvements des yeux et battit rapidement des paupières en émettant un grognement.

— Pas plus près, intervint mon père. Ça va la rendre nerveuse. (Je m'immobilisai. Kiro s'adressa à Emily.) Elle te ressemble, tu vois ? Les mêmes lèvres et les mêmes mains magnifiques. Et ses cheveux ; c'est tout toi. Les miens ressemblent à de la paille, poursuivit-il d'une voix affectueuse.

Son corps se pencha sur celui de mon père. Avait-elle glissé ou essayait-elle de s'approcher de lui ?

— Tout va bien. Je suis avec toi. Je ne laisserai jamais personne te faire du mal. Tu sais bien que je fais attention à ma chérie préférée, renchérit-il en déposant un baiser sur son front.

L'émotion enfouie dans ma poitrine explosa et je compris ; il n'était pas question de moi ni de ce dont on m'avait privée. À cet instant précis, l'amertume d'avoir été trahie céda le pas au chagrin. Je n'étais pas triste pour moi – du fait qu'on m'avait refusé la possibilité de connaître ma mère –, mais pour mon père. Les larmes me montèrent aux yeux, j'allais éclater en sanglots. Il me faisait trop de peine ; la dévotion et l'amour qu'il lui portait étaient en train de me briser en deux.

— Il faut que je retourne un instant dans l'autre pièce, annonçai-je tandis que mes yeux s'emplissaient de larmes.

— Vas-y, répondit-il en retournant le fauteuil d'Emily face à lui. (Je l'entendis alors lui expliquer :) Elle va boire un peu et se reposer. Elle a fait un long voyage pour venir te voir aujourd'hui.

Comprenait-elle seulement ce qu'il disait ? Continuait-il à lui parler pour se donner une contenance et pallier sa terrible absence ?

Une fois arrivée dans le salon, j'avais le visage baigné de larmes et je couvris ma bouche pour étouffer mes sanglots. Mon père, cet homme dur et sûr de lui, qui aimait envoyer promener son monde et vivre sans entrave, était assis dans cette pièce, tenant ma mère par la main, la traitant comme une reine. Comme un joyau. J'avais toujours su qu'il l'aimait. Il ne cessait de répéter à qui voulait l'entendre que le jour de sa mort l'avait marqué à jamais. Mais la scène dont je venais d'être témoin ? Mon Dieu, mon cœur était en miettes.

Les gens voyaient en Kiro une légende. Il avait tout pour lui et on le vénérait. Personne ne connaissait la vérité. Même pas moi. Je l'avais toujours cru fort comme un roc, totalement inébranlable. Désormais je savais que ce n'était pas la réalité. Cette illusion venait de s'envoler. Mon père souffrait plus que je n'aurais jamais pu l'imaginer.

Je me laissai tomber dans le canapé et enfouis mon visage dans mes mains pour pleurer. Je pleurai pour cette femme dont la vie avait été brisée dans son élan. Je pleurai pour la petite fille qui n'avait jamais eu la chance de la connaître. Et surtout, je pleurai pour l'homme qui l'aimerait pour toujours, quand bien même elle ne serait plus jamais celle dont il était tombé amoureux.

Grant

Je venais de prendre place dans la voiture de location quand la sonnerie de mon téléphone retentit. Le nom de Nan s'afficha à l'écran. Je commençai par l'ignorer puis me ravisai ; il était temps de régler la situation. Je n'allais pas cacher le fait que je voyais Harlow. D'autant plus que Nan était avec August.

— Oui, lâchai-je, lui laissant le champ libre pour déballer les raisons de son appel.

— Où es-tu ?

— Pourquoi ?

— Parce que Harlow, toi et Mase n'êtes plus là. Tu es où, bordel ?

— Faut mieux communiquer avec tes colocs, la raillai-je, déjà assommé par la conversation.

Chaque fois que je lui parlais, j'avais envie d'une cigarette. Mais je m'en sortais pas mal ; je n'avais pas fumé depuis deux mois et je n'allais pas faire marche arrière à cause de Nan.

— Je me fous de savoir où sont les deux autres, je veux que tu me dises si tu es avec eux. Je ne le permettrai pas. C'est bien compris ?

Je comprenais surtout qu'elle délirait, comme à son habitude.

— Nannette, si je commence à dormir dans le lit de Harlow, tu ne vas pas pouvoir y faire grand-chose. Alors bas les pattes. C'est fini. J'en ai marre d'être ton plan B.

La rage que trahissait son silence me fit sourire. J'adorais la foutre en rogne.

Pendant longtemps, j'avais surtout eu envie de la faire sourire, de la sauver d'elle-même. Mais elle avait fait le nécessaire pour détruire tous mes sentiments en couchant avec une ribambelle de mecs et en me le faisant bien sentir, sans oublier de m'appeler dès qu'elle avait besoin de quelqu'un. Je l'avais laissée m'instrumentaliser. Petit à petit, ça m'avait bouffé. J'ai longtemps voulu qu'on ait besoin de moi, pensant donner un sens à ma vie de cette façon. Je ne m'étais pas aperçu que j'étais devenu le toutou de Nan. J'avais eu du mal à avaler la pilule. M'extirper de sa vie n'avait pas été une mince affaire, mais une fois que j'avais réussi à tuer les sentiments que j'avais pour elle en acceptant que je ne pouvais rien au fait qu'elle était aigrie, je m'étais senti mieux. Coucher avec elle alors que j'étais bourré ? Rien de plus simple. Je savais à quoi m'attendre le lendemain matin. Je savais que je ne risquais plus de tomber amoureux d'elle.

— C'est parce que je couche avec August ? Ne fais pas l'enfant. Je t'ai dit que je voulais juste un plan cul pendant un temps. Contrairement à toi, je n'aime pas les histoires sérieuses.

Avec elle, j'avais totalement perdu les pédales. Elle nous avait sauvés tous les deux de l'enfer. J'aurais dû lui en être reconnaissant

— J'en ai assez, Nannette. Le plan cul est arrivé à expiration. C'est fini, je n'ai plus envie de ça avec toi. Tu peux t'envoyer tout ce qui bouge, ça ne me fait ni chaud ni froid. Et si le gusse a besoin de préservatifs, je peux même lui dire où j'ai laissé ma réserve.

Nan poussa un piaillement incrédule.

— Tu la trouves gentille et toute jolie, mais tu vas t'en lasser. Elle est coincée et chiante. Quand tu en auras assez d'essayer de baiser Harlow et que tu te rendras compte qu'elle ne valait pas le détour, ne reviens pas pleurer dans mes jupes.

Je refusai de mordre à l'hameçon. Elle cherchait la bagarre. Mais je n'étais pas stupide au point de lui donner matière à agresser Harlow par la suite. Le petit jeu de Nan était d'une méchanceté brutale.

— Je fréquente qui je veux, ça ne te regarde pas, Nan. Je ne t'appartiens pas et ne t'ai jamais appartenu. Si tu n'as rien d'autre à ajouter, j'ai des choses importantes à faire.

— Où es-tu ? hurla-t-elle.

— Pas à Rosemary, ripostai-je avant de raccrocher et de jeter le téléphone sur le siège.

Avec Nan, j'avais appris ma leçon à mes dépens. Son père m'avait mis en garde contre ce genre de fille ; aimer Nan menait forcément au désastre. Fort heureusement, je n'étais jamais réellement tombé amoureux d'elle…

Je n'eus pas le loisir de m'appesantir trop longuement sur Nan ; mon téléphone sonna de nouveau. Cette fois, c'était Rush.

— Salut, lançai-je, soulagé de pouvoir enfin communiquer avec quelqu'un.

— Je viens de parler à mon père.

— Ouais, c'est un sacré merdier. Je suis en route. Elle voulait y aller toute seule, mais je tiens à être là quand elle sortira.

— Vous avez réussi à tirer les choses au clair avant toute cette merde ?

On pouvait dire ça oui, on avait tiré les choses au clair de façon tout à fait inattendue.

— Oui. On n'avait pas fini, mais Dean lui a lâché l'info et elle est partie.

— J'ai du mal à croire toute cette histoire, alors que ça ne concerne pas ma mère. Ça doit être dur pour Harlow. Elle a l'air si fragile.

Je repoussai la bouffée de possessivité qui montait en moi. Penser à la vulnérabilité de Harlow me perturbait. Je ne voulais pas m'y attarder, surtout si je n'étais pas dans les parages pour la protéger.

— Je ne vais pas te mentir. Je suis furax contre ton père. Il lui a balancé ça, sans ménagement ni rien. Il faut y aller mollo avec ce genre de trucs. Il n'y est pas allé avec le dos de la cuiller.

Rush poussa un soupir.

— Ouais, mais tu sais, ce n'est pas le roi de la communication. Il dit ce qu'il pense tout haut.

L'excuse n'était pas suffisante ; j'avais Dean dans le collimateur.

— Nan te cherche, reprit Rush.

— Elle m'a appelé.

Je n'avais pas envie d'en parler avec lui. Je ne portais pas Nan dans mon cœur, mais elle restait un membre de sa famille.

— Elle va arracher la tête de Harlow, fais gaffe.

Je ne m'attendais pas qu'il me dise ça, mais je partageais son avis.

— Je sais. Je ne la laisserai pas lui faire de mal.

— Si tu fais ça, Kiro n'acceptera jamais Nan. Elle a besoin de son approbation, même si elle ne la mérite pas forcément.

J'aurais dû me douter qu'il s'inquiétait davantage de Nan que de Harlow.

— Je ne la laisserai pas approcher Harlow, conclus-je.

— Ça serait sympa si tu en avais après la petite culotte d'une nana qui ne soit pas un rejeton de Kiro. Ça faciliterait la donne.

Je me contentai de rire. C'est sûr, ce serait plus simple, mais Harlow… c'était Harlow.

Harlow

— Tu ne peux pas y retourner dans cet état, objecta mon père en entrant dans la pièce. Tu vas l'effrayer.

Je levai mon visage baigné de larmes. Je ne verrais plus jamais mon père du même œil. Il pouvait coucher avec toutes les filles qu'il voulait, dire des chapelets de grossièretés, je ne verrais désormais que l'homme qui tenait la main de ma mère.

— Je suis arrivée en colère. Contre toi, contre grand-mère. Mais maintenant, je suis…

Je haussai les épaules. Je ne pouvais pas dire dévastée. Je ne voulais pas lui avouer que la douleur m'avait brisé le cœur.

— Je voulais la protéger. Tu n'étais qu'une enfant. Tu n'aurais pas compris et tu l'aurais perturbée. Je ne pouvais pas me le permettre, Harlow. Je t'aime, mon petit, je t'ai toujours aimée. Tu es le seul morceau qu'il me reste de la femme dont je suis tombé totalement amoureux. Mais elle est encore là, même si son esprit a disparu. Je donnerais ma vie pour elle. Elle viendra toujours en premier, même avant toi.

Je me contentai de hocher la tête, parce que je comprenais. Avant d'arriver, je pensais qu'aucune parole ne pourrait atténuer ma haine. C'était sans compter qu'il me suffirait de le voir auprès d'elle. Les mots étaient superflus.

— Tu viens la voir souvent ? m'enquis-je.

Il s'approcha de la cheminée et s'adossa contre la pierre.

— Trois, quatre fois par semaine.

— C'est pour cela que tu as quitté Vegas ? Parce que vous vous apprêtiez à partir en tournée à l'étranger ?

Il fronça les sourcils.

— Elle ne réagit pas bien quand je m'absente. Certains jours, elle est tellement agitée que les médecins doivent la mettre sous calmant. Elle a besoin de moi. Mentalement, elle n'est plus la femme dont je suis tombé amoureux, mais son cœur me reconnaît. Elle a besoin de ma présence. Je ne peux plus refaire ça. Lorsque je passe la porte, son sourire éclipse tout le reste.

Je refusai de pleurer. Je ne voulais plus de mes larmes. J'en avais versé suffisamment pour nous deux au fil des années.

— Tes musiciens ont besoin de toi. Tu peux peut-être faire des allers et retours en avion pour que ce soit moins dur pour elle.

Il hocha la tête.

— J'y ai pensé. Je ne suis pas sûr que ça soit suffisant.

Je ne pouvais pas le persuader de chanter pour des millions d'inconnus alors que son cœur était tout entier dans cette chambre auprès de ma mère. Je ne pouvais pas m'arroger ce droit. Je ne comprendrais jamais la profondeur de son tourment. Lui seul l'avait vécu.

— Je sais que je ne peux pas laisser tomber les gars. Ils ont besoin de moi. Mais c'est ma dernière tournée. Je ne peux pas continuer comme ça. Je veux être à la maison, près d'elle.

— Je suis désolée, papa.

Les mots s'étranglèrent dans ma gorge. Je ne savais pas quoi dire d'autre.

Il leva les yeux du sol et me dévisagea.

— Désolée de quoi ?

Je me mordis la lèvre et ravalai un sanglot en priant pour ne verser aucune larme.

— Que tu l'aies perdue.

Un sourire triste se dessina sur ses lèvres.

— Moi aussi j'étais désolé, avant. Je détestais le monde entier. Je haïssais ma vie. Mais, chaque fois que je te voyais, je savais qu'il fallait que je continue à vivre. Tu n'aurais pas dû survivre, et pourtant tu es là. Elle aurait voulu que je vive, pour toi. Pour la petite fille que son amour avait sauvée. Je savais aussi qu'elle ne voudrait pas que tu restes auprès de moi si je continuais à être Kiro, mais que tu grandisses dans la maison de son enfance avec sa mère adorée. Alors j'ai mis en place tout ce qu'elle aurait voulu. En grandissant, tu es devenue son portrait craché, à l'intérieur comme à l'extérieur. On me reproche de t'aimer plus que mes autres enfants, et c'est vrai, bon sang : tu es à moi et à Emmy. Je n'aimais pas Georgianna, c'était une simple groupie. Je n'aimais pas Maryann, une passade. Et non, je n'aime pas leurs enfants à toutes les deux comme je le devrais. Je n'ai qu'un cœur et ta mère l'occupe en grande partie. Je n'ai pas beaucoup d'espace pour quelqu'un d'autre. Tu es la seule pour laquelle j'envisage de faire de la place.

Il aimait Mase, je le savais. Quant à Nan, la question restait ouverte. Je comprenais qu'il essayait de me dire que ma mère resterait à jamais dans son cœur.

Je me levai, enroulai les bras autour de sa taille et posai la tête sur sa poitrine. Je restai silencieuse, les mots me faisaient défaut.

Ses bras enveloppèrent lentement mes épaules.

— Je n'ai jamais voulu te faire du mal en t'empêchant de la voir. Mais je n'avais pas le choix. Je sais que tu es grande maintenant mais, quand je te regarde, je vois encore une gamine avec ses nattes. Chaque fois que j'ai voulu te le dire, je me suis défoncé à la place. Je n'avais pas le courage de te blesser. J'espère que tu sauras me pardonner, ainsi que ta grand-mère. Elle était d'accord avec moi pour que tu n'apprennes la vérité qu'une fois adulte. Tu étais malade, ma chérie, et je ne pouvais pas me permettre de te perdre toi aussi. Ça m'aurait détruit.

Je resserrai mon étreinte et enfouis mon visage contre sa poitrine pour sangloter en silence. Je ne pouvais pas le détester, ce n'était pas juste. Je comprenais ses décisions.

— Je t'aime, murmurai-je.

— Moi aussi, je t'aime. Et la femme que tu as vue dans cette pièce t'adorait. À l'hôpital, elle ne t'a jamais quittée d'un pouce. Pour elle, tu étais un don du ciel. Je me souviens de son expression lorsque tu as fait tes tout premiers pas. Tu étais son ange et, quand je l'ai perdue, j'ai su que je devais prendre soin de toi.

Je serrai les yeux très fort pour ravaler mes larmes. Je voulais reprendre le contrôle de mes émotions et retourner dans cette chambre. Lorsque mes sanglots s'apaisèrent et que mes larmes eurent séché, je levai les yeux vers mon père.

— Je peux y retourner ?

Il essuya mon visage et hocha la tête.

— Bien sûr.

Grant

Un coup de fil de Dean m'avait permis de franchir les imposantes grilles en fer forgé du Manoir sur la colline. Je n'avais pas l'intention d'entrer dans l'établissement. Je voulais me garer et attendre que Harlow sorte. Elle y était depuis près de deux heures. Je refermai la portière et contournai l'avant de la voiture pour bien voir les portes d'entrée. Dès sa sortie, je serais là pour elle.

Si elle n'avait pas envie de me voir, très bien, je me contenterais de suivre la limousine jusqu'à Vegas. Mais si elle avait besoin de moi, j'étais disponible. J'étais bête au point de penser que, après l'épisode dans l'avion, tout était pardonné. Alors que j'étais loin d'avoir fait mes preuves. Et si elle voulait bien me donner une chance, je serais toujours là en cas de besoin.

J'attendais depuis dix minutes à peine lorsque la porte du Manoir s'ouvrit sur Harlow. De toute évidence, elle avait pleuré. Je m'approchai d'elle, sans qu'elle me remarque d'emblée. Elle descendait les marches en s'essuyant les yeux lorsque j'arrivai à hauteur du perron. Elle leva la tête et ses yeux s'écarquillèrent lorsqu'elle m'aperçut. Le moment de vérité était arrivé : elle allait soit me hurler de partir, soit…

Harlow dévala l'escalier et se jeta dans mes bras en sanglotant. Je la serrai contre ma poitrine en fermant les yeux.

J'étais soulagé d'être venu. J'avais vu juste : elle avait besoin de moi.

Je ne posai aucune question. Je la laissai pleurer, blottie contre moi, agrippant ma chemise à pleines poignées. Les gémissements déchirants qui s'échappaient de son corps tremblant me serraient le cœur. J'avais envie de remédier à la situation, d'entrer dans le bâtiment pour réparer ce qui l'avait mise dans cet état, mais comment faire ? C'était impossible.

— Il… il lui brosse les cheveux, balbutia-t-elle dans un hoquet.

Qu'est-ce que ça voulait dire ? Parlait-elle de son père ? Je restai silencieux et la laissai continuer.

— Elle lui sourit, s'étrangla-t-elle.

Il était bien question de son père. J'essayai de me représenter Kiro en train de brosser les cheveux d'une femme qui ne pouvait ni bouger ni parler. Le tableau ne collait pas. Je n'imaginais pas Kiro prendre soin de quelqu'un d'autre, il se coiffait lui-même si rarement.

— Oh mon Dieu, Grant, c'est si dur. Il est tellement gentil avec elle. J'avais l'impression de découvrir un inconnu. Elle ne peut absolument rien faire, et je ne suis même pas sûre qu'elle saisisse ce qu'il lui dit, mais il lui parle comme si elle comprenait tout. Il l'aime encore, de manière absolue, sans rien obtenir en retour.

Je levai les yeux sur la bâtisse en essayant d'imaginer ce qu'elle décrivait, en vain. Un jour, j'avais surpris Kiro en train de baiser une nana sur sa table de billard en même temps qu'il fumait un joint et se sifflait une bouteille de vodka ; elle devait avoir à peine dix-neuf ans. Le souvenir était resté à jamais gravé dans mon cerveau d'adolescent.

Je caressai les cheveux de Harlow pour tenter de la réconforter, même si c'était impossible. Elle s'était tue. Ses sanglots cessèrent enfin et elle relâcha ma chemise dont elle repassa les plis chiffonnés du plat de la main. Ça m'était bien égal ; elle pouvait en faire de confettis si elle le voulait.

— Tu es venu, reprit-elle enfin en levant vers moi son magnifique visage baigné de larmes.

Comment faisait-elle pour être parfaite en toutes circonstances ? Aucun homme ne pouvait résister à ça.

— J'ai pensé que tu pourrais avoir besoin d'une présence.

Elle sourit faiblement.

— Tu avais raison.

J'essuyai du bout des doigts les larmes qui s'attardaient sur ses joues.

— Si tu as besoin de quoi que ce soit, je suis là, murmurai-je.

Elle poussa un soupir et ferma les yeux un court instant.

— Ça ne m'aide pas.

— Pourquoi ?

C'était plutôt pratique de m'avoir au doigt et à l'œil.

— J'essaie de te maintenir à une distance respectable. Si tu es gentil, ça se corse.

C'était donc ça ! Et encore, elle n'avait rien vu. J'étais bien décidé à ne pas lui faciliter la tâche.

— Je croyais qu'on avait mis un terme à cette histoire de distance respectable dans la salle de bains de l'avion, répliquai-je en tentant de lui soutirer un vrai sourire.

Elle haussa un sourcil.

— Non. Ça c'était parce que tu es terriblement sexy et que tu me donnes des orgasmes de folie.

L'explication m'allait très bien.

— Pour en avoir d'autres, il suffit de lever ton joli petit doigt.

Cette fois, elle sourit. Un vrai sourire. De ceux qui chassaient les ténèbres dans son regard.

Je pris sa main et entrelaçai nos doigts. Harlow me laissa faire.

— J'ai loué une voiture. Tu veux faire la route avec moi ?

Elle jeta un œil à la limousine.

— Oui. Mon père va rester jusqu'à ce soir et il veut que je lui laisse la voiture.

Bien. Je voulais qu'elle reste tout près de moi.

— Tu es prête ?

Elle jeta un dernier regard à l'établissement.

— Oui. J'ai eu mon compte pour aujourd'hui. Et il a besoin d'être seul avec elle. Et elle aussi, je crois.

Je ne saurais jamais exactement ce qui s'était passé dans cette pièce, mais l'expérience avait bouleversé Harlow. Sa vie ne serait plus jamais comme avant. Et elle n'avait pas fini de pleurer. J'avais le sentiment que sa tristesse n'était pas épuisée. Pour ma part, j'avais l'intention d'être à ses côtés. Il était hors de question qu'elle gère ça toute seule.

De retour sur les routes du désert, j'avais laissé Harlow choisir la musique. Et je l'avais laissée à ses pensées. Elle avait besoin de digérer les événements de la journée. De temps à autre, je jetai un regard dans sa direction pour m'assurer qu'elle n'était pas en train de pleurer.

— Je ne vais pas craquer une nouvelle fois, affirma-t-elle au bout d'un moment.

— Tu veux en parler ?

Quand il était question de ses sentiments, Harlow n'était pas une grande bavarde. Mais, après ce qui s'était passé aujourd'hui, j'étais convaincu qu'elle avait besoin de tout déballer. Réprimer ses émotions risquait de lui faire beaucoup de mal.

— J'étais tellement en colère contre lui et contre tous ceux qui m'avaient menti. Et puis… je l'ai vu avec elle. Rien n'aurait pu m'y préparer. (Elle secoua la tête et baissa les yeux sur ses mains nouées.) Ça a changé énormément de choses entre nous aujourd'hui. J'ai toujours su que mon père m'aimait plus. Je détestais l'admettre, mais je le savais et ça me faisait culpabiliser. Maintenant je comprends. Je ne pense pas qu'il m'aime moi plus que les autres. Mais je suis l'enfant qu'elle lui a donné, j'incarne leur lien.

Je pensai à Mase, toujours très distant quand il parlait de Kiro, comme si ce dernier n'était pas son père. Et puis Nan, dont je savais que Kiro n'était pas fan. Harlow avait besoin de Kiro, elle l'aimait. Je choisis de ne pas la contredire, mais c'était bien plus que la simple connexion avec sa mère qui faisait d'elle son enfant préférée.

— C'est sa dernière tournée. Il a horreur de la laisser seule. Je n'ai même pas pu le raisonner. Le monde veut Kiro, mais Kiro veut rester auprès d'elle. Malgré son état… il veut être avec elle. (Harlow émit un petit rire.) Et dire que j'étais persuadée que le cœur de mon père avait été enterré avec ma mère.

Je jetai un œil vers elle.

— Tu vas retourner la voir ?

Harlow hocha la tête.

— Oui. Elle ne peut pas me parler et je ne sais pas si elle se rend compte que je suis sa fille, mais je sais qu'elle est là et ça me suffit. J'ai envie… que ce soit moi qui lui parle de ma vie. Peut-être qu'elle sourit réellement quand on lui fait la conversation. Si je passe du temps avec elle, je trouverai peut-être le moyen d'établir un lien.

Sa voix était pleine d'espoir. Elle voulait faire la connaissance de sa mère, ce qui était compréhensible. Personnellement, je n'étais pas sûr de tenir le coup si elle en ressortait systématiquement en mille morceaux. Je séparai ses mains nouées et entrelaçai mes doigts aux siens.

— Je serai toujours là pour y aller avec toi. Ne t'imagine pas que tu es obligée d'y retourner seule. Je serai ravi d'attendre dans la voiture pendant tes visites.

Un sourire fin éclaira son visage. Elle se laissa aller contre l'appui-tête et tourna les yeux vers moi.

— Merci.

— Je t'en prie, Harlow. Tout ce que tu voudras.

Elle me serra la main.

— Je n'arrive pas à effacer l'image de mon père en train de lui parler. Il était si doux avec elle. Kiro n'est jamais attentionné. Rien que d'y penser, j'ai le cœur brisé.

— Dis-moi ce que je peux faire pour te changer les idées. J'ai un joli brin de voix, en revanche je ne suis pas doué pour raconter des blagues ; c'est tout ce que je peux te proposer pour le moment.

Harlow sourit et me dévisagea en silence. J'avais du mal à me concentrer sur la route.

Je débouchai enfin sur une longue ligne droite ; j'allais avoir tout le loisir de la regarder. Avant même que je n'aie eu le temps de tourner la tête, Harlow se pencha vers moi et glissa ses mains entre mes jambes. Mon corps entier se figea et ma concentration vola en éclats. J'agrippai le volant à deux mains et pris une profonde inspiration. Avant que j'aie pu prononcer un mot, ses lèvres effleuraient mon oreille et sa main caressait mon sexe tendu à travers mon jean.

— Arrête la voiture, ordonna-t-elle avant d'embrasser, puis de lécher ma joue.

Nom de Dieu ! À quoi elle jouait ?

— Harlow, chérie, qu'est-ce que tu fais ?

Je savais qu'elle essayait de se changer les idées après les événements traumatisants de la journée, mais je n'étais pas convaincu par sa méthode. Même si mon sexe ne partageait pas cet avis.

— J'ai envie que tu me fasses oublier aujourd'hui, souffla-t-elle d'une voix rauque.

Oh merde. Ça ne me disait rien qui vaille, mais ses mains me faisaient un bien fou. S'arrêter sur le bord de la route n'était peut-être pas une si mauvaise idée, après tout. Au moins, je n'aurais plus à me concentrer sur la circulation et je pourrais lui parler. Je me garai sur le bas-côté.

Harlow se rassit sur son siège. Un instant, je crus qu'elle avait changé d'avis, jusqu'à ce qu'elle déboutonne son jean et l'enlève avec la petite culotte que j'avais déjà croisée ce matin.

Je restai sous le choc. Harlow se glissa à califourchon sur mes genoux et retira sa chemise pour libérer sa poitrine.

— Je ne vais quand même pas devoir te supplier, si ? s'enquit-elle en me regardant droit dans les yeux.

Quoi ? Je m'apprêtais à lui dire quelque chose, mais quoi ? Impossible de me souvenir.

— Harlow, je ne crois pas que tu aies vraiment besoin de ça, balbutiai-je.

— Je t'en prie. Ne me dis pas ce dont j'ai envie ou besoin. J'en ai marre que les gens décident à ma place. Je suis majeure et vaccinée et là, tout de suite maintenant, j'ai besoin que tu me fasses penser à autre chose. Aide-moi à oublier.

Je plongeai mon regard dans le sien. La détresse que j'y lus eut raison de moi. Comment lui dire non ? Elle avait besoin de moi. Après tout, c'était pour ça que j'étais venu, pour être à ses côtés si elle avait besoin d'aide, même si mon cerveau me hurlait que c'était une très mauvaise idée. Je pris son visage entre mes mains et essuyai les traces laissées par ses larmes. Décidément, Harlow n'était pas comme les autres.

— Je ferai ce que tu veux, affirmai-je avant de poser mes lèvres sur les siennes.

Sa douceur me transperça. J'aurais voulu balayer sa tristesse. J'embrassai les coins de sa bouche avant de caresser sa lèvre inférieure du bout de ma langue. Son soupir me donna des frissons. Sa langue se glissa dans ma bouche.

J'aurais pu l'embrasser pendant des heures. Nous avions fait ça une fois, et j'avais adoré. Ce lien étroit qui nous avait unis ce jour-là était plus puissant que tout ce que j'avais jamais connu. Jusqu'à ce que je sois en elle.

Elle roula des hanches et fit glisser ma main entre ses jambes. La moiteur qui accueillit mes doigts me surprit. J'avais peur qu'elle ne se force pour oublier sa tristesse, mais en réalité, elle était prête et le fredonnement contenté qui vibra contre ma bouche finit par me convaincre qu'elle en voulait plus.

— Oui, c'est bon. Continue, encore, murmura-t-elle en se frottant contre ma main.

À ce train-là, j'allais jouir dans mon pantalon.

Je retirai ma main. Elle émit un petit grognement de protestation, mais se ravisa lorsque je déboutonnai mon jean et le retirai prestement.

— Oh, fit-elle d'un ton excité en m'agrippant des deux mains.

Elle fit glisser son pouce sur le sommet gonflé de mon sexe. J'immobilisai ses mains.

— Bébé, tu es nue et tu me supplies de te toucher. Je suis sur le point d'exploser. Tu ne peux pas me caresser, même si c'est absolument délicieux, je ne vais pas tenir.

Son petit froncement de sourcils laissa la place à la compréhension et elle ouvrit des yeux ronds.

— Tu veux dire que tu es sur le point de jouir ?

Bon sang. Elle était obligée de prononcer le mot ? J'allais mourir si sa jolie bouche continuait à articuler des choses pareilles.

— Oui. J'y suis presque

— Je veux regarder, répliqua-t-elle.

— Harlow, ma douce, c'est plutôt salissant et on est dans une voiture. Je te jure que tu pourras observer ça au plus près dès que tu le voudras, mais pas dans une voiture alors que je n'ai rien pour nettoyer.

Elle jeta un œil vers son sac à main.

— J'ai des mouchoirs.

Sérieusement ? J'étais donc monté au ciel, où des créatures affriolantes demandaient à me voir éjaculer ?

— Je t'en prie, Grant. Laisse-moi jouer avec jusqu'à ce que tu jouisses. Je nettoierai tout.

Je serrai les dents tandis que mon sexe saillait entre ses mains. L'idée me séduisait beaucoup trop. Elle n'allait pas pouvoir jouer bien longtemps.

— Mais je croyais que tu voulais que je te baise, balbutiai-je.

— On pourra le faire après. Je pourrai te faire bander une nouvelle fois, non ?

Je jetai un œil à sa chatte entrouverte : j'aurais la trique à répétition sans aucun problème.

— Je suis carrément sûr que tu y arriveras, confirmai-je.

Elle me gratifia d'un large sourire et plongea la main dans son sac, non sans me coller son cul nu en pleine figure. Je lui pinçai les fesses et elle poussa un petit cri avant de se rasseoir, un paquet de mouchoirs dans la main.

— Tu vois ? fit-elle en souriant.

Elle laissa tomber le paquet dans le porte-gobelet et empoigna à nouveau mon érection. Je me laissai aller contre l'appui-tête en fermant les yeux.

— C'est si doux. J'étais persuadée que c'était rugueux, mais la peau est toute délicate, alors que c'est tout dur et gonflé.

Je rouvris les yeux pour la dévisager. Elle fixait mon sexe qu'elle caressait délicatement. Elle allait me rendre dingue. Je lui pris la main que j'enroulai autour de mon pénis.

— Serre.

Elle appuya, mais pas assez fort.

— Plus fort, bébé.

Elle s'exécuta. Ouais, elle y était.

— Tu montes et tu descends comme ça, expliquai-je en guidant sa main le long de mon érection.

Harlow se mordit la lèvre inférieure, concentrée sur mes consignes. Je ne pouvais détacher mes yeux d'elle ; elle était terriblement sexy. De nouveau, je touchai la moiteur entre ses cuisses. Elle se figea un instant et poussa un gémissement de plaisir.

— Moi aussi j'ai le droit de jouer, lançai-je.

— O.K., acquiesça-t-elle.

Elle se pressa contre moi et je sentis son clitoris gonfler sous mon doigt.

— Oh… c'est si bon, gémit-elle en m'attirant frénétiquement contre elle.

J'avais envie de goûter son sexe. Je portai mes doigts à ma bouche et suçai leur moiteur sous le regard concentré de Harlow. Elle laissa courir sa langue sur ses lèvres. Mes testicules se raidirent ; j'allais éjaculer. Je commençai à me couvrir pour ne pas lui en mettre dessus, mais elle insista pour regarder. Ma tête partit en arrière et je jouis sur ses mains en criant son nom.

Elle émit un petit bruit de surprise tout en me maintenant. Mes hanches se cambrèrent, savourant la sensation du spectacle que je lui offrais. Lorsqu'elle posa sa main sur le haut de mon gland, je l'agrippai par le poignet en poussant un juron.

— Putain, non, bébé. C'est trop sensible.

Harlow aussi respirait fort. Ce spectacle l'avait excitée. À chacune de ses inspirations, ses seins bondissaient. Merde. J'étais déjà en train de bander.

J'attrapai les mouchoirs et commençai à la nettoyer.

— Je pourrai recommencer ? Ça m'a plu. J'ai aimé ton expression à ce moment-là.

Cet aveu direct avait mis mon sexe au garde-à-vous. Seule Harlow me faisait cet effet.

— Chérie, tu touches mon sexe quand tu veux. Il est à toi et tu lui fais tout ce que tu désires.

— La prochaine fois, tu le feras dans ma bouche? demanda-t-elle.

— Tu voulais que je bande une deuxième fois, on peut dire que ça a marché sans problème, affirmai-je en enfilant un préservatif pioché à toute vitesse dans mon portefeuille. Je ne peux pas te laisser me dire ces choses-là. Maintenant c'est moi qui ai besoin de toi, poursuivis-je en soulevant sa taille pour l'asseoir sur mon sexe tendu.

Elle poussa un cri.

—Tu voulais jouer avec ma bite? Fais-toi plaisir, bébé!

Je la soulevai à nouveau et la laissai retomber de toutes mes forces.

Ses larges tétons roses se dressaient devant moi. J'en pris un en bouche. Harlow me tint la tête en ahanant :

— Plus fort. Suce-le plus fort.

Je mordillai son mamelon tendu, incapable de me maîtriser.

— Oh, Grant, c'est si bon, continue! supplia-t-elle tandis que je m'attaquais à son autre sein.

Harlow se mit à coulisser en rythme sur moi.

— C'est ce que tu voulais? soufflai-je tandis qu'elle accélérait la cadence. Dis-le. Dis-moi ce que tu veux.

J'avais envie de l'entendre parler cul. Elle ouvrit les yeux et me fixa avant de s'humecter les lèvres.

— Baise-moi, articula-t-elle lentement.

Je poussai un grognement inouï et commençai à la pilonner de toutes mes forces. Ses seins dansaient devant mes yeux dans un ballet érotique.

Je n'avais jamais imaginé Harlow comme ça. Mais je n'allais certainement pas m'en plaindre. Coucher avec elle était devenu tout bonnement hallucinant.

— Je vais jouir, dit-elle en agrippant mes cheveux pour enfouir ma tête entre ses seins.

Je mordillai sa poitrine gonflée tandis qu'elle scandait mon nom, le corps secoué de spasmes, ses ongles labourant une nouvelle fois mon dos.

Je saisis ses seins à pleines mains en jouissant à mon tour et m'enfonçai au plus profond d'elle. J'aurais voulu la posséder sans obstacle. J'aurais voulu la marquer. Elle était à moi.

Harlow

J'étais une fille facile. Soit ça, soit le traumatisme avait fait de moi une traînée, j'hésitais encore. Je n'avais pas réussi à regarder Grant dans les yeux depuis que je l'avais quasiment violé avant de réintégrer mon siège et de remettre mon jean. Pas un instant il ne m'avait forcée à parler, se contenant de poser une main sur ma cuisse ou d'entremêler ses doigts aux miens.

Soit il ne se rendait pas compte que j'étais une fille facile, soit il avait pitié de moi. Mon visage vira au cramoisi au souvenir de son éjaculation sur ma main. J'avais entendu parler de la fellation. J'étais curieuse, mais maintenant, j'étais gênée. Je ne faisais pas ce genre de chose, ça ne me ressemblait pas. J'avais juste eu besoin de me sentir vivante. Grant me faisait vibrer comme si rien ne pouvait m'atteindre.

Aujourd'hui, il m'avait donné énormément de plaisir. Mon sein gauche picotait encore de sa morsure. J'essayai de ne pas sourire à l'idée, terriblement affriolante, que sa bouche avait laissé une marque sur ma poitrine.

Après tout, peut-être que j'aimais être une traînée. D'ailleurs je me sentais en pleine forme. Mon corps vibrait encore des soubresauts de l'orgasme que Grant m'avait donné.

— Tu vas rester comme ça sans rien dire avec ton petit sourire pendant tout le reste du trajet ? Parce que, dans ce cas, je ne vais pas tarder à avoir envie de me garer sur le bas-côté.

J'éclatai de rire et me tournai vers lui. Il me regardait avec son sourire sexy.

— Je ne souriais pas, protestai-je.

Il posa de nouveau les yeux sur la route.

— Si, ma belle, tu souriais comme une bienheureuse.

Il avait raison ; j'étais heureuse. Comment était-ce possible après tout ce que j'avais découvert aujourd'hui ? En sortant de l'établissement, je n'aurais jamais pensé être de nouveau heureuse, mais Grant était là et m'avait laissée exploser en larmes dans ses bras. Il m'avait rendue heureuse.

— Merci, fis-je simplement.

Grant, les sourcils froncés, me jeta un regard.

— Ne me dis pas que tu viens de me remercier d'avoir couché avec toi.

Je secouai la tête.

— Non. C'était incroyable, mais non. Je te remercie d'être venu me chercher. D'être ici.

Il serra de nouveau ma main dans la sienne.

— Je t'en prie.

Je n'arrivais pas à cerner Grant Carter. Il y a encore deux semaines, je croyais qu'il n'avait qu'une idée en tête, coucher avec moi, et que, arrivé à ses fins, il avait pris la tangente. Après, j'avais pensé qu'il faisait une fixation sur Nan. Mais maintenant… maintenant je ne savais plus trop. Il m'avait accompagnée à Vegas en plein milieu de la nuit pour retrouver mon père. Puis il m'avait suivie pour que je ne me retrouve pas toute seule, alors que personne d'autre n'avait eu la présence d'esprit d'en faire autant. Après quoi, nous avions baisé comme des dieux. Je n'avais pas beaucoup d'éléments de comparaison, mais j'étais sûre qu'on ne faisait pas mieux que Grant en la matière.

— Pourquoi es-tu ici ? demandai-je.

Je voulais en avoir le cœur net. S'il n'était question que de sexe, je ne pouvais pas promettre que cela ne se reproduirait plus, parce que ça me plaisait vraiment. Non : j'adorais ça, Grant était addictif, mais j'avais besoin d'épargner mon cœur.

— Pour être avec toi.

Ça n'avait aucun sens.

— Je ne comprends pas.

Grant me serra la main.

— J'ai déconné avec toi. J'ai flippé et j'ai fait une connerie. J'ai pris la fuite parce que c'est ce que je fais de mieux. Je passe mon temps à fuir. Mais quand je t'ai vue dans la cuisine chez Nan, j'ai compris cette fois-ci que je n'avais aucune envie de m'enfuir. Je voulais rester. Il me fallait trouver le courage de le faire. Tu mérites que je me batte contre mes démons.

Je restai bouche bée. Grant Carter était connu pour sa belle gueule, son corps de rêve, ses tatouages et son baratin. Ça n'était pas un secret. J'avais entendu les rumeurs et fait plus d'une fois l'expérience de ses beaux discours.

Je désirais croire en sa sincérité, mais j'étais loin d'être bête et je m'y étais déjà brûlé les ailes. Ma grand-mère disait toujours : « Dupe-moi une fois, honte à toi. Dupe-moi deux fois, honte à moi. » J'avais appliqué cette devise toute ma vie. Mais avec Grant, ça devenait compliqué.

— Je ne te fais pas confiance. Je ne pourrai peut-être plus jamais te faire confiance. Mais tu me plais, sincèrement. Tu me redonnes le sourire quand j'en ai besoin. Je n'ai pas envie de te garder à distance parce que j'ai envie de plus de… enfin tu comprends. Mais je ne peux pas te promettre de tourner la page.

Grant resta un instant silencieux, et je me demandai s'il n'allait pas m'envoyer promener. Je ne lui en voudrais pas de penser que je n'en valais pas la peine. J'étais plus difficile à vivre qu'il ne se l'était imaginé.

— Tu finiras par me faire confiance à nouveau, conclut-il.

Sa main resta lovée dans la mienne et je lui laissai le dernier mot. Il était inutile de le contredire.

Mase m'appela alors que nous atteignions la périphérie de Vegas. Sa mère avait téléphoné pour lui dire que son beau-père s'était cassé la jambe en tombant de son tracteur. Mase avait aussitôt quitté le Texas à bord d'un avion de ligne pour rallier Rosemary et récupérer sa voiture. Il aurait voulu m'attendre, mais sa mère avait l'air fatiguée et inquiète. Il allait l'aider, puis revenir me voir. Au téléphone, il semblait secoué. Il me demanda comment je me sentais après l'entrevue avec Emily et je lui promis que j'allais bien et que Grant était à mes côtés. Ce qui ne le rassura pas pour autant.

— Fais gaffe à ce gusse. Laisse-moi plutôt te ramener au Texas. Je peux aider ma mère et prendre soin de toi.

Mase voulait bien faire, mais je n'avais pas l'intention de déménager au Texas. Pas pour le moment. Je voulais d'abord voir ce qui se passait avec Grant. Je lui expliquai donc que je préférais rester à Rosemary et que je l'appellerais en cas de besoin. Pour le moment, je voulais qu'il reste auprès de sa mère et de son beau-père. Mes paroles semblèrent l'apaiser et il me confirma qu'il viendrait bientôt me rendre visite à Rosemary.

Grant, silencieux, semblait satisfait de l'annonce du départ de Mase. Je ne fis aucun commentaire à ce propos. Dean m'avait présenté ses excuses pour la manière dont il m'avait annoncé les faits. Je l'avais serré dans mes bras en lui assurant que tout allait bien. Il fallait que je découvre la vérité et j'avais été contente d'avoir vu de mes propres yeux mon père avec ma mère, sans quoi je ne l'aurais jamais cru. Bizarrement, Grant et Dean n'avaient pas échangé un mot.

Une fois dans le jet qui nous ramenait à Rosemary, je me rendis soudain compte que je n'avais pas dormi depuis plus de vingt heures. Grant sembla lire dans mes pensées. Il me prit par la main, me ramena dans la chambre et entreprit de retirer mes chaussures.

— Allonge-toi, murmura-t-il d'une voix rauque.

J'obtempérai, incapable de protester.

Il enleva ses bottes, se glissa dans le lit derrière moi et m'attira contre sa poitrine. Nous n'échangeâmes pas un mot. Nous n'en avions pas besoin. Je me sentais bien. Je fermai les paupières et me laissai submerger par l'épuisement.

Grant

Nous avions dormi pendant toute la durée du vol. En route pour Rosemary, je m'étais arrêté dans une station-service de nuit pour nous acheter du café et des brioches. Harlow, toute chiffonnée de sommeil, avait l'air adorable et j'avais bien du mal à garder les yeux sur la circulation.

En arrivant, la vue de la voiture de Nan garée dans l'allée m'exaspéra. Évidemment, on débarquait chez elle en plein milieu de la nuit, mais j'avais secrètement espéré qu'elle serait absente et que je pourrais me rendormir dans le lit de Harlow sans que ça pose de problème.

Je garai le 4×4, coupai le moteur et me tournai vers Harlow.

— Je ne vais pas y aller par quatre chemins. J'ai envie de terminer la nuit avec toi. Je me fous de savoir que Nan habite ici.

Harlow jeta un œil à la maison, puis baissa la tête en poussant un soupir.

— Je ne suis pas sûre que ce soit une très bonne idée. Elle ne va pas très bien réagir si elle nous voit tous les deux ici.

Je fis pivoter son visage vers moi.

— Je me fous de ce qu'elle fait ou dit. Je ne la laisserai pas te blesser. Je ne la laisserai pas contrôler la situation.

— Mais tu étais dans son lit il y a à peine une semaine.

La douleur dans son regard me bouleversa.

— J'étais saoul et stupide. Ça ne voulait rien dire. Avec toi, ça veut dire quelque chose.

Harlow me gratifia d'un faible sourire et ouvrit la portière.

— De toute façon, elle finira par l'apprendre. Autant ne rien cacher.

Je ne lui laissai pas le temps de changer d'avis ; j'empoignai nos sacs et sortis de la voiture.

Harlow coula un regard dans ma direction tandis qu'elle gravissait le perron ; je me délectai de la vue de ses jolies fesses moulées dans son jean.

— Tu vas dormir en caleçon ? s'enquit-elle.

Je n'avais pas vraiment réfléchi à la question et haussai les épaules.

— Probablement, oui.

— Bien, fit-elle en souriant. Tu me plais, en caleçon.

Je souris et me mis à penser à mon tour à sa tenue de nuit. Soudain, toute envie de dormir s'évapora.

Harlow nous ouvrit la porte d'entrée. Je voyais bien qu'elle essayait de ne pas faire de bruit, mais, honnêtement, à moins que Nan ne déboule en hurlant et ne m'empêche de contempler Harlow dans le joli petit pyjama que j'avais vu le premier jour, le reste m'était bien égal.

Une fois dans sa chambre, Harlow verrouilla la porte et se tourna vers moi :

— Je vais prendre une douche. Je me sens toute poisseuse après le voyage.

— Moi aussi, j'en ai bien besoin, répliquai-je en lui ouvrant la porte de la salle de bains.

Elle stoppa net, posa les yeux sur la porte, puis sur moi.

— Est-ce qu'on… est-ce que tu…

Je me retins de rire.

— Ma douce, si tu mets tes jolies fesses sous la douche dans la pièce d'à côté, je te suis. Je n'ai pas l'intention de rater le spectacle.

Harlow eut l'air d'hésiter. Je me demandai ce qui la tracassait.

— Je trouve ça tellement personnel et intime. Je ne suis pas sûre d'y arriver, bredouilla-t-elle.

Harlow me donnait si souvent envie de rire. Pourvu que ça dure. Elle était vraiment touchante, en plus d'être roulée comme une déesse.

— Chérie, je t'ai vue nue, les cuisses écartées sur la tablette de la salle de bains alors que j'avais la tête entre tes jambes. Plus intime que ça, tu meurs.

Harlow baissa la tête et émit un petit rire.

— C'est pas faux.

— Tu m'étonnes que c'est pas faux ! Alors file là-dedans et déshabille-toi, que je te savonne.

Je lui emboîtai le pas et la regardai se désaper sans aucune gêne. Je ne me lasserais jamais de ce genre de spectacle.

— Tu vas me frotter le dos ? demanda-t-elle d'un ton taquin en retirant son jean.

Je souris et enlevai ma chemise.

— Bien sûr. Et je vais laver ces magnifiques seins et ta petite chatte que j'aime tant.

Elle ferma les yeux fort.

— Je déteste que tu l'appelles comme ça, protesta-t-elle tandis que j'éclatais de rire.

Je laissai glisser mon jean sur le sol et fis couler l'eau de la douche. Le côté guindé de Harlow faisait partie de son sex-appeal.

En me retournant, je vis qu'elle contemplait mes fesses nues, le bras replié sur sa poitrine – qui ne cachait pas grand-chose.

— L'eau est chaude, viens, l'invitai-je, la main tendue.

Elle glissa sa main dans la mienne, libérant ses seins qui rebondirent, propulsant mon sexe au garde-à-vous.

— Harlow.

— Oui ?

— Je vais te baiser dans cette douche. Sinon je ne vais jamais fermer l'œil de la nuit.

Sa respiration s'accéléra. C'est tout ce dont j'avais besoin.

— Je ne sais pas comment m'y prendre.

— Oh, fais-moi confiance. Je sais exactement comment faire.

Elle se raidit et me tourna le dos, face au pommeau. Qu'est-ce que j'avais fait encore ?

Je posai les mains sur ses bras pour résister à l'envie de les mettre ailleurs.

— Qu'est-ce qui se passe ?

Elle se contenta de hausser les épaules et pénétra sous le jet d'eau qui rebondit sur son visage et ses cheveux. Un instant, j'oubliai tout et la contemplai, fasciné. J'aurais pu passer le restant de mes jours devant ce spectacle.

Lorsqu'elle recula d'un pas pour passer ses mains dans ses cheveux, je l'attrapai et la serrai contre moi.

— Je ne cause pas bien le silence, Harlow. Dis-moi ce qui cloche. Tu es raide comme un piquet et ton corps me dit que quelque chose ne va pas.

Je ne m'attendais pas qu'elle brise son silence si rapidement :

— Peut-être que je n'ai pas envie qu'on me rappelle que tu as couché avec plein d'autres filles avant moi.

Ah ben merde alors. Je n'avais pas pensé à ça. C'est la première nana qui s'en préoccupait.

Quel con.

Je la fis pivoter face à moi. Ses cils mouillés étaient tout collés. L'eau dégoulinait de sa peau lisse. À cause de moi, et bien malgré moi, elle était en train de douter d'elle-même.

— Je suis désolé, je n'aurais jamais dû dire ça. Je n'ai pas réfléchi mais je comprends que tu sois contrariée. Je ne peux pas revenir sur mon passé, plaidai-je en caressant son visage. Mais, avec toi, c'est différent. Ce qu'il y a entre nous est différent.

Elle serra les lèvres et inclina la tête contre ma main comme un petit chat.

— Je déteste mon ignorance. Être avec toi est une expérience merveilleuse, mais c'est la seule que j'aie. Je ne sais pas quoi faire pour te donner du plaisir. Je ne peux pas rivaliser avec ton passé.

Elle ne voyait donc pas. Je la tirai contre moi.

— Bon sang, Harlow, tu vas me tuer, répliquai-je en essayant de mettre de l'ordre dans mes émotions. Le sexe est un moyen d'obtenir du plaisir. Avant, ça ne voulait rien dire d'autre pour moi. Je prenais et donnais ce dont j'avais besoin. Peut-être que je ne voulais rien d'autre la première fois que je t'ai vue. Je ne vais pas te mentir, à la fête de fiançailles, quand j'ai vu tes jambes, j'ai eu envie de t'avoir nue pour moi tout seul. Et puis j'ai appris à te connaître et j'ai vu quelque chose de rare, que j'ai voulu approcher, toucher et serrer tout contre moi. (Je reculai pour la regarder.) Quand j'étais en toi, la première fois, je me suis rendu compte que je n'avais jamais ressenti ça auparavant ; c'était terrifiant. Le plaisir n'était plus superficiel et ça ne me laissait plus indifférent. Quelque chose a basculé en moi et je me suis retrouvé accro. À toi. Je n'ai pas d'autre explication à te fournir pour le moment. Mais ne te compare jamais aux autres avec qui j'ai été parce que je ne veux et ne vois que toi.

Sans un mot, Harlow déposa un baiser sur ma poitrine et continua à m'embrasser jusqu'à se retrouver à genoux devant moi. Elle releva les yeux et me contempla à travers ses cils mouillés.

— Je ne sais pas comment m'y prendre, mais je n'arrête pas de penser à ça depuis tout à l'heure.

À ce stade-là, j'avais arrêté de respirer. Elle posa les mains sur mon sexe qu'elle entreprit de caresser comme je le lui avais appris.

— Tout ce que tu feras sera absolument parfait, l'encourageai-je d'une voix rauque.

J'avais projeté de lui faire tourner la tête en la pelotant partout pour la savonner avant de la coller contre le mur pour la baiser. Et voilà qu'elle voulait me sucer. Qu'est-ce que j'avais bien pu faire pour mériter ça ? Harlow n'était pas faite pour des types dans mon genre.

Ses lèvres attirèrent mon sexe dans sa bouche. Elle se mit à me sucer de manière très experte, sans méthode ni rythme particuliers, mais en me prenant en bouche comme un bonbon qu'elle dégustait avec plaisir. Je ne lui donnai aucune instruction. Je n'allais pas tenter le diable : j'avais envie de la pénétrer et si elle se débrouillait encore mieux que ça, je n'allais pas tenir très longtemps.

Elle lécha mon gland et leva les yeux vers moi, le sourire aux lèvres.

— Ça te plaît comme ça ?

Je me rendis compte que ma respiration était bloquée et avalai une grande goulée d'air.

— Ça dépasse tous mes fantasmes les plus fous.

Elle ouvrit les lèvres et me reprit en bouche. Je ne pouvais pas la laisser continuer. J'avais envie d'être en elle. Elle pourrait recommencer une autre fois aussi longtemps qu'elle le voulait, jusqu'à ce que j'explose, même.

— Lève-toi, ordonnai-je.

Elle laissa mon sexe rejaillir de sa bouche. Je poussai un grognement. Elle se releva, les sourcils froncés d'incertitude. Je saisis son visage et l'embrassai à pleine bouche. Le parfum musqué de ses lèvres fit accélérer mon cœur. Elle avait le goût de mon sexe.

J'enserrai sa taille, la collai contre le mur et écartai ses jambes pour plonger en elle.

— Oh mon Dieu, s'écria-t-elle en se cramponnant à mes bras.

Je la soulevai et la labourai de coups de reins tandis qu'elle me hurlait de continuer. Harlow, d'habitude si inhibée, avait totalement décollé. Lorsqu'elle enroula une jambe autour de ma taille et que ses ongles griffèrent mon dos, je sus qu'elle atteignait l'extase.

Je n'avais pas mis de préservatif. Merde !

Harlow cria mon nom et s'arrima à mon corps, ébranlée par son orgasme. Je la laissai chevaucher sa vague de plaisir tout en me retenant, la mâchoire serrée. Quand elle se mit à étreindre mon sexe de sa chatte étroite, je me retirai et éjaculai sur ses cuisses.

Elle s'immobilisa en sentant la chaleur de mon foutre couler sur ses jambes. Elle posa ses yeux écarquillés sur moi. Elle venait de comprendre qu'on l'avait fait sans protection. Mais je m'étais retiré à temps et je savais que j'étais clean.

— Je suis nickel, juré. Je fais régulièrement le test et je porte toujours un préservatif.

— Tu es sûr ? insista-t-elle sans bouger d'un pouce.

— Certain.

— Je ne m'en étais pas rendu compte. C'était pas pareil. Mieux.

Bon sang, c'était le nirvana, tu veux dire ! Je n'avais jamais couché sans préservatif. Je venais de comprendre pourquoi on en faisait tout un pataquès. Nom d'un chien, je ne pourrais plus jamais m'en passer.

— Je vais te nettoyer, proposai-je en faisant un pas en arrière.

Elle baissa les yeux sur ses jambes puis les releva de nouveau sur moi. Un mince sourire éclaira son visage.

— C'est comme si tu m'avais marquée.

Je la regardai, figé. Avait-elle réellement prononcé ces mots ?

— Si l'idée te plaît, je peux te marquer aussi souvent que tu le veux. Tourne-toi, je vais te savonner le dos.

Harlow

Lorsque j'ouvris les yeux, j'étais au chaud contre la poitrine de Grant, son bras enroulé sur mon ventre. Je jetai un œil à la porte fermée à double tour, puis au réveil qui indiquait 11 heures passées. Nan devait être réveillée. Étais-je prête à l'affronter ?

— Arrête de te torturer l'esprit, marmonna Grant d'une voix ensommeillée.

Nan ne l'inquiétait pas pour un sou. Leur relation restait pour moi un véritable mystère. D'ailleurs, si j'avais été maligne, j'aurais évité de me retrouver pelotonnée au lit avec un homme lié de près ou de loin à Nan. Mais le sourire sexy et les belles paroles de Grant étaient irrésistibles.

— Je ne la laisserai pas te faire de mal, murmura Grant dans mes cheveux.

Ce n'est pas ce qui me préoccupait. Je pouvais affronter Nan, le cas échéant. Je m'inquiétais davantage de faire un choix qui risquait de me briser le cœur. Est-ce que je pouvais aimer Grant ? Étais-je en train de tomber amoureuse de lui ? Est-ce que c'était honnête de ma part ?

Oui. J'étais sûre et certaine de pouvoir l'aimer. Mais, à l'heure qu'il était, je n'étais pas amoureuse de lui. J'étais simplement attirée par lui. Il me souriait et hop, me faisait tourner la tête. On appelait ça une amourette, non ? Et si lui n'était pas amoureux de moi, est-ce que l'aimer me ferait souffrir ? Même s'il ne connaissait pas encore mon secret ?

— Tourne-toi. Regarde-moi, reprit Grant en desserrant son étreinte.

— Pourquoi ?

— Parce que je n'aime pas ce qui te trotte dans la tête et je vais m'en occuper.

Il n'avait aucune idée de ce qui me trottait dans la tête. Et il fallait sérieusement qu'il arrête de constamment s'occuper de tout.

— Nan ne m'inquiète pas, répliquai-je.

O.K., peut-être un peu quand même, car l'affrontement qui m'attendait à l'extérieur de cette chambre s'annonçait houleux.

— Alors pourquoi tu ne dis rien ?

— J'essaie de comprendre où on en est. Et de voir si c'est une peine de cœur qui m'attend.

Je n'aimais pas les faux-semblants : je n'avais aucune raison de lui mentir.

— Tourne-toi, répéta Grant en tirant sur mon bras.

Ce n'était pas une bonne idée : il était encore plus craquant quand il était engourdi de sommeil, les yeux mi-clos, ses longs cils encore plus visibles que d'habitude et ses cheveux ébouriffés qui me donnaient envie d'y plonger les mains.

— Les relations, c'est pas mon truc. Avec Nan, c'est ce qui s'en rapprochait le plus parce qu'elle avait besoin de moi et que ça me plaisait. Personne n'avait jamais eu besoin de moi avant elle. Mais elle était folle à lier et sans cœur. Ça a coupé court à l'histoire. Alors toi et moi, c'est une nouveauté pour moi. C'est la première fois que j'ai envie de me réveiller blotti contre une femme. Avant, le matin, je me réveillais seul et ça ne me manquait pas. Je n'arrête pas de penser à toi, Harlow. Je ne connais pas ce nouveau chemin qu'on a choisi, mais je veux faire la route avec toi. Tu as peur de souffrir, mais tu ne te rends pas compte que c'est toi qui as toutes les cartes en main, et toi seule.

Je le dévisageai en silence. Pourquoi moi ? Qu'est-ce qui lui donnait envie, avec moi, de sortir des sentiers battus ? Pensait-il que j'avais besoin de lui, que j'étais en manque d'affection ? Parce que j'étais bien trop autonome pour ça.

— Je n'ai besoin de personne.

— J'avais déjà remarqué, acquiesça-t-il en souriant. Mais moi j'ai besoin de toi.

Ma résolution de bétonner le mur de protection derrière lequel je m'étais retranchée s'envola instantanément. Pire, il s'effritait. Cet homme savait exactement comment m'atteindre.

Je m'apprêtai à répliquer lorsque des coups ébranlèrent violemment la porte, suivis de vociférations :

— Grant Carter, sors ton cul de minable d'ici TOUT DE SUITE !

Nan.

Je sautai hors du lit, plutôt contente d'être en pyjama et non pas nue comme me l'avait demandé Grant.

— Elle a compris, chuchotai-je.

Grant poussa un soupir en se rallongeant d'un air détaché.

— Va-t'en, riposta-t-il à l'attention de Nan.

Les coups contre la porte redoublèrent de violence.

— Je ne partirai pas, espèce de connard ! Sors d'ici maintenant ! Je ne la laisserai pas faire. Elle a tout, pourquoi elle est obligée de t'avoir toi en plus, hein, cette espèce de salope !

J'ouvris des yeux tout ronds. On ne m'avait jamais traitée de la sorte et je n'étais pas sûre d'apprécier.

D'un bond, Grant avait gagné la porte. Son regard de tueur me fit reculer contre le mur. Réflexion faite, je n'étais peut-être pas aussi courageuse que ça. J'avais toujours connu Grant d'humeur égale. C'était la première fois que je le voyais aussi furieux.

Il ouvrit la porte à la volée, empoigna Nan par le col et l'attira contre son visage.

— Plus jamais tu l'insultes, tu m'entends ? Jamais !

Il la relâcha, elle tituba en arrière et il lui claqua la porte au nez. Le bruit de la clé dans la serrure résonna dans le silence de mort qui enveloppait la pièce. De l'autre côté, Nan devait être médusée.

Ses épaules se soulevaient et retombaient nerveusement. Il posa une main à plat sur la porte et planta les yeux dans le sol.

Je restai immobile, sans dire un mot.

Il finit pas se retourner vers moi. Sa colère était retombée. Il était redevenu lui-même, jovial et décontracté.

— Je suis désolé, fit-il simplement.

Je ne sus que répondre. Je me contentai de hocher la tête.

— Elle veut te blesser. J'ai essayé de la raisonner pour qu'elle comprenne que rien de tout ça n'est ta faute, mais elle ne veut rien savoir. Si seulement je pouvais lui mettre une muselière !

L'image de Nan muselée me fit sourire. Grant sourit à son tour et s'approcha de moi.

— Elle n'aurait jamais dû t'insulter. Elle sait très bien que tu n'es pas comme ça.

C'est le mot « salope » qui l'avait mis dans tous ses états ?

— Je crois que tu lui as fait peur. Elle ne dit plus rien.

Je me demandais même si elle était encore derrière la porte. Grant fronça les sourcils.

— Elle ne s'arrêtera pas là. Elle est trop furax pour réagir pour le moment. C'est la première fois que je suis aussi dur avec elle. Habituellement je la laisse parler et je m'en vais.

Mais ça, observa-t-il en secouant la tête, ça je ne pouvais pas le laisser passer.

— Tu essaies encore de tout régler ?

Je me demandais d'où lui venait le besoin de résoudre tous mes problèmes.

Il sourit et se baissa pour m'embrasser.

— Non, ma douce, je remettais simplement les pendules à l'heure. Personne ne peut sauver Nan.

Il avait raison, j'en avais bien peur…

Grant

Je n'avais qu'une envie : retourner sous la couette avec Harlow, nue cette fois. Mais j'avais pris du retard dans mon travail et nous avions besoin tous les deux de sortir de cette chambre et de passer à autre chose après l'incident avec Nan.

Je laissai Harlow s'habiller – évitant ce spectacle qui nous aurait rapidement précipités dans le lit –, pendant que je me débarbouillais dans la salle de bains. Quelle plaie d'avoir à bosser. Une fois prêt, j'ouvris lentement la porte, au cas où Nan était en embuscade.

La voie était libre. Harlow, derrière moi, poussa un soupir de soulagement. Je lui pris la main pour gagner l'escalier. Nan n'allait quand même pas nous sauter à la gorge, mais je préférais ne pas quitter Harlow d'une semelle.

De toute façon, je n'allais pas la laisser seule dans cette maison tant que Nan n'aurait pas officiellement tourné la page. Je ne savais pas exactement de quoi elle était capable et il était hors de question qu'elle se défoule sur elle sans que je sois là pour arrêter les frais

— Tu as faim ? demandai-je tandis que nous arrivions au rez-de-chaussée.

Pas de Nan en vue. Harlow fit un bond lorsqu'un bruit fracassant nous arriva de la cuisine. Ça réglait la question de savoir où nous allions déjeuner.

— Euh… c'est pas une très bonne idée, balbutia Harlow.

— Tu veux sortir ?

Elle secoua la tête et se reprit :

— Non, c'est aussi chez moi. J'ai envie d'un café avant de partir et je ne me cacherai pas.

Elle redressa les épaules, me rappelant que derrière son visage d'ange se cachait une volonté de fer. Harlow en avait vu des vertes et des pas mûres. Je me contentai de hocher la tête en m'effaçant pour lui laisser le passage.

Banco pour le café.

Nan, debout devant le micro-ondes, se retourna pour nous fusiller du regard. Elle aperçut nos mains enlacées et son expression se mua en haine à l'état pur.

— Non, mais sans déconner, vous vous foutez de ma gueule ! Grant, tu es sérieux ? Main dans la main ? Nom de Dieu, mais tu as complètement lâché la rampe, vociféra-t-elle en sortant un récipient du four.

Harlow s'approcha de la cafetière. Je la laissai s'éloigner en prenant sur moi. Il fallait que je respecte sa décision.

— Il s'emmerde rapidement avec les filles dans ton genre. Je ne sais pas ce qu'il t'a raconté, mais il aime bien les sensations fortes et je doute que tu sois à la hauteur. Tu ferais mieux d'épargner ton joli petit cœur, siffla Nan d'un air hautain tandis que Harlow se versait un café sans lui prêter attention.

Lorsqu'elle reposa sa tasse, elle se tourna néanmoins vers sa sœur.

— Qu'il s'ennuie ou pas avec moi ne te regarde pas, répliqua Harlow.

Pour ma part, je savais déjà que je ne me lasserais jamais d'elle. Elle me fascinait totalement.

— Grant aime s'envoyer en l'air. Les balades main dans la main et les discussions à cœur ouvert c'est pas son truc. Lui, c'est plutôt brut de décoffrage. Tu vois ce plan de travail ?

Un jour, il m'a balancée dessus, a arraché ma culotte et m'a sautée. Il adore ça et il ne va pas tarder à en redemander.

Stop. Ça suffisait comme ça. Je fis mine de m'avancer vers Harlow pour la sortir d'ici avant que Nan ne décrive la scène plus en détail. Harlow n'aimait pas qu'on évoque mes relations.

— Ce qui fait de toi une salope, Nan, pas moi. Jamais je ne te décrirais ce genre de scène par le menu. C'est vulgaire, asséna Harlow. (Elle empoigna sa tasse et se tourna vers moi.) On y va ? enchaîna-t-elle comme si de rien n'était.

— Euh, ouais, bafouillai-je en jetant un œil à Nan, qui bouillonnait de rage.

Sa réaction me fit sourire. Décidément, Harlow avait le chic pour faire mouche, sans sombrer dans le mélodrame.

Je posai une main sur sa taille et l'accompagnai vers la porte d'entrée où elle récupéra son sac et ses clés. Une fois dehors, elle s'arracha à mon étreinte et me regarda droit dans les yeux.

— C'est fait. Je t'avais dit que je pouvais m'occuper d'elle. J'ai raté mon cours de tennis, il faut que je m'excuse auprès d'Adam. Merci de m'avoir accompagnée hier, je t'en suis très reconnaissante.

Sur ces paroles, elle déposa un baiser sur ma joue et se mit en marche pour regagner sa voiture.

Mais qu'est-ce que ça voulait dire ?

Je m'élançai après elle et la rattrapai par le bras.

— Hé, attends ! Qu'est-ce qui se passe ?

Elle était clairement en train de m'envoyer paître. C'était hors de question !

Elle me sourit tristement et haussa les épaules.

— Je mets de la distance entre nous. J'en ai besoin.

Quoi ?

— Comment ça ? Après hier, je croyais qu'on était passés à autre chose.

Elle cala une mèche de cheveux derrière son oreille et poursuivit :

— Je ne fais pas ce genre de chose, ça ne me ressemble pas, et je ne l'avais jamais fait auparavant. C'est sans doute pour ça que j'aurai à jamais gravée dans ma mémoire l'image de toi et Nan en train de baiser dans la cuisine. Avant, ça me gênait ; maintenant, en plus, j'ai une représentation mentale du tableau. J'ai besoin de mettre de la distance.

J'aurais pu cogner quelqu'un. Tout particulièrement une certaine rouquine dans cette foutue maison.

— Harlow, ne me fais pas ça. Tout ça, c'était avant. J'en savais rien, j'étais paumé. C'était après la découverte du corps de Jace et, pendant un moment, j'ai perdu les pédales.

— Je suis désolée, Grant, mais je ne peux pas. J'épargne mon cœur depuis des années. Je ne vais pas arrêter maintenant. Tu es dangereux. Ton sourire et tes mots doux sont peut-être irrésistibles, mais tu as le pouvoir de me détruire et je ne peux pas te faire une place dans ma vie.

Non, merde, non, elle n'allait pas faire ça.

— Je ne vais pas disparaître, Harlow. Je te veux, Harlow. Toi et personne d'autre.

Elle effleura ma lèvre inférieure du bout des doigts.

— Aujourd'hui je te crois. Ce qui m'inquiète, c'est ce que tu voudras dans deux semaines.

Elle tourna les talons et grimpa dans sa voiture. Ne lui avais-je pas confié ce matin que je n'avais jamais eu de tels sentiments pour une autre femme ? Les mots de Nan avaient donc un tel pouvoir ? Mon cœur se serra. Je posai le poing contre ma poitrine pour apaiser la douleur. Je n'allais pas la laisser faire. Il fallait absolument que je trouve le moyen de lui faire comprendre à quel point j'étais sérieux.

Harlow

Je regardai Adam terminer sa session avec une dame que je ne connaissais pas. Je m'efforçais de réfléchir aux excuses que j'avais à lui présenter plutôt que de ressasser les événements de la matinée. La réaction que j'avais eue, digne d'une petite amie jalouse, me rongeait. Je n'étais pas comme ça. Je n'étais pas du style à punir Grant de sa vie sexuelle antérieure. Je pouvais me voiler la face et maintenir que j'avais dit tout haut ce que je pensais tout bas, mais la vérité était que j'avais fait ça pour me venger. Mais de quoi ? De coucher avec Nan ? Depuis quand étais-je superficielle au point de me comporter comme elle ? J'en avais la nausée.

Adam jeta un coup d'œil dans ma direction. Je souris. Je penserais à Grant plus tard. J'allais mettre de l'ordre dans mes idées. Il ne méritait pas mon attitude de ce matin. Nous essayions de voir comment les choses évoluaient entre nous. J'étais au courant de sa relation avec Nan, ça n'avait rien d'un secret. Après tout, je les avais entendus lors de ma toute première nuit sous le même toit. Mais j'étais devenue possessive et je m'étais comportée comme une garce.

J'étais horrifiée par ma propre réaction.

Son cours terminé, Adam attendit que son élève ait quitté le terrain avant de sortir par la grille pour me rejoindre.

— Tu es en retard, lança-t-il avec un sourire que je ne méritais pas.

— J'ai dormi jusqu'à tard. Je suis désolée. La journée d'hier a été longue. Il a fallu que je voie mon père pour une histoire de famille.

— Ça n'est pas grave, ces choses-là arrivent. J'espère que tout va bien.

J'opinai du chef. C'était faux, mais il était hors de question que je lui dise la vérité.

— Tout va bien. Je voulais juste t'expliquer pourquoi j'étais absente, que tu ne croies pas que je t'aie laissé tomber.

Il sourit.

— Comment pourrait-on te reprocher quoi que ce soit ? C'est impossible !

Je pensai soudain à Nan. Si seulement il savait…

— Ça arrive à certaines personnes, le rassurai-je.

— Envoie-les-moi, que je rectifie le tir.

Adam était véritablement gentil, et tellement moins compliqué que Grant. Mais, avec lui, l'excitation et la passion dévorante n'étaient pas au rendez vous.

— J'allais manger un bout. Tu veux déjeuner avec moi ? Pour te faire pardonner de m'avoir posé un lapin ?

J'avais faim et la perspective d'un déjeuner en bonne compagnie n'était pas pour me déplaire.

— Oui, volontiers.

— Bien. Le restaurant du club te convient ?

En réalité, je ne l'avais jamais testé.

— Bien sûr.

Après tout, c'était juste histoire de manger, je n'étais pas difficile.

Il leva son coude replié à mon attention. Quel galant homme. Je glissai ma main sur son bras et le suivis dans l'escalier jusqu'aux portes du club.

De toute évidence, l'hôtesse d'accueil avait un faible pour Adam ; elle n'arrêtait pas de lui sourire et j'avais peur qu'elle ne finisse par trébucher en nous accompagnant à notre table.

— Votre serveur arrive dans un instant, annonça-t-elle à Adam.

Pendant ce temps, je faisais tapisserie. Lorsqu'elle eut tourné les talons, je me plongeai dans le menu en réfrénant un sourire.

— Tu trouves ça drôle, n'est-ce pas ? s'enquit Adam avec un large sourire.

Je pinçai les lèvres pour ne pas éclater de rire et me contentai de hocher la tête.

— Elle est jolie et on est sortis ensemble une fois, mais ce n'est pas trop mon genre.

Pas étonnant qu'elle m'ait ignorée. J'opinai de nouveau du chef avant de replonger dans le menu.

— Le grand boss est sur son trône, observa Adam dans un murmure.

Je relevai le nez, interloquée. Il inclina la tête légèrement sur la gauche et poursuivit :

— Tu vois le type aux cheveux noirs là-haut, dans le box rond, en grande discussion avec Rush Finlay ?

Je n'avais pas envie de regarder, surtout si Rush s'y trouvait. Il risquait de me surprendre en train de les fixer. J'attendis quelques secondes puis jetai un coup d'œil furtif par-dessus mon épaule. Rush, occupé à discuter avec le brun que je n'avais jamais vu auparavant, ne faisait pas attention à nous.

— Oui, fis-je.

— C'est Woods Kerrington, le patron. Tout ça, ça lui appartient. Un type sympa si tu ne cherches pas d'embrouilles.

J'avais envie de me retourner pour vérifier qu'on parlait bien du même, mais me ravisai.

— Il a l'air vraiment jeune, non ?

Adam but une gorgée et acquiesça.

— Oui, vingt-cinq ans, dans ces eaux-là. L'établissement appartenait à son père jusqu'à ce qu'il meure d'une crise cardiaque il y a quelque temps. Maintenant, c'est à Woods. Finlay est un de ses bons amis et il siège au conseil d'administration. Il paraît que Dean Finlay aussi. La rumeur a donné un coup de fouet aux affaires du club : tout le monde veut croiser le célèbre batteur de Slacker Demon.

Intéressant, j'ignorais tout cela.

— Bonjour, je suis votre serveur, je m'appelle Jimmy. Souhaitez-vous de l'eau minérale pétillante ou plate ?

Je levai les yeux sur le grand blond séduisant qui me souriait.

— Plate, s'il vous plaît.

— Ça me va, confirma Adam. Quel est le plat du jour, Jimmy ?

— Une bisque froide au crabe avec sa salade aux framboises et un mérou dans sa feuille d'algues, pêche du jour.

Adam fronça les sourcils et je décidai de m'en tenir à un sandwich.

— Je vous laisse consulter le menu et je reviens avec vos verres d'eau, conclut Jimmy avant de s'esquiver.

— Les algues, c'est ton truc ? me lança Adam avec un sourire amusé.

Je secouai la tête en riant. On avait pensé la même chose. À Los Angeles, j'avais goûté des choses étranges, mais jamais des algues.

— Je crois que je vais prendre le feuilleté au poulet à la salade de noix de pécan, répondis-je.

— J'ai beau habiter dans la région de la noix de pécan, je n'en mange toujours pas, observa-t-il.

Je refermai le menu et relevai la tête au moment où Grant pénétrait dans la salle. Il avançait les yeux fixés sur quelqu'un d'autre, ce qui me laissa le temps de me ressaisir. Allait-il m'adresser la parole ? L'avais-je mis en colère ? Avait-il décidé de s'épargner tout ce mélodrame ? Grant prit place à côté de Rush et de Woods Kerrington et ce dernier lui glissa quelques mots. Woods eut un sourire forcé.

J'allais détourner le regard lorsqu'il tourna la tête et posa les yeux sur moi. Nous restâmes un instant interdits. Je ne faisais rien de mal, pourtant j'avais l'impression d'être en tort. Ses yeux s'arrêtèrent sur Adam, puis de nouveau sur moi, et son visage se renfrogna. Il avait l'air contrarié. Mince.

Je plongeai rapidement le nez dans le menu en comptant jusqu'à dix. Je sentais battre mon cœur. C'était ridicule ; je n'avais aucune raison d'être nerveuse. Nous nous étions quittés sur une fausse note ce matin, mais le fait que je déjeune avec Adam n'avait rien de grave, si ?

La chaise voisine recula d'un coup. Je levai les yeux ; Grant venait de s'asseoir à côté de moi.

O.K. Apparemment, si, c'était grave.

Malgré son sourire crispé qui essayait de prétendre le contraire, Grant n'avait pas l'air content.

— Bonjour Adam, lança Grant avant de planter son regard bleu sur moi. Tu aurais pu m'inviter à déjeuner, fit-il simplement.

Techniquement, ce n'est pas moi qui avais proposé à Adam, mais l'inverse.

— Tu es avec des amis, objectai-je.

Je détestai la nervosité que trahissait ma voix. Grant se pencha vers moi.

— J'aurais tout lâché sur-le-champ si tu m'avais appelé.

Et encore ces mots, ces mots qui se glissaient sous ma peau et me transformaient en bloc de gélatine.

— Euh… Adam m'a proposé de déjeuner et j'avais faim, répliquai-je, incapable de regarder Adam.

— Vous êtes trois, désormais, constata Jimmy en déposant les verres d'eau sur la table. Monsieur Carter, que puis-je vous servir ?

— Un thé glacé, s'il te plaît Jimmy, répondit Grant sans détacher son regard du mien.

— Bien, monsieur, acquiesça Jimmy qui repartit sans prendre notre commande.

— Comme quoi, la prochaine fois, il faudra que je sois plus rapide qu'Adam, conclut Grant avant de s'adosser à la banquette et de poser le bras sur mes épaules d'un geste possessif. Alors, Adam, comment se passent les cours de tennis ? Le boulot te plaît ? enchaîna-t-il d'un ton exagérément poli.

Adam avait l'air nerveux. Il jeta un œil à la table de Woods puis à Grant. Je me demandai s'ils nous observaient.

— Oui, monsieur, beaucoup. Le cadre est très agréable.

Sous le regard d'Adam, Grant posa la main sur mon épaule dénudée et se mit à tracer des cercles du bout des doigts. La situation devenait franchement inconfortable.

Grant

Je sentais les yeux de Woods et de Rush rivés sur moi. Ils avaient essayé de m'arrêter, mais je n'avais pas écouté. À ma place, ils auraient fait pareil. Jamais ils ne seraient restés assis à ne rien faire pendant qu'Adam, le prof de tennis, draguait leur copine. Ça n'allait certainement pas se passer comme ça.

Harlow était raide comme un piquet. Je détestais la voir si mal à l'aise, mais elle n'aurait pas dû accepter de déjeuner avec Adam, monsieur pro du tennis. L'épisode de ce matin avait foutu en l'air ma journée. Si Harlow s'imaginait qu'on allait se coucher ce soir sans avoir réglé tout ce bordel, elle se mettait le doigt dans l'œil.

Harlow commanda un sandwich en ignorant le sourire amusé de Jimmy, qui avait parfaitement compris la situation. À tous les coups, il en avait discuté avec Rush et Woods pendant qu'il préparait nos boissons.

— Je voudrais te montrer quelque chose après le déjeuner. Tu as des choses de prévues ?

J'étais tenté d'ajouter qu'elle avait besoin de faire une pause, mais j'avais peur de passer pour un con.

Harlow me lança un regard.

— Non, rien de particulier.

— Bien, fis-je en enroulant une mèche de ses cheveux soyeux autour de mon doigt. Je suis désolé.

J'avais parlé sans réfléchir. Mais j'étais sincèrement désolé pour ce matin, et pour la situation inconfortable dans laquelle elle se retrouvait. En revanche, je n'étais pas désolé de faire comprendre à Adam que Harlow n'était pas libre.

— Adam. (La voix de Woods, qui était arrivé à hauteur de notre table, me fit sortir de ma torpeur.) Suite à une erreur, Nelton est surbooké. Il a besoin d'un coup de main avec Mme Venice avant qu'elle ne fasse un esclandre. Si tu veux bien t'en occuper, je te ferai suivre ton déjeuner. C'est la maison qui régale.

L'excuse était totalement bidon. Je fis semblant de tousser pour étouffer un rire. Comme quoi, Woods protégeait mes arrières.

— Oui, monsieur, répondit Adam. (Il se leva et se tourna vers Harlow.) Il faut que j'y aille. Une prochaine fois, s'excusa-t-il avant de s'éclipser.

Woods retourna à sa table en silence. Rush, tout sourire, avait le nez planté dans son verre. Il était de mèche, lui aussi. Je toussai une nouvelle fois pour ne pas trahir un rire.

— C'était un coup monté, c'est ça ? s'enquit Harlow, les sourcils froncés.

— Je t'assure qu'Adam trouvera une élève en arrivant sur le terrain, la rassurai-je.

Woods avait forcément passé un coup de fil.

— Mais c'est Woods qui a orchestré tout ça.

Harlow était loin d'être stupide.

— Oui, mais pas à ma demande. Il l'a fait de son propre chef, probablement avec l'aide de Rush, à en croire sa tête.

Harlow jeta un œil vers eux. Ils détournèrent aussitôt le regard.

— Ça doit être sympa d'avoir des amis haut placés, observa Harlow.

J'étais prêt à remercier Woods, mais si elle le prenait mal, j'allais m'en mordre les doigts.

— Je n'y suis pour rien, insistai-je.

Elle poussa un soupir et se laissa aller sur son siège.

— Je te crois. Et, honnêtement, je me demande comment Adam aurait fait pour déjeuner pendant que tu te frottais à moi en le fusillant du regard.

— Je ne le fusillais pas du regard, répliquai-je avec un sourire de soulagement.

Harlow prit son verre en levant les yeux au ciel.

— Si, Grant.

Peut-être bien, de toute façon ce type ne me revenait pas. Il voulait la même chose que moi.

— Je veux parler de ce matin et je veux te montrer mon chez moi. Tu n'y es jamais venue.

Elle but une gorgée d'eau et reposa son verre.

— J'ai réagi comme une petite copine jalouse, je déteste ça. C'est la première fois que ça m'arrive. Je suis désolée. Notre relation n'est pas exclusive. Ton passé ne me regarde pas et Nan m'a fait mordre à l'hameçon. Je n'aurais pas dû.

Je ne m'étais pas attendu à ce discours. Une fois encore, Harlow se démarquait des autres filles que je connaissais. Et il nous restait à aborder cette histoire d'exclusivité, parce qu'un déjeuner avec Adam était une chose, mais il était absolument hors de question qu'elle sorte de nouveau avec cette espèce d'abruti.

— La pique de Nan était agressive. C'est normal que tu n'aies pas apprécié. Et sache que je suis très, très exclusif. Depuis hier dans l'avion je sais que je ne toucherai personne d'autre.

Harlow inclina la tête sur le côté et me toisa en silence. Pensait-elle que j'allais coucher ailleurs ? Mais réputation était-elle mauvaise à ce point ?

— O.K., fut sa réponse.

S'il y avait bien une chose chez Harlow qui me rendait chèvre, c'étaient ses réponses monosyllabiques, style « O.K. », alors que j'attendais des phrases plus développées. Merde à la fin. Les nanas aimaient bien s'écouter parler, non ? Pourquoi pas Harlow ?

— Tu pourrais développer? insistai-je en prenant sa main posée sur ses genoux tant j'avais besoin de la toucher.

Le coin de sa bouche s'incurva.

— Qu'est-ce que tu veux que je te dise ? Tu ne coucheras avec personne d'autre tant qu'on fait… ce qu'on fait. Et je ne déjeunerai avec personne d'autre.

C'était un peu court comme réponse.

— Le déjeuner ? C'est tout ?

Elle haussa les épaules.

— Tu n'as pas à t'inquiéter de savoir si je coucherai avec quelqu'un d'autre. Ce n'est pas mon genre.

C'est vrai, ce n'était pas son genre. Ça me donnait envie de l'attirer sur mes genoux et de grogner à l'attention de tous ceux qui la regardaient, comme un clébard avec son os.

— Et les tête à tête en général ? insistai-je.

Elle fronça les sourcils.

— J'ai dit pas de déjeuner. Ça veut dire pas de tête-à-tête en général.

— Je voulais m'en assurer, conclus-je avant de déposer un baiser sur ses lèvres, car ça faisait trop longtemps que je les regardais sans rien faire.

En levant les yeux, j'aperçus Woods et Rush qui me regardaient. La scène avait l'air de les divertir un peu trop à mon goût.

Harlow

L'appartement de Grant se situait juste à la périphérie de Rosemary Beach. Sa petite superficie me surprit, mais finalement pas tant que ça. L'endroit lui ressemblait. Le mobilier était usé et l'ensemble avait tous les signes extérieurs d'une garçonnière, de la cible de fléchettes accrochée au mur aux cartons de pizzas vides sur le plan de travail.

— J'aurais dû faire le ménage avant de t'amener ici, concéda-t-il en s'approchant derrière moi.

Je fis un pas en arrière pour me caler contre lui.

— Ça me plaît comme ça.

Grant plongea la tête dans le creux de mon épaule pour m'embrasser.

— Et pourquoi donc ?

— Parce que ça te ressemble : confortable et authentique.

Grant me prit dans ses bras.

— Je ne sais pas si j'ai envie que tu me trouves confortable. Ça frise l'ennui.

Grant était tout sauf ennuyeux.

— Ce n'est pas le cas.

D'une main il remonta le bas de ma jupe.

— Je ressens le besoin de te prouver à quel point je peux être excitant, murmura-t-il à mon oreille.

Je ne voulais pas que tout entre nous se résume au sexe. Je voulais un lien plus profond que ça. Peut-être que ce n'était pas le cas de Grant. Ça me plaisait… non, j'en raffolais. Avec lui, c'était exceptionnel, mais ça ne serait jamais autre chose ? Au final, serais-je juste une énième fille avec laquelle il avait couché ? Ou se souviendrait-il de moi pour d'autres raisons ?

— Tu t'es crispée, qu'est-ce qui ne va pas ?

Les mots de Nan me revinrent à l'esprit. Il finirait par s'ennuyer avec moi. Il rechercherait l'excitation. C'était plutôt Nan qu'il lui fallait ? Est-ce que j'avais envie d'être comme elle ? Je désirais Grant, c'est tout ce que je savais, comme une évidence. Grant était irrésistible…

Toute ma vie, j'avais été ennuyeuse. J'en avais assez. J'en avais marre de passer inaperçue. Il était hors de question que je barbe Grant. Et si on devait casser, ce serait d'un commun accord, pas parce que j'étais la prude assommante que décrivait Nan.

J'écartai les jambes et fis remonter sa main.

— Efface l'image de toi et Nan dans la cuisine, prononçai-je hardiment.

Grant prit un air peiné. Il retira sa main d'entre mes cuisses et me saisit le visage.

— J'ai déjà tout oublié. Je suis désolé qu'elle t'ait dit ça.

Voilà qu'il prenait de nouveau soin de moi, comme si j'étais en sucre. Je secouai la tête.

— Non. Moi je n'ai pas oublié. Je n'arrive pas à me la sortir de l'esprit. Je n'aime pas penser à Nan et à toi ensemble. Je suis jalouse qu'elle t'ait eu en premier. Je veux être plus que ça… je ne veux pas être de celles que tu oublies.

Grant fronça les sourcils.

— Jamais je ne pourrais t'oublier. Tu m'as touché comme Nan ne l'a jamais fait. Harlow, tu n'es vraiment pas banale. Crois-moi.

Ses paroles étaient toujours d'une immense douceur. Son éloquence était son point fort.

— Alors fais quelque chose pour moi, repris-je. Quand je vois un plan de travail dans une cuisine, je veux nous voir toi et moi dessus. Pas toi et Nan. Ça me fait trop mal.

Un grognement sourd surgit de la poitrine de Grant. Il empoigna ma culotte et la fit glisser vers le sol.

— Je ne supporte pas que tu souffres à cause de moi. Ça me fout en l'air. Je veux te rendre heureuse. J'aurais voulu ne jamais connaître personne avant toi. (Il s'interrompit pour prendre une profonde inspiration.) Je vais effacer ce souvenir, mais sache que j'ai oublié toutes les femmes avec qui j'ai été dès l'instant où je me suis glissé en toi la toute première fois.

Avant que je ne puisse réagir, il caressa le contour de mon sexe brûlant.

— Tu sais pourquoi Nan t'a raconté ça ? interrogea-t-il de sa voix rauque qui me donnait des frissons.

Oui. Pour me faire du mal. Mais je ne dis rien et me contentai de secouer la tête.

— Parce que je l'avais prise en fermant les yeux, souffla-t-il contre ma nuque. Et qu'en jouissant je n'ai pas crié son nom à elle. Parce que ce n'est pas elle que je baisais.

Ma respiration se fit lourde. Je laissai aller ma tête contre sa poitrine. Son doigt me pénétra.

— C'est ton nom que j'ai crié. J'étais saoul, mais, même dans cet état, je fantasmais sur toi. Après t'avoir goûtée, plus rien n'a fait l'affaire. Je n'arrêtais pas de penser à toi.

Je ne m'attendais pas à ça, mais ces mots m'aidaient à supporter l'image qui me hantait. Je laissai glisser ma culotte jusqu'à mes chevilles.

— Je ne veux pas que tu fantasmes sur moi avec elle ou n'importe qui d'autre, assénai-je.

Je me retournai pour enlever ma chemise. Grant me souleva sur le plan de travail avant de déboutonner son jean. Pas un instant ses yeux ne quittèrent les miens. Je dégrafai mon soutien-gorge et le fis glisser lentement le long de ma poitrine. L'ardeur qui consumait le regard de Grant me fit sourire. Et elle atténuait mon sentiment de jalousie envers Nan.

Il ne prit même pas la peine d'ôter son pantalon. Il m'attira contre lui et s'apprêtait à plonger en moi lorsqu'il se ravisa.

— Nom de Dieu, j'ai encore failli oublier !

Il sortit un préservatif d'un tiroir rempli de bazar. Je ne cherchai même pas à savoir pourquoi il y en avait un entassé là-dedans. Après tout, on était chez Grant.

— Je n'aime pas quand tu portes un préservatif, soufflai-je.

Grant prit une profonde inspiration et ferma les yeux.

— Moi non plus, mais il faut que je refasse un test et que tu prennes la pilule avant de pouvoir le faire sans.

Il avait raison, et j'étais contente qu'il ait la force d'y penser. Honnêtement, j'avais tellement envie de le sentir en moi que je ne m'en serais pas souvenue.

Il saisit ma taille, plongea en moi et mordit mon épaule en poussant un grognement sonore qui m'excita terriblement. Il lécha la peau meurtrie par sa morsure et planta son regard dans le mien.

— Je n'ai pas besoin de faire semblant. C'est ici ma place, affirma-t-il en posant les mains sur mes seins. Bon sang, ils sont tellement craquants.

Je basculai en arrière, en appui sur les mains, et remontai les genoux le long de son torse.

— Je ne veux pas que tu sois délicat. Utilise-moi pour assouvir ton fantasme.

Je ne voulais pas qu'il me substitue quelqu'un d'autre. J'allais immédiatement lui ôter cette idée de l'esprit.

Grant poussa un juron. Ses mains se refermèrent sur mes hanches et il accéléra la cadence de ses coups de boutoir, encore et encore, sans jamais me quitter du regard. Je posai une jambe sur son épaule.

— Nom de Dieu ! hurla-t-il en l'agrippant.

Il perdait le contrôle, et son expression débridée me donnait envie de le pousser plus loin.

Je m'allongeai, le dos à plat sur le plan de travail, et posai mon autre jambe sur son épaule. Il tourna le visage pour mordiller ma peau tout en soutenant mon regard. Je poussai un cri. C'était encore meilleur que ce que j'avais imaginé. S'envoyer en l'air dans la cuisine était ultra-excitant.

— Viens là, ordonna Grant en attirant ma taille tout contre lui, au point que mes jambes étaient repliées dans son dos. Tu me rends complètement dingue avec tes petites lèvres rondes, tes seins tendus et tes jambes à n'en plus finir. Je n'ai qu'une envie : rester enfoui en toi. Tu m'as eu, Harlow. Tu me tiens, bébé. Je… (Il s'interrompit, ébranlé par les secousses de mon orgasme imminent.) Je ne peux pas lutter. Je n'en ai pas envie, bon sang. (Il posa les mains de chaque côté de mon visage). Jouis avec moi.

J'explosai en mille morceaux, hurlant son nom, cambrée sous son poids tandis qu'il scandait les délices de mon sexe étroit. Chaque mot qui sortait de sa bouche me faisait hurler de plaisir plus fort encore. C'étaient des mots magiques, je ne voyais pas d'autre explication.

Grant

Je contemplai Harlow sur mon balcon, nue sous un de mes T-shirts. Elle me tournait le dos et le vent faisait danser ses cheveux sur ses épaules. Après notre séance dans la cuisine, je l'avais serrée contre moi puis j'avais fait un brin de ménage. J'avais besoin de reprendre mon souffle.

J'avais carrément failli lui dire que je l'aimais. Je n'avais jamais été sur le point de dire à une fille que je l'aimais. Même pas quand le sexe était bandant. Ça ne m'était jamais venu à l'esprit et encore moins à la bouche.

Donc, là, il fallait que je démêle la situation.

Est-ce que je l'aimais ?

Est-ce que j'étais amoureux d'elle ?

Harlow plia les bras et se pencha sur la rambarde pour regarder en bas ; le T-shirt remonta, m'offrant une vue imprenable sur son cul. J'étais amoureux de ce cul. J'étais amoureux de ses jambes, aussi. Mais est-ce que j'étais amoureux d'elle ?

Je l'observai en silence et sentis gronder en moi mon instinct protecteur à l'idée que quelqu'un en contrebas puisse lever la tête et l'apercevoir dans mon T-shirt, telle une déesse du sexe. Personne n'avait le droit de la regarder. Elle était à moi.

Elle était à moi.

Nom de Dieu.

À moi.

Je ne la laisserais plus jamais partir et il était hors de question qu'un autre la touche. Je voulais la garder serrée contre moi. C'était irrationnel, c'était… oui, j'étais amoureux d'elle.

Je pris une profonde inspiration, prêt à affronter le moment de panique qui allait accompagner cette prise de conscience. Mais rien. Je me sentais en harmonie. Le poids immense que je craignais de ressentir n'était pas là. Au lieu de cela, je respirais mieux.

J'ouvris la porte et Harlow se tourna vers moi, un sourire aux lèvres, ce sourire parfait capable de résoudre les problèmes du monde entier. Je la soulevai dans mes bras jusqu'à une des chaises longues et m'assis en la pelotonnant contre ma poitrine. À cet instant précis, j'avais un peu l'impression d'être un homme des cavernes. Pourvu que je ne me mette pas à tambouriner des poings sur ma poitrine.

Harlow ne posa aucune question. Elle se cala sous mon menton et me serra dans ses bras. À moi. Elle était toute à moi.

Il ne me restait plus qu'à la convaincre de ce que je venais de comprendre, car je savais qu'elle ne me faisait pas confiance, pas du fond du cœur, même si je lui avais donné le mien.

— Merci, murmurai-je dans ses cheveux.

— Pour quoi ? Pour une séance de sexe enflammé dans la cuisine ? répliqua-t-elle d'un ton espiègle.

— Pour toi.

Elle resta silencieuse. C'était Harlow ; elle ne posait pas des masses de questions, elle ne voulait pas toujours discuter des choses, les acceptant telles quelles. J'espérais juste qu'elle acceptait l'idée d'être à moi. Ou, plus précisément, que je lui appartenais.

Nous passâmes le reste de l'après-midi ainsi à bavarder. Elle me parla de sa grand-mère, dont elle faisait une imitation adorable. Pas étonnant qu'elle soit aussi différente des autres femmes que j'avais rencontrées; elle n'avait pas du tout été élevée de la même manière.

Je lui parlai de mon père et de mon travail. À l'époque où mon paternel avait épousé Georgianna, il travaillait dans le bâtiment. Aujourd'hui, il était patron de sa propre entreprise en BTP, qui intervenait dans tout le Sud-Est. Pour ma part, je l'aidais sur la région du Panhandle de Floride, gérant les dossiers et vérifiant pour son compte que tout allait bien. Et je m'occupais des coups de fil qu'il n'avait pas le temps de passer.

Je passai sous silence le fait que j'avais déjà ignoré deux appels de mon père dans la journée. Je n'étais pas d'humeur à parler boulot, d'autant moins que je venais de me rendre compte que j'étais amoureux. Il fallait d'abord que je me fasse à cette idée.

— J'ai faim, lança Harlow, assise sur le canapé, les jambes étendues sur moi.

Je n'avais rien à manger à la maison.

— Moi aussi. Tu veux manger chinois? proposai-je en caressant son anneau d'orteil en argent.

— On peut prendre à emporter?

L'idée d'avoir Harlow pour moi tout seul était loin de me déplaire.

— Bien sûr. On peut se faire livrer.

Elle s'en tint là, tripotant ses ongles comme s'ils détenaient la réponse.

— Tu me ramènes chez moi ce soir? demanda-t-elle en levant les yeux sur moi.

— J'attendais de t'avoir nourrie et amadouée à l'aide d'un *fortune cookie* avant d'aborder la question, mais je veux que tu restes ici ce soir. Je ne veux pas te raccompagner chez Nan.

Elle poussa un petit soupir et sourit.

— Tant mieux. Je ne suis pas sûre d'être prête à affronter ça tout de suite. Demain, plutôt.

Je tirai délicatement sur sa cheville pour l'attirer contre moi. Elle poussa un petit cri de surprise.

— Je vote pour te garder ici tout le temps. Mais, demain matin, il faut que je bosse un peu sinon je vais me faire virer. Tu peux rester, tu n'es pas obligée de partir. Il faut juste que je me mette à la page ; le conseil se réunit au club à 16 heures.

Harlow plissa le nez.

— Je n'avais pas pensé que je t'empêchais de travailler. Je partirai dans la matinée. De toute façon, j'ai ma leçon de tennis.

Je détestais ce putain de sport.

— C'est vachement plus marrant de rester avec moi, objectai-je en me glissant sur elle.

— C'est encore à cause d'Adam ? demanda-t-elle en me souriant.

— Un peu mon neveu !

Harlow partit d'un éclat de rire.

— Je ne suis pas intéressée par Adam, protesta-t-elle en me repoussant. Je pensais avoir clarifié la situation aujourd'hui. Et hier, plus d'une fois.

Pas faux, mais je voulais qu'Adam le sache.

— O.K., très bien. Va à ton cours, mais ne te mets pas en rogne si je passe voir ton entraînement pendant que je bosse.

Elle ouvrit des yeux tout ronds.

— Tu ne ferais jamais ça.

Je me penchai pour l'embrasser sur le coin des lèvres.

— Oh que si, ma douce.

Harlow

Je ne retournai chez Nan que trois jours plus tard. Grant m'avait convaincue de rentrer chez lui tous les soirs. Quand il ne travaillait pas, il était avec moi. Quand il travaillait parfois aussi. Chaque jour pendant mes entraînements de tennis, par exemple. Il s'asseyait avec une tasse de café sous le porche qui courait tout autour du bâtiment principal et travaillait sur son ordinateur portable.

Adam saisit l'allusion. Il aurait fallu être stupide pour ne pas comprendre. Surtout que Grant était particulièrement explicite, allant jusqu'à m'accompagner à la grille où il m'embrassait à me faire perdre haleine avant de me laisser filer sur le court.

Mais, aujourd'hui, il fallait que je retourne chez Nan. Je ne pouvais pas m'installer chez Grant. Il fallait d'abord régler la situation avec elle. Après tout, c'était aussi chez moi. Et puis je voulais parler à Mase en tête-à-tête pour être libre de répondre à ses éventuelles questions concernant Grant.

Lorsque Grant reçut un appel pour vérifier un site pour son père à deux heures de route vers le sud, il me demanda de l'accompagner, mais j'avais besoin de faire le vide pour réfléchir. Les choses s'étaient emballées à vitesse grand V entre nous et mon cœur avait du mal à suivre.

Dès l'instant où je m'étais donnée à Grant, j'avais saisi l'ampleur de mes sentiments pour lui. Et lui les avait détruits. J'avais toujours cru qu'il faudrait un temps considérable pour que ces sentiments refassent surface. J'avais tort. Ils revenaient à plein régime.

Ce matin-là, pendant que je me rasais les jambes, je jetai un œil à Grant, occupé à se brosser les dents. Je me rendis compte que je me sentais bien. Les choses étaient simples. Grant m'invitait à envisager un avenir avec lui. L'idée m'effrayait. Quelle sorte d'avenir pouvais-je lui offrir ? Certainement pas celui qu'il désirait. Il n'était pas amoureux de moi. Tomber dans la routine avec lui devenait dangereux : avant, j'avais peur de souffrir. Désormais, je savais que c'était inéluctable. Les choses étaient allées trop loin.

Et je ne savais pas quoi faire.

J'espérais que Mase aurait quelques sages conseils à me prodiguer.

J'arrivai à la maison et poussai un soupir de soulagement en constatant que la voiture de Nan n'était pas là. Elle était peut-être partie en voyage. En tout cas, c'était une bonne chose. Une fois à l'intérieur, je fis un crochet par la cuisine pour prendre une bouteille d'eau, puis montai dans ma chambre.

Je la trouvai telle que je l'avais laissée. Nan avait probablement demandé à la femme de ménage de ne pas la nettoyer. Ça m'était bien égal. Ma chambre était bien rangée, seul le lit était défait. Je posai mon eau minérale sur la table de nuit et m'assis.

Mase décrocha à la deuxième sonnerie.

— C'est pas trop tôt, marmonna-t-il à l'autre bout du fil.

— Désolée, j'ai été occupée.

— Ça ne me regarde pas. J'ai une petite idée de ce que tu appelles « occupée ».

Mes joues s'empourprèrent. Je n'aimais pas repenser à ce qu'il avait entendu dans l'avion.

— Comment ça va ? demandai-je.

— Je trime comme un forçat. Comme Jim est HS, c'est moi qui gère sa charge de boulot. Et ce gars est une brute de travail. Je me lève à l'aube et m'effondre tard le soir.

— Il va être plâtré encore longtemps ?

— Six semaines. Ça va aller. Le boulot ne me fait pas peur.

Le monde entier était à des années-lumière de se douter que le fils unique de Kiro travaillait d'arrache-pied dans une ferme du Texas.

— Et toi ? Nan ne t'a pas encore arraché la tête ?

— Non, je suis trop coriace pour elle, tu le sais bien.

— C'est des foutaises. Dès qu'elle te voit avec Grant, elle devient hystérique. Il a intérêt à faire le nécessaire pour que tu t'en sortes sans égratignure.

— Elle est au courant, et Grant s'est occupé d'elle. Je ne l'ai pas vue depuis plusieurs jours.

— Tant mieux. Avec un peu de chance, elle ne reviendra pas.

Je ne l'avais pas appelé pour parler de Nan. J'avais besoin d'un avis masculin.

— Tu penses que c'est une mauvaise idée d'avoir des sentiments pour Grant ?

Mase resta un instant silencieux. Je craignais de connaître sa réponse.

— Pour que tu fasses ce que j'ai entendu dans l'avion, je pensais que tu avais déjà des sentiments pour lui.

— Oui, c'était le cas, mais, je veux dire… de vrais sentiments.

Mase gloussa.

— Tu es en train de me demander si c'est une bonne idée de tomber amoureuse de Grant Carter ?

— En gros, oui.

— Non. C'est probablement la plus belle des conneries. Mais c'est déjà le cas. Tu étais amoureuse de lui quand tu as décidé de coucher avec lui. Tu es comme ça, Harlow. C'est fait. Maintenant il faut penser à ce que tu vas faire quand ce sera terminé. Comment tu vas réagir…

Je restai un instant à fixer mon reflet dans le miroir de la chambre. Il avait raison. J'étais amoureuse de Grant depuis des mois. Je ne voulais pas le reconnaître parce que c'était pitoyable. Personne ne tombait amoureux en l'espace de deux semaines. Personne à part moi. Et lui était parti.

— Je ne sais pas.

À l'autre bout du fil, Mase poussa un grognement d'effort ; il soulevait une charge lourde.

— Fais ta valise et viens ici. Je m'occuperai du reste. C'est ça qui va se passer, affirma-t-il.

Ça ne servait à rien de parler à Mase. Je n'allais pas déménager au Texas et le laisser se venger de Grant.

— Ce n'est pas grave, je me débrouillerai, merci de m'avoir écoutée.

— Je suis là, sœurette. Tu m'appelles quand tu veux.

— Je sais. Je t'embrasse.

— Moi aussi.

Je raccrochai et laissai tomber le téléphone sur le lit. Et maintenant, que faire ?

J'étais amoureuse de Grant. Amoureuse dans les grandes largeurs. Pour la vie. Je voulais voir son sourire chaque matin et connaître le bonheur d'être dans ses bras chaque jour.

Mais qu'est-ce que j'avais fait ?

Grant

Il était plus de 21 heures lorsque je rentrai à Rosemary. J'avais essayé d'appeler Harlow deux fois mais elle n'avait pas décroché. Si Rush ne m'avait pas informé que Nan était à New York avec Georgianna, j'aurais paniqué. Harlow était donc seule chez elle. Elle avait dû s'endormir ou laisser son téléphone à l'étage. En tout cas, c'est ce que je n'arrêtais pas de me dire.

Je me garai dans l'allée, sortis en coup de vent de la voiture et courus jusqu'à la porte. Dorénavant, Harlow allait devoir répondre au téléphone quand je n'étais pas avec elle. J'allais lui en toucher deux mots, mais, d'abord, il fallait que je la voie pour m'assurer que tout allait bien.

Je trouvai la porte d'entrée verrouillée. Tant mieux. J'appuyai sur la sonnette. Je m'apprêtais à insister lorsque la porte s'ouvrit sur la mine tout endormie de Harlow. Son visage s'illumina aussitôt et elle passa une main dans ses cheveux.

— Salut, fit-elle d'une voix douce.

J'entrai dans le vestibule et refermai la porte derrière moi avant de l'embrasser à pleine bouche. Ses lèvres charnues n'étaient pas recouvertes de gloss, je voulais les goûter. J'avais pensé à cet instant sur tout le trajet de retour.

Elle glissa une main sous mon bras et m'attira contre elle. Son petit caleçon à pois et son marcel assorti, sur son corps de rêve, étaient parfaitement irrésistibles.

— Salut, répondis-je en lui souriant.

Elle rit et posa la tête sur ma poitrine.

— Désolée, je me suis endormie sur le canapé devant la première saison de *How I Met Your Mother* sur Netflix.

Je ne savais pas trop de quoi elle causait et me contentai de hocher la tête.

— Où est ton téléphone ?

Elle fronça les sourcils :

— En haut, je crois.

Je resserrai mon étreinte.

— La prochaine fois que je suis en déplacement, garde-le sur toi. Tu ne répondais pas à mes appels, j'ai roulé à tombeau ouvert pour rentrer.

Elle se laissa aller contre moi.

— Je suis désolée, je n'ai pas fait attention. Je n'ai pas l'habitude qu'on m'appelle.

Sa réponse me laissa perplexe. Pourquoi donc ? Personne n'avait envie d'entendre sa voix, de se sentir proche d'elle ? Le monde était peuplé d'imbéciles.

— Moi, je t'appelle. J'ai besoin d'entendre ta voix quand je ne suis pas là.

Le sourire qui illumina son visage fit chavirer mon cœur.

— D'accord.

J'allais devoir lui dévoiler mes sentiments sans plus tarder. Je voulais qu'elle sache que je ne la laisserais plus jamais repartir. Je la poursuivrais aux quatre coins du monde s'il le fallait.

— La journée a été longue et j'ai envie de me glisser sous la couette avec toi, lançai-je à la place.

— Hum, O.K., fit-elle avant de me prendre la main pour regagner l'escalier.

À cet instant précis, la vie était belle. J'étais près de ma douce et je m'apprêtais à la serrer contre moi toute la nuit. Avant Harlow, je ne comprenais pas pourquoi Rush et Woods laissaient leur compagne contrôler leurs émotions, leurs faits et gestes, leur vie.

Maintenant, je comprenais. C'était d'une clarté éblouissante.

Sans s'en douter, ce petit bout de femme me menait à la baguette.

Il fallait absolument que je le lui dise, en évitant de l'effrayer, pour lui permettre à son tour de tomber amoureuse de moi. Quand j'aurais l'assurance qu'elle était à moi et que mes sentiments n'allaient pas la faire déguerpir, je le lui annoncerais.

— Je n'ai pas l'impression que Nan soit ici, m'informa Harlow en me lançant un coup d'œil.

— Elle n'est pas là. J'ai parlé à Rush.

Harlow resta silencieuse, mais tout son corps se raidit. Qu'est-ce que ça voulait dire ?

Arrivé en haut des marches, je l'attirai de nouveau contre moi.

— Quoi ? Dis-moi à quoi tu penses.

— À rien.

Son expression disait exactement le contraire.

— Ce n'est pas vrai. Dis-moi ou on reste plantés ici toute la nuit.

Elle poussa un soupir et détourna le regard.

— Tu as parlé de Nan avec Rush, marmonna-t-elle.

— Évidemment ! Je t'avais laissée avec ta foldingue de sœur pour faire deux heures de route et je voulais m'assurer que tu allais bien. J'ai appelé Rush pour envoyer Blaire ici et il m'a dit de ne pas m'inquiéter, que Nan était partie à New York.

Harlow finit par relâcher, puis baisser les épaules.

— Je crois que je ne gère pas encore très bien la question.

Elle était jalouse, ça me donnait envie de crier. Je saisis son visage entre mes mains.

— Mon passé avec Nan te pèse. J'en ai conscience et je ferai le nécessaire pour te rassurer.

Elle hocha la tête et émit un petit rire.

— Pourquoi tu rigoles ?

— J'ai du mal à croire que je me comporte comme ça.

Je pensais la même chose, mais je n'allais certainement pas m'en plaindre. J'étais aux anges.

— Ça te consolerait de savoir que ça me plaît ?

Elle haussa un sourcil.

— Ça te plaît que ta copine soit d'une possessivité délirante ?

— Carrément. Et il n'y a rien de délirant chez toi. Et sache que chaque fois que tu te sens devenir possessive, tu peux te lâcher. Je trouve ça trippant.

Elle éclata de rire et me gratifia d'une claque sur la poitrine, puis regagna sa chambre en se pavanant, fière comme un paon.

— Tu m'as abandonné, proclamai-je dans son sillage.

— Tu n'as qu'à m'attraper, riposta-t-elle, clin d'œil à l'appui.

Harlow venait de me gratifier d'un clin d'œil !

— Pose-moi ton cul nu sur le lit avant que j'arrache ton joli petit pyjama, ordonnai-je en la prenant en chasse.

Harlow

Je n'aimais pas la foule et préférais m'en tenir soigneusement éloignée. Je ne pouvais cependant pas refuser à Grant de l'accompagner à la soirée caritative qui se tenait au country club. Après tout, il siégeait au conseil d'administration et le bal annuel se tenait au profit de la protection des espèces aquatiques du Golfe.

Le Kerrington Club était à l'initiative de cet événement depuis plus de vingt ans. Grant m'avait avoué qu'il n'avait pas très envie d'y aller lui non plus, mais que Woods avait insisté. Cette année, la soirée était organisée à la mémoire de Jace, en présence de ses parents, et Woods avait prévenu Grant de la diffusion d'une vidéo bouleversante. La mort de Jace était encore très récente.

Je passai un temps considérable à me maquiller, ce qui ne m'arrivait pas souvent. Le choix de la robe n'avait pas été simple non plus. Mon père avait insisté pour que j'achète plusieurs tenues très habillées pour les soirées organisées à Rosemary Beach. Comme je ne l'avais pas écouté, il avait demandé à la styliste personnelle qu'il avait embauchée pour moi de m'en apporter plusieurs. J'avais montré du doigt celles qui me plaisaient et l'affaire avait été conclue. Je ne pensais pas en porter une un jour. Aujourd'hui, je remerciais mon père d'avoir fait le nécessaire.

J'avais fini par jeter mon dévolu sur celle en satin bleu pâle qui tombait juste au-dessus des genoux sur le devant et plus bas à l'arrière. J'avais enfilé une paire de chaussures à talons Daniele Michetti dotée de lanières microscopiques et d'une minuscule pointe argentée – un achat impulsif. Je n'achetais jamais ce genre de choses, mais je n'avais pas résisté le jour où je les avais vues. Je n'avais même pas pris la peine de les essayer, les magasins de chaussures m'angoissaient.

Jusqu'à aujourd'hui, je les avais portées uniquement dans ma chambre. Ce soir, prenant mon courage à deux mains, j'allais les mettre en public. La robe n'en exigeait pas moins. J'espérai que tant d'audace vestimentaire me donnerait du courage. Il m'avait fallu plus d'une heure pour boucler, coiffer et maintenir en place mes cheveux et Grant était sur le point d'arriver. Nan s'habillait dans sa chambre. Elle était arrivée un peu plus tôt dans la journée et nous n'avions pas échangé un mot ; elle était passée devant moi comme si je n'existais pas.

Grant m'avait prévenue qu'elle assisterait à la soirée. Je l'avais rassuré : je pouvais très bien me préparer sans qu'il joue aux gardes du corps. À l'heure dite, la sonnette de l'entrée retentit, et je sortis de ma chambre, attrapant au passage une pochette noire et argent qui s'accordait avec mes chaussures.

À mon grand soulagement, la porte de Nan resta fermée. Je descendis l'escalier sans hâte, rejoignis l'entrée et pris une profonde inspiration. Grant ne m'avait jamais vue habillée comme ça. Je voulais lui plaire. Non, je voulais voir sa langue traîner par terre. J'étais vaniteuse. Je n'étais jamais allée à un bal de promo. C'était le moment dont rêvent toutes les petites filles.

J'ouvris lentement la porte. Au lieu de Grant, je découvris August en smoking noir, les cheveux gominés à la perfection. Il me détailla des pieds à la tête sans vergogne.

— Nan n'est pas encore prête, mais tu peux attendre à l'intérieur.

Je m'effaçai pour le laisser entrer en priant pour qu'il arrête de me regarder.

— Si elle est à moitié aussi belle que toi, je n'aurai pas de quoi me plaindre, clama-t-il, clin d'œil à l'appui.

Il pénétra dans le vestibule, qui sembla rétrécir autour de sa silhouette imposante. Où était Nan ?

— Je peux te proposer un verre ? bafouillai-je en cherchant le moyen de me débarrasser de lui.

— Avec plaisir. Je suis persuadé que Nan va me faire poireauter une bonne demi-heure. Je suis ravi d'être en si bonne compagnie.

Je ne l'aimais vraiment pas. Je tournai les talons pour regagner la cuisine. August m'emboîta le pas. Je me retins de lâcher un juron : je partais du principe qu'il allait m'attendre dans le salon.

— Je peux t'apporter un verre dans le salon, si tu veux t'asseoir, proposai-je.

— Tu ne sais même pas ce que je veux, railla-t-il d'un ton amusé.

— Oh, désolée. Qu'est-ce qui te ferait plaisir ?

Ma question resta sans réponse. Une fois dans la cuisine, je refoulai l'envie subite de foncer à l'étage sous prétexte que j'avais oublié quelque chose, le laissant seul se préparer un verre.

— J'ai du mal à croire que Nan et toi soyez de la même famille. Elle est loin d'être polie et gentille à ce point, affirma-t-il en prenant place sur un tabouret.

Je ne pouvais pas rester un instant de plus. J'allais lui servir à boire et m'en aller dare-dare. J'empoignai un verre.

— Qu'est-ce qui te ferait plaisir ?

Il se pencha en avant pour détailler mes jambes.

— Des tas de trucs.

Je reposai le verre. Il allait se débrouiller tout seul.

— Qui est l'heureux élu qui t'emmène au bal ce soir? s'enquit-il.

— C'est moi.

La voix de Grant me fit sursauter. Je fis volte-face; il fusillait August du regard. Je ne l'avais pas entendu arriver, occupée que j'étais à me dépêtrer de ce visiteur indésirable.

— Comme je te comprends. Des deux, c'est la plus sympa, insista August en reluquant de nouveau mes jambes.

En un clin d'œil, Grant avant contourné le bar pour m'attirer contre lui.

— Tu es prête?

J'opinai du chef.

— Oui.

Ce n'est pas ce dont j'avais rêvé. Grant, qui contenait à peine sa colère, ne remarquait même pas ma tenue.

— Bonjour Grant, lança Nan d'une voix traînante en entrant dans la cuisine.

Elle portait une robe courte moulante de couleur rouge qui lui allait à merveille. Nan incarnait le rêve de toutes les petites filles. Ses longs cheveux roux retombaient en boucles souples sur son décolleté étourdissant exposé à la vue du monde entier.

— Bon sang, bébé, lâcha August qui se releva, la bouche entrouverte.

Je jetai un œil à Grant : il avait les yeux rivés sur Nan, et j'aurais aimé qu'il me regarde comme ça. Je fermai les yeux et pris une profonde inspiration. Je ne voulais pas voir ça.

— Tu portes toujours aussi bien le smoking, constata Nan qui ignorait August, le regard vissé sur Grant.

Je n'étais pas capable de jouer à ce petit jeu. Mon instinct me dictait de m'enfermer dans ma chambre et de laisser Grant faire ce qui lui plaisait pendant que je gérais la peine de cœur qui me pendait au nez. Mais la fierté m'empêchait de bouger et je restai plantée là, en priant pour qu'il se souvienne de moi et ait suffisamment de compassion pour ne pas totalement m'humilier devant Nan.

Les lèvres de Nan se retroussèrent en un sourire malveillant et elle s'avança vers Grant d'un pas sautillant, les yeux sur lui, assurée de son attention la plus absolue.

J'allais jeter l'éponge et prendre la fuite. Partir au Texas. Ce n'était pas si mal, après tout.

Grant me prit la main et se dirigea vers l'entrée. Je ne me retournai pas vers Nan, mais l'entendis glousser d'un petit rire entendu qui me serra le cœur. Elle savait, comme moi, qu'elle n'avait pas laissé Grant indifférent.

Grant resta silencieux jusqu'à la voiture. Une fois devant, il lâcha ma main et, au lieu d'ouvrir la portière, me fit pivoter face à lui.

— Tu es absolument magnifique, je me demande comment je vais faire pour rester concentré ce soir.

Ses yeux se posaient enfin sur moi. C'était la réaction que j'attendais. Je voulais qu'il m'apprécie, tout bêtement, mais à cet instant… ses mots tombèrent à plat. Je l'avais vu dévisager Nan d'un air subjugué. Il ne m'avait pas regardée de la même manière. Il faut dire que je ne lui arrivais pas à la cheville. Je ne pouvais pas vraiment lui en vouloir, si ? C'était un gars. Nan était à tomber par terre, et moi… j'étais moi.

— J'aimerais tellement ne pas aller à ce bal. J'ai envie de t'avoir pour moi tout seul pendant toute la soirée.

L'idée me plaisait bien. Affronter une salle bondée n'était pas dans ma liste de priorités. Mais je n'étais pas sûre de vouloir un tête-à-tête ce soir. Il me fallait panser mes plaies et la perspective de me barricader dans ma chambre avec mes livres me séduisait davantage.

— On va rester le temps de faire plaisir à Woods. Après, je te promets que cette soirée vaudra le détour, murmura-t-il avant de m'embrasser en poussant un petit grognement. (Il recula vivement et ouvrit la portière :) Monte avant que je change d'avis. Sinon je vais mettre Woods en pétard.

Après la soirée, je trouverais une excuse pour rentrer me coucher. Toute seule.

— Il était là depuis longtemps avant que j'arrive, cette espèce de con ? interrogea Grant en sortant de l'allée.

— Une dizaine de minutes, à peine.

Grant hocha la tête d'un petit mouvement sec. Il ne portait pas August dans son cœur ; j'avais du mal à me persuader que ce n'était pas parce qu'il sortait avec Nan. Grant m'avait expliqué sa relation avec Nan, mais, après ce que je venais de voir, je n'étais plus trop sûre de vraiment le croire.

Grant

Harlow resta silencieuse pendant tout le trajet. Pour ma part, j'avais besoin de cette parenthèse pour me calmer. J'avais failli péter un plomb en voyant cette espèce de connard la mater. J'aurais dû arriver plus tôt. Je n'aimais pas l'idée que Harlow soit dans cette maison et qu'August puisse se pointer à l'improviste. Et s'il coinçait Harlow toute seule ? Je serrai les mains sur le volant.

Ça ne se passerait pas comme ça. La beauté de Nan ne suffisait pas, August finirait évidemment par s'en rendre compte. Ce soir, elle avait sorti le grand jeu. Bien sûr, elle était sublime, comme toujours, mais ça ne dépassait pas les apparences. Dès qu'elle ouvrait la bouche, sa méchanceté éclipsait tout.

Je savais que Nan avait mal interprété la manière dont je l'avais regardée. Elle était ravie d'avoir toute mon attention. Elle ne comprenait pas ce à quoi j'étais sensible. Elle pensait m'avoir époustouflé, mais j'étais passé à autre chose. Nan appartenait au passé et ne reviendrait jamais sur le devant de la scène. Notre histoire familiale nous avait rapprochés. Elle et moi avions grandi avec des parents absents mais, contrairement à Nan, je ne me laissais pas définir par ça. Elle se laissait empoisonner. Ce soir, je n'avais vu en elle qu'amertume et haine. Ça se voyait comme le nez au milieu de la figure, et je me demandais comment j'avais fait pour ne pas m'en rendre compte avant. Étais-je donc aveugle avant… avant…

Harlow ?

Nom de Dieu, je m'étais vraiment comporté comme un abruti.

Je coulai un regard vers Harlow. Elle avait les mains crispées sur ses genoux, l'air nerveux, la lèvre inférieure pincée entre les dents, le regard fixé droit devant. Merde. Je ne lui avais pas adressé la parole de tout le trajet alors qu'elle se morfondait dans son coin.

Décidément, j'étais vraiment en train de foutre la soirée en l'air.

Je décroisai ses mains et entremêlai mes doigts aux siens.

— Harlow ? l'interpellai-je pour la sortir de ses pensées.

Elle tourna la tête vers moi avec un petit sourire forcé. Ça n'était pas possible. Si vraiment elle n'avait pas envie d'aller à ce foutu bal, Woods allait s'en remettre. Je n'allais pas la forcer. Je pensais que son ensemble à tomber par terre signifiait qu'elle était prête, mais je m'étais peut-être trompé.

— Tout va bien ? m'enquis-je en serrant sa main.

Elle hocha la tête sans un mot.

— Si tu n'as pas envie d'y aller, on peut faire autre chose.

J'attendis de voir sa réaction. Elle se raidit davantage. Qu'est-ce que ça voulait dire ?

— Parle-moi, Harlow.

Ses épaules s'affaissèrent et elle baissa les yeux sur ses mains.

— Je ferais peut-être mieux de rentrer. Je ne veux pas déranger.

— Tu as peur de déranger qui ? Quelqu'un t'a fait une réflexion ? Tu veux que je m'en occupe ?

Harlow resta la tête baissée, les yeux rivés sur ses genoux.

— Non. C'est toi que je n'ai pas envie de déranger. Ne te sens pas obligé de m'emmener. Ça ne m'ennuie pas de rentrer. Sincèrement, ça me conviendrait très bien.

Cela n'avait aucun sens. Nan lui avait encore dit quelque chose ? Il était temps qu'elle déménage de chez cette pétasse. On en parlerait plus tard. Pour le moment, je voulais comprendre ce qui n'allait pas.

— J'ai envie que tu m'accompagnes. Si Nan t'a dit quoi que ce soit…

— Elle n'a pas eu besoin de parler. Tout était dans ton regard.

Quoi ?

Je la dévisageai pour essayer de donner du sens à ses paroles.

Harlow prit une profonde inspiration et leva enfin les yeux vers moi. De grands yeux tristes et abattus. Je crus que ma poitrine allait exploser. Il fallait que je remédie à la situation. Je ne voulais pas qu'elle souffre. D'un coup de volant, je descendis sur le bas-côté. Je tirai le frein à main et attirai Harlow tout contre moi.

— Il va falloir que tu m'expliques, parce que je ne te suis pas, mon cœur.

Harlow regardait fixement mon épaule.

— J'ai bien vu comment tu la dévisageais. Je ne suis pas aveugle. Je sais qu'elle est belle. Elle t'a laissé bouche bée. Et c'est évident qu'elle aurait planté August pour toi.

Merde alors. Je n'avais pas pensé un instant que Harlow se prendrait la tête parce que j'avais regardé sa sœur. Nan ne m'avait pas impressionné ; elle m'avait dégoûté de moi-même.

Je saisis le menton de Harlow. Elle gardait le front baissé et je voulais voir ses yeux et faire partir la tristesse qui les hantait. Je voulais ne jamais la voir triste.

— Je n'ai vu qu'amertume et cruauté dans le regard de Nan. Je me suis demandé comment j'avais fait pour ne pas m'en apercevoir avant. Je n'étais pas du tout impressionné. Et tu étais là, à côté de moi, on aurait dit un ange. Personne ne peut se comparer à toi. Non seulement tu es belle à l'extérieur, mais tu l'es aussi à l'intérieur. Je vénère ça en toi. Je ne sais pas ce que je suis allé foutre avec Nan. J'imagine que tu m'as sauvé.

— Tous les hommes rêvent d'une femme comme elle, objecta Harlow, les sourcils froncés.

Je caressai ses lèvres du bout des doigts en essayant de ne pas trop penser au goût de sa bouche.

— Cette femme est un cauchemar, ma douce. Malheureusement, tous les hommes s'en rendent compte trop tard.

— Je ne peux pas rivaliser avec elle. Je n'en ai pas envie.

— C'est inutile. Elle fait pâle figure en comparaison. J'aimerais pouvoir te convaincre que c'est toi que je veux. Quand je regarde Nan, je ne vois rien d'autre qu'une fille que j'ai connue dans le passé.

Harlow leva enfin les yeux pour me gratifier de son premier vrai sourire.

— Je te crois.

Harlow avait de sérieux problèmes de confiance. Je devais m'en souvenir et agir en conséquence. Nan n'avait jamais besoin de savoir que je la désirais. Harlow avait besoin de savoir qu'elle me possédait. Elle ne se rendait pas compte de l'étendue de mes sentiments pour elle. Même s'ils étaient évidents aux yeux du reste du monde.

— Je ferai le nécessaire pour que tu ne doutes jamais plus de moi. Sache que je ne vois que toi. Ta présence éclipse tout.

Elle déposa un baiser sur ma joue.

— Merci, fit-elle simplement.

Décidément, Harlow était unique en son genre. Et j'étais vraiment le mec le plus chanceux du monde.

Harlow

À mon grand soulagement, Blaire m'aperçut dès mon entrée dans la salle de bal. La présence d'un visage amical allait m'aider à me mettre dans le bain. Elle nous rejoignit aussitôt, sa robe dansant autour de ses jambes, le noir de l'étoffe soulignant la blondeur de ses cheveux. Derrière elle, Rush la suivait du regard. Je sentis mon cœur battre en découvrant l'expression d'amour possessif qui s'affichait au grand jour sur son visage. Quel merveilleux sentiment ce devait être…

— Je suis contente que tu sois venue, dit-elle en me serrant dans ses bras.

— Je ne suis pas sûre de pouvoir en dire autant.

Blaire eut un petit rire et jeta un œil alentour.

— Ils ne sont pas si méchants que ça. (Elle se tourna vers Grant et sourit.) Tu as l'air heureux.

— Je le suis, acquiesça-t-il en posant une main sur ma taille.

— Il était temps, observa Blaire.

— Je ne te le fais pas dire.

J'avais l'impression d'être exclue d'une conversation privée.

— Tu as soif ? me demanda Grant en se penchant vers moi au point que son haleine chaude effleura mon oreille.

— Oui.

Un verre à la main me donnerait une contenance.

— Je reviens tout de suite, dit-il en s'éloignant.

— Alors ? interrogea Blaire.

Elle voulait tout savoir sur Grant. De ce que je comprenais, elle était proche de lui à cause de Rush. Je ne savais pas trop quoi dire.

— Je crois qu'il m'aime bien.

Blaire sourit de toutes ses dents.

— Ça me semble assez évident, Harlow. Mais si tu n'es pas sûre à cent pour cent, tu peux toujours lui demander de clarifier la situation.

Je me tournai vers le bar et découvris une fille, cheveux auburn bouclés, jupe courte, s'approcher dangereusement de Grant pour lui parler.

— Ne fais pas gaffe à elle. Crois-moi, Grant s'en moque. C'est Katrina, elle est toujours comma ça, inutile de t'inquiéter.

Je tournai de nouveau mon attention sur Blaire.

— Je ne comprends pas pourquoi il m'a choisie. Il attire tous les regards. Il est parfait. Il peut avoir qui il veut.

Blaire posa une main sur sa hanche et me toisa d'un air incrédule.

— Tu es sérieuse, n'est-ce pas ?

Je hochai la tête. Quelle idée de plaisanter avec ça ?

— Tu sais ce que j'ai pensé la première fois que je t'ai vue ?

— Non, répliquai-je.

Je n'étais pas sûre de vouloir entendre la réponse.

— Je voulais savoir qui était cette magnifique femme qui venait d'entrer dans la chambre de mon fiancé. J'étais époustouflée. Et puis tu as pris la parole et ta personnalité chaleureuse a illuminé toute la pièce. J'ai eu envie de faire ta connaissance. Tu as ce magnétisme. C'est pour cela que Grant n'arrive pas à te quitter des yeux, expliqua Blaire en jetant un œil par-dessus mon épaule.

Je me retournai : la fille continuait de parler à Grant, mais lui me regardait. Je lui souris et il me fit un clin d'œil. J'allais devoir apprendre à lui faire confiance. Il méritait ça. Je me retournai vers Blaire.

— Comment as-tu fait confiance à Rush ?

Elle poussa un soupir.

— Ça n'a pas été facile. J'avais réussi à lui faire confiance quand il a tout détruit en mille morceaux. Après ça, la route a été longue, mais je n'avais pas le choix. Mon cœur le désirait, et, pour pouvoir le suivre, je me devais de lui faire confiance et de croire qu'il prendrait soin de moi.

— C'était une décision ?

— Oui, exactement.

J'en étais capable moi aussi. Blaire poussa un soupir et je suivis son regard. Dans un coin de la salle, Bethy, en uniforme de serveuse, discutait avec une femme qui avait l'air d'être responsable de l'organisation de la soirée.

— Je m'inquiète pour elle, souffla Blaire.

— Je l'ai vue la semaine dernière, dans un bar. Elle était vraiment déprimée.

Blaire était sa meilleure amie, je savais que je pouvais lui raconter ça.

— La mort de Jace l'a totalement transformée. Je n'arrive pas à l'atteindre. Elle ne répond quasiment plus à mes coups de fil.

— Je n'ose même pas imaginer ce qu'elle traverse, poursuivis-je en me souvenant de notre conversation au bar.

— Moi non plus.

— Ton eau pétillante, annonça Grant en me tendant un verre à pied.

— Rush m'attend. Amusez-vous bien, tous les deux, conclut Blaire avant de me sourire et de rejoindre son mari qui ne l'avait pas quittée des yeux.

— Tripp vient d'arriver. Je ne savais pas qu'il était en ville, commenta Grant en observant un grand gars aux cheveux courts avec un tatouage qui dépassait de son col.

Ce Tripp n'avait pas l'air enchanté d'être ici et semblait beaucoup s'inquiéter pour Bethy. Son attention était concentrée sur elle.

— Allons bavarder avec Woods et Della, reprit Grant. Après j'irai échanger quelques mots avec deux, trois personnes et on pourra filer d'ici pour que je t'aie enfin rien que pour moi.

Il posa la main sur le creux de mes reins et m'orienta vers l'homme de grande taille, au teint bronzé, qui supervisait la salle avec autorité. Je connaissais déjà Woods mais, même sans le savoir, j'aurais compris au premier coup d'œil qu'il était le patron.

J'observai la femme à son bras. Ses longues boucles sombres soulignaient le bleu de ses yeux et un sourire doux dansait sur ses lèvres chaque fois qu'elle levait les yeux sur Woods, comme s'il détenait la réponse à toutes les questions du monde.

Woods aperçut Grant et posa les yeux sur moi, puis de nouveau sur lui. Un sourire amusé éclaira son visage. Je me rendis compte que Woods savait quelque chose.

— Grant. On dirait que ton choix en matière de partenaire s'est amélioré, lança Woods.

— Eh oui. Certaines personnes sont plus lentes que d'autres, répliqua Grant tandis que ses doigts imprimaient un petit mouvement circulaire dans le creux de mes reins.

La femme à la chevelure sombre s'approcha de moi, la main tendue.

— Bonjour. Je m'appelle Della. Blaire m'a tellement parlé de toi. Je suis ravie de faire ta connaissance.

Elle était sincère et me plut aussitôt.

— Moi aussi, enchantée, répondis-je.

— Je suis contente de voir que Grant fait des choix plus sages, commenta Della en souriant.

De toute évidence, personne ne portait Nan dans son cœur.

Grant émit un petit gloussement. Je me détendis aussitôt ; j'avais eu peur que les piques de tout le monde ne finissent par le vexer.

— Je suis censé rester combien de temps à cette sauterie ? interrogea Grant.

L'attitude ultra-professionnelle de Woods flancha un instant tandis qu'il jetait un regard circulaire sur la salle.

— Trente minutes minimum, voire une heure. Reste pour la vidéo. Ça va être la partie la plus rude de la soirée. C'est important pour les parents de Jace que tu sois là. Et puis il faut que tu te montres, en tant que membre du conseil. Après ça, tu pourras mettre les bouts. J'aimerais bien faire pareil, avoua-t-il à voix basse.

À cet instant précis, il me fit penser à Grant et Rush. Il n'avait plus l'air aussi sérieux et important. Della me sourit.

— Moi aussi j'aimerais bien qu'on s'éclipse pas trop tard.

— Si tu veux partir tôt, je peux toujours trouver un moyen, intervint Woods.

Della esquissa un sourire.

— Non. On reste. Tu ne pourras pas partir avant la fin.

Woods se pencha à son oreille.

— Je ferai tout ce que tu veux.

Della déposa un baiser sur sa joue.

— Je veux rester.

— Menteuse.

Della éclata de rire puis se tourna vers moi.

— Il faut que je le surveille.

— Ravi que tu t'en occupes, plaisanta Grant.

Le sourire de Woods se transforma en froncement de sourcil. Grant et moi tournâmes la tête en même temps.

Rush approchait. L'expression sur son visage était pour moi indéchiffrable.

Grant le rejoignit à mi-chemin. Je ne savais pas si je devais attendre ou suivre Grant.

— Il y a un problème, grommela Woods en me contournant pour les rattraper.

Je jetai un œil à Della qui les fixait d'un air inquiet. Comme elle n'avait pas suivi Woods je décidai de rester avec elle.

Rush regarda dans ma direction puis m'invita à les rejoindre d'un mouvement de la tête. J'obtempérai, perplexe. Rush m'agrippa par le bras.

— Je veux que tu restes avec Blaire et Nate. Grant doit m'accompagner. Tu veux bien faire ça ?

Je voulus acquiescer, mais je restai plantée là sans bouger.

— C'est Nan. J'ai besoin de Grant. Et que tu lui fasses confiance, reprit Rush.

Nan ? On venait de la quitter. Elle était en route.

— O.K., fis-je.

De toute façon, ils ne semblaient pas d'humeur à répondre aux questions : Grant avait l'air en colère et Rush tendu comme un arc.

— Je ne peux pas vous accompagner, les gars, mais si c'est ce qu'elle dit, tenez-moi au courant. Je m'en occuperai, intima Woods avant de pivoter les talons et de rejoindre Della.

Rush s'approcha de Blaire, qu'il prit dans ses bras en lui murmurant des mots à l'oreille. Elle hocha la tête et leva un regard inquiet sur moi.

— Si tu juges que c'est nécessaire, fut sa seule et unique réponse.

— Je suis obligé d'aller vérifier, répliqua Rush en voyant que Blaire ne partageait pas son avis.

Blaire hocha la tête, le dos raide. Rush avait l'air déchiré. Mais qu'est-ce qui pouvait bien se passer ?

— Si tu veux venir, alors viens avec moi. Ne me fais pas ça, plaida Rush en attirant Blaire contre lui.

Elle finit par capituler et hocha la tête.

— O.K., fit-elle.

Rush l'embrassa avec fougue et Blaire se lova dans ses bras.

À part moi, tout le monde avait l'air de comprendre ce qui se passait.

Woods, la tête baissée, devisait avec Della. Il lui racontait ce que Rush racontait à Blaire.

Mais, à moi, personne ne racontait rien. Grant ne me regardait même pas. Il avait l'air à cran. Je me rendis compte que je lui avais peut-être accordé ma confiance un peu vite.

Grant

C'est pour lui que je le faisais, pour mon frère. Avant toute chose, Rush était mon frère. Mais nom d'un chien, la tête de Harlow quand elle avait entendu le nom de Nan allait sérieusement foutre la merde. J'avais bien vu sa réaction, et j'avais dû choisir. Et j'avais fait le choix de Rush, ma famille.

J'avais foi en Harlow. Elle allait comprendre pourquoi je faisais ça, et pour qui. Je voulais qu'elle s'en rende compte. Il était hors de question que je la perde.

— Elle comprendra. Harlow t'écoutera, quand tu lui expliqueras, et tout ira bien. Blaire est vraisemblablement en train de lui en toucher deux mots, me rassura Rush tandis que nous foncions chez Nan.

Si tout ce merdier était véridique et qu'August avait réellement tabassé Nan, j'étais partant pour le prendre en chasse et que Rush se venge. Nan était en premier lieu la petite sœur de Rush. Rush ne la laissait pas s'immiscer entre Blaire et lui et protégeait sa femme de Nan. Mais si Nan était en danger, Rush arrivait à la rescousse. Elle n'avait personne d'autre. Tout le monde s'en foutait. À un moment, j'avais été là, mais elle avait fait le nécessaire pour que ça ne dure pas.

— Si c'est du pipeau, c'est moi qui vais lui refaire le portrait, assénai-je.

Il poussa un profond soupir.

— Je sais…

Rush n'était pas aveugle. Il savait que Nan était un poison et que de venir à son secours en abandonnant Harlow n'était pas facile pour moi. Je n'étais pas marié à Harlow. Je n'étais pas lié à elle par la promesse d'un anneau de fiançailles. Blaire avait tout ça et de voir Rush voler à la rescousse de Nan était forcément plus évident. Et, après tout, c'était sa sœur.

Je ne pouvais prétendre à rien de tout ça.

Bon sang, elle avait intérêt à ne pas raconter de craques.

Rush bifurqua dans l'allée et la crainte que Harlow ne se remette pas de tout ce merdier me frappa de plus belle en apercevant la voiture de Nan. Je n'aurais pas dû la laisser. Mais Rush avait besoin de moi. J'étais toujours là en cas de coup dur. Ça sert à ça, la fratrie, à se serrer les coudes.

Nous sortîmes de la voiture comme un seul homme pour gagner le perron. Rush glissa une clé dans la serrure et ouvrit la porte. Kiro avait dû lui fournir un double.

— Nannette ! s'époumona-t-il une fois dans le vestibule.

— Ici, nous parvint sa voix depuis le salon.

Rush se précipita dans sa direction. Il s'arrêta à l'entrée de la pièce. Je stoppai dans son sillage et jetai un œil par-dessus son épaule.

Elle n'avait pas menti.

Nan avait la lèvre éclatée et un œil au beurre noir affleurait déjà sous sa peau pâle. La marque des mains qui avaient agrippé ses bras nus virait déjà à l'hématome. Nan était assise en boule, les genoux repliés sur la poitrine. Des traces de mascara striaient son visage

Ce n'était pas la Nan je connaissais, mais celle que j'avais connue. Elle me rappelait la petite fille qui me faisait tant de peine, dont je désirais ardemment régler les problèmes, comme Rush. L'amertume et la colère avaient délaissé son regard. Il n'y restait que la peur.

— Nom de Dieu, gronda Rush en se précipitant vers elle. C'est August qui t'a fait ça ?

Sa fureur était palpable. Je restai immobile à les regarder et sentis la colère bouillir en moi.

Peu importe ce qu'elle avait fait, aucune femme ne méritait ça. August était un homme mort. Si Rush ne lui faisait pas la peau, je m'en chargerais.

— Oui, il a piqué une colère parce que… (Elle s'interrompit, laissant son regard planer jusqu'à moi avant de revenir sur Rush.)… j'étais contrariée à cause de Grant et Harlow. Je ne voulais pas partir, alors il a voulu coucher avec moi mais j'ai refusé. Il a essayé de me forcer, mais je me suis défendue. Et là il a totalement craqué. Quand j'ai ouvert les yeux, j'étais par terre et il avait disparu.

Rush se raidit.

— Tu as perdu connaissance ?

Elle hocha la tête et tourna de nouveau le regard vers moi.

— Ça lui était déjà arrivé de se mettre en colère, mais jamais à ce point. Je ne savais pas qu'il était comme ça. Je savais que sa femme l'avait quitté et qu'il avait dû attendre deux ans avant de revoir sa fille. Je le croyais quand il me disait qu'il ne lui avait jamais fait de mal et qu'elle racontait des mensonges, expliqua-t-elle d'une voix tremblante.

— Il faut que tu voies un médecin. Si tu étais dans les vapes, c'est peut-être un traumatisme crânien. Grant, emmène-la à l'hôpital.

Quoi ?

— Moi ? Pourquoi pas toi ?

Je n'allais l'emmener nulle part ! J'allais casser la gueule à August, pas me trimballer Nan partout.

— Je vais mettre la main sur August. Je veux que tu l'accompagnes pour qu'elle fasse des examens. S'il te plaît, insista Rush en se relevant. J'appellerai Blaire pour lui expliquer.

Ce qui signifiait qu'il ferait le nécessaire pour que Harlow soit au courant. En priant pour qu'elle comprenne. Rush partait du principe que Harlow était assez forte émotionnellement pour affronter cette situation. Je n'en étais pas si sûr. Il ne savait pas à quel point elle était fragile.

— Je ne peux pas t'aider à le retrouver ?

— Non. Dean pourra faire le nécessaire pour que j'échappe à la prison. Pas pour toi.

Il avait raison.

— Il n'est pas obligé de m'accompagner. Je peux rester ici, intervint Nan.

Rush me lança un regard implorant. Merde.

— O.K. Je m'en occupe. (Je me tournai vers Nan.) Tu peux marcher ?

Elle hocha la tête puis se releva.

— J'ai un peu la tête qui tourne, c'est tout.

Rush la soutint jusqu'à la voiture. Je refusai de la toucher. J'allais l'aider, mais hors de question que je pose les mains sur elle.

Je leur emboîtai le pas jusqu'à la Range Rover. Rush installa Nan à l'intérieur puis se tourna vers moi.

— Je vais prendre la voiture de Nan. Assure-toi qu'elle passe un check-up complet.

— Appelle Blaire et vérifie que Harlow va bien, répliquai-je.

— Je m'en occupe tout de suite, acquiesça-t-il.

Je ne pris pas la peine de le remercier. Il me revaudrait ça. Je contournai la Rover, pris place au volant et claquai la portière pour évacuer un peu de frustration, sans grand résultat.

— Tu n'étais pas obligé de m'accompagner, souligna Nan.

— Si.

— Parce que tu tiens encore à moi, affirma-t-elle d'une voix pleine d'espoir.

— Parce que Rush me l'a demandé.

Je démarrai. L'hôpital était à une bonne demi-heure de route.

— Tu le penses vraiment ? s'enquit-elle.

— Oui.

— Mais un jour tu m'as dit que tu m'aimais, poursuivit-elle d'une voix blessée.

Ce jour-là j'avais picolé. Entre nous, le cul avait été mémorable.

— J'avais du désir pour toi. Entre nous deux, au début, c'était bien et ça me plaisait. Et puis j'ai compris que tu n'étais pas faite pour moi. Tu étais méchante et superficielle. Comme le cul entre nous, finalement.

Nan eut un hoquet de surprise. Peu importait si mes paroles la blessaient. Je haïssais l'idée qu'elle ait traîné avec un gars capable de lever la main sur une femme. Rien de plus.

— Parce que le cul avec elle, c'est mieux ? Elle est trop inexpérimentée pour être baisable.

C'est exactement ce que Nan ne comprendrait jamais. Pour elle, le sexe ne serait jamais rien d'autre que du cul parce qu'elle était incapable d'aller plus loin et d'avoir des sentiments pour un autre.

— Inutile de te comparer à Harlow. Personne ne lui arrive à la cheville.

Ma vie privée avec Harlow ne la regardait pas et il était hors de question que je partage quoi que ce soit avec Nan.

Harlow

Blaire était au téléphone dans la cuisine. Je l'entendais depuis le balcon. Sur le chemin, elle m'avait expliqué qu'August avait salement amoché Nan, en tout cas c'est ce que Nan avait dit au téléphone à Rush.

Je lisais bien dans le regard de Blaire qu'elle ne croyait pas forcément toute cette histoire. Mais elle avait compris la réaction de Rush. Si les dires de Nan étaient vrais, il aurait besoin de soutien. Et Grant était ce qui se rapprochait le plus d'un frère.

Mais l'image de Grant serrant Nan dans ses bras pour la réconforter me hantait. Mon égoïsme était insupportable. Je n'étais pas égoïste de nature, mais mes sentiments pour Grant me chamboulaient, et pas toujours en bien. Si Nan avait été tabassée par August, elle aurait besoin de son frère et de Grant, les deux seuls hommes sur qui elle pouvait compter.

— C'était Rush, annonça Blaire derrière moi.

— Comment va-t-elle ?

J'avais posé la question sans me retourner. J'avais peur que Blaire ne décèle mes sentiments. J'avais honte.

— Nan a dit la vérité. Rush dit qu'August n'y est pas allé de main morte et qu'elle avait perdu connaissance.

Mon cœur se serra, pas par compassion envers Nan, mais parce que je sentais Grant m'échapper. Je trouvais ma réaction détestable. Je n'avais pas de cœur !

— Rush est parti à la recherche d'August. Il a envoyé Nan à l'hôpital avec Grant pour qu'elle fasse des examens.

Grant était avec elle, seul. Tout était dit. Il était au garde-à-vous dès que Nan levait le petit doigt. J'avais bien vu comment il lui courait après dès qu'il avait le sentiment qu'elle avait besoin de quelqu'un.

— Rush veut que tu saches que Grant ne voulait pas l'accompagner. Il l'a fait culpabiliser jusqu'à ce qu'il cède.

Cette précision apaisait légèrement mes craintes. Mais j'avais peut-être tout intérêt à me préparer au pire pour épargner mon cœur. Même s'il était vraisemblablement trop tard. J'étais allée trop loin.

— Avant, je la détestais, persuadée que c'était un véritable fléau, commença Blaire. Mais, avec le temps, je me suis rendu compte qu'elle était tout simplement triste. Elle a repoussé tout le monde et ne fait absolument rien pour se faire aimer. Elle appelle Rush parce que c'est son frère et le seul à réagir. Ce soir, elle n'a pas appelé Grant, parce qu'elle savait qu'il ne décrocherait pas et qu'il viendrait encore moins à sa rescousse. Mais elle savait que Rush répondrait présent et qu'il emmènerait Grant. Même au plus bas, elle réussit à manipuler les gens. Mais Grant est suffisamment intelligent pour ne pas être dupe.

Je priai pour qu'elle ait raison.

— Grant a forcément vu quelque chose en elle à un moment donné.

— Il a vu quelqu'un en mille morceaux qu'il fallait réparer. C'est sa spécialité. Quand je suis arrivée ici au tout début, Rush me détestait. Il voulait que je m'en aille. Grant a fait le nécessaire pour que je reste. Le lendemain de mon arrivée, je me suis demandé comment j'allais faire pour m'en sortir. Il fallait que je trouve un boulot, et pour ça que je mette de l'essence dans la voiture. Le jour même, j'ai trouvé un mot de Grant. Il avait fait le plein. Il est comme ça. Nan est brisée, irréparable. Grant s'en est rendu compte. Il t'a toi, maintenant, et il ne va pas mettre votre relation en péril.

Je sentis les larmes me monter aux yeux. Je connaissais l'histoire de Blaire. Elle avait débarqué toute seule, perdue mais déterminée. Que Grant l'ait aidée me touchait profondément. Je serrai la rambarde de toutes mes forces. Je refusai de pleurer.

— Je suis amoureuse de lui, concédai-je d'un murmure à peine perceptible.

J'espérai aussitôt qu'il avait échappé à Blaire.

— Je sais. C'est flagrant dès que tu es avec lui. Lui aussi est amoureux de toi. Je ne l'ai jamais vu regarder quelqu'un d'autre comme ça.

Je pensai à Rush, à sa manière de protéger Blaire, à la lueur possessive dans son regard. Il ne la quittait jamais des yeux. Je ne connaissais pas cet amour inconditionnel. Blaire vivait quelque chose d'exceptionnel, et moi qui avais lu trop d'histoires d'amour, je voulais la même chose. C'est en voyant Rush avec Blaire que j'avais compris que c'était possible.

Cet amour-là n'était pas une pure chimère. Il existait véritablement.

— Je veux que mon fantasme devienne réalité. Je veux que Grant m'aime tel que Rush t'aime.

Blaire se pencha vers moi et me donna un coup d'épaule.

— Il en prend le chemin si ce n'est déjà fait. Il t'a dans la peau.

— Il ne m'a pas dit qu'il m'aimait.

— Ça viendra. Lorsqu'il trouvera le courage de le faire.

J'aurais tellement voulu la croire.

— Toute ma vie, j'ai vu mon père prendre et jeter des femmes comme des objets. J'avais peur que l'amour n'existe pas ou que, s'il existait, je ne sois pas programmée génétiquement pour aimer comme toi tu peux aimer Rush. Je n'avais jamais été amoureuse. J'étais tellement réservée. J'avais peur de ne pas pouvoir aimer parce que mon père en était incapable. Et puis… quand je l'ai vu avec… (Je me tus. Je ne savais pas comment en parler à Blaire. Je n'étais pas sûre de vouloir partager ce que j'avais vu.) Il aime ma mère. Alors qu'elle ne peut ni parler ni bouger, il reste auprès d'elle. Il lui brosse les cheveux.

Cette image continuait à me déconcerter. Jamais je n'aurais pu l'imaginer.

— Tu dois tenir de ta mère. Elle a su inspirer un amour aussi fort à un homme adulé qui pouvait avoir toutes les femmes qu'il voulait. C'est un vrai don, tu dois l'apprivoiser et accepter que tu mérites cet amour. Grant a besoin de temps. Il commence tout juste à y voir plus clair, mais je pense qu'il en vaut la peine.

Je hochai la tête. Elle avait raison. Je devais arrêter à tout prix de me méfier de lui, comme je l'avais fait par deux fois en une soirée. Encore un trait de ma personnalité que je détestais : je manquais tellement de confiance en moi. Il était temps de surmonter ça. Je ne savais pas si mon histoire avec Grant allait durer, mais je désirais qu'il partage ma vie et, si ça devait se terminer, je voulais pouvoir me dire que je ne m'étais pas défilée.

Le moment était venu de lui dévoiler mon secret. Il le méritait.

Trois heures plus tard, j'étais en boule sur le canapé des Finlay lorsque la sonnerie de mon téléphone retentit. Blaire était montée quelques instants plus tôt quand Nate s'était mis à pleurer. Comme il avait l'habitude que son père le mette au lit, il demandait une attention toute particulière.

— Allô, répondis-je à l'attention de Grant à l'autre bout du fil.

— Salut. Tu es toujours chez Rush ?

— Oui.

— Bien. Il faut que Nan aille se coucher. Le docteur dit qu'il faut la réveiller toutes les heures. Elle a eu une commotion importante. Je passe te chercher dès qu'elle est allongée.

Je n'allais pas m'éterniser sur le fait qu'il la mettait au lit. J'étais suffisamment solide.

— O.K.

— Harlow ?

L'inquiétude dans sa voix était perceptible.

— Oui ?

— Je suis désolé pour tout ça. Sache que cela ne change rien. C'est la petite sœur de Rush, d'accord ?

— Je sais.

Grant poussa un soupir frustré.

— J'arrive dans pas longtemps, promis.

— Tout va bien. Prends ton temps, le rassurai-je avant de raccrocher.

La porte d'entrée s'ouvrit et Rush apparut. Il s'arrêta à l'entrée du salon, fit marche arrière et me dévisagea.

— Tu es encore là ?

— Oui. Grant vient d'appeler.

— J'avais besoin de son aide. C'est la seule raison pour laquelle il a fait ce qu'il a fait.

— Je sais, acquiesçai-je quand bien même je ne saisissais pas tout.

— Il voulait être avec toi.

— Tout va bien, Rush, je ne suis pas fâchée.

Il eut l'air soulagé.

— Nate dort ?

— Il pleurait. Blaire est montée le bercer.

— C'est moi qu'il veut. C'est notre moment à tous les deux. Tu remercieras Grant pour moi.

— D'accord.

Grant

J'engageais la voiture dans l'allée lorsque Harlow sortit de la maison. Elle portait encore sa robe de soirée, mais ses talons hauts pendaient à ses doigts. J'avais eu bien des projets, et pour la robe et pour les talons. Bien malgré elle, Nan avait gâché la soirée.

Je sortis d'un bond du 4×4 pour lui ouvrir la portière.

Une fois à ma hauteur, elle me sourit avec douceur. Ses grands yeux fatigués me donnèrent envie de l'attirer tout contre moi.

— Salut, fis-je en enroulant ses mains autour de mon cou.

— Salut, répondit-elle en serrant son étreinte.

— Tu m'as manqué.

Je posai mes lèvres sur les siennes. Elle les ouvrit généreusement et je plongeai dans notre baiser en me rappelant qu'elle était à moi et qu'elle me faisait confiance.

— Toi aussi, tu m'as manqué, murmura-t-elle entre mes lèvres.

— Tu ne m'en veux pas ?

— Non, fit-elle simplement.

— Il est temps que je te mette au lit. Sauf que je te veux toute nue sur moi. (Je la soulevai pour l'installer dans la voiture.) Et je veux que tu portes tes talons.

— Pour dormir ? s'interrogea-t-elle, le nez froncé.

— Non. Je veux que tu les portes quand je plonge au plus profond de toi.

Ses joues virèrent au cramoisi. Elle hocha la tête.

Je la reconnaissais bien là : ni offensée ni fâchée. Je ne m'étais jamais senti à ce point soulagé.

Je tapotai le siège à côté de moi. Harlow vint se lover contre moi. Maintenant qu'elle était là, tout rentrait dans l'ordre. Je déposai un baiser sur son front.

— Merci.

— Pour quoi ? s'enquit-elle.

— D'être aussi parfaite avec moi.

Harlow posa la tête sur mon épaule. Son haleine chaude caressait ma peau. Il devenait urgentissime de la monter dans sa chambre.

— Je ne vais pas te mentir. Ça m'a contrariée. Je n'ai pas apprécié que tu partes à la rescousse de Nan. C'était égoïste de ma part et j'ai détesté découvrir toute cette laideur en moi. Plus jamais je ne réagirai de cette manière. Je ne veux pas me comporter ainsi.

Elle était tellement honnête. Et elle avait tort. Il n'y avait pas une once de laideur en elle. Je glissai une main sur sa cuisse nue.

— Harlow, jamais tu ne seras égoïste ou laide. Tu as réagi comme ça parce que tu t'es sentie possessive envers moi. Ça fait de moi l'homme le plus chanceux de tout l'univers. C'est normal que la situation t'ait contrariée. Même moi, je l'étais, merde ! Je me sentais écartelé. Je ne voulais pas y aller, mais Rush avait besoin de moi.

— Et ça m'a déplu. J'ai donc bien été égoïste.

Je ris et glissai ma main vers le haut de sa cuisse.

— Tu sais quoi ? Tu peux être aussi égoïste que tu veux avec moi. Ça me fait carrément bander.

Harlow écarta les jambes.

— Pourquoi ? souffla-t-elle tandis que ma main effleurait l'humidité de sa culotte.

— Parce que je veux t'appartenir. Que tu te préoccupes de savoir où je suis. Si tu étais venue avec moi, j'aurais volontiers accepté ta compagnie. Je ne peux rien te refuser.

Elle se frotta contre ma main en poussant un gémissement doux.

— Alors baise-moi tout de suite dans cette voiture. J'ai besoin de toi, ordonna-t-elle en rejetant la tête en arrière tandis que je glissai une main dans sa culotte.

— On dirait bien que je vais réaliser mon fantasme avec cette robe. (Je me penchai pour attraper ses talons hauts.) Mais d'abord, enfile ça.

Harlow s'exécuta en riant avant de se glisser sur mes genoux.

Le réveil retentit pour la première fois une heure après que nous nous étions endormis. Je l'éteignis prestement et m'apprêtai à me lever pour aller réveiller Nan lorsque la main de Harlow se referma sur moi.

— Non. J'y vais, affirma-t-elle.

— Reste au lit. Tu ne vas pas gérer ça, plaidai-je.

Ce n'était pas à elle de s'occuper de Nan.

Harlow écarta ses longs cheveux de son visage en fronçant les sourcils.

— À t'entendre, ma possessivité te convient parfaitement. Eh bien je n'aime pas l'idée que tu ailles dans la chambre de Nan pour la réveiller en pleine nuit dans son lit. Tu restes ici dans le mien et tu me laisses m'occuper d'elle.

Je me rallongeai, le sourire aux lèvres.

— O.K., très bien, je capitule.

Elle avait raison. Jamais de la vie je ne la laisserais entrer dans la chambre d'un autre gars en pleine nuit.

Elle hocha la tête et enfila ma chemise de smoking sans la boutonner. Elle serra les pans contre elle et regagna la porte.

Cette jolie petite bombe faisait le nécessaire pour bien faire comprendre à Nan dans quel lit je passais la nuit. Je souris de toutes mes dents. J'aimais son tempérament combattif. Avec une sœur comme la sienne, elle en avait besoin. Je détestais l'idée que Nan la fasse souffrir.

Dire que j'avais failli passer à côté de ça par peur de l'aimer et de la perdre. La peur de la mort s'était profondément enracinée en moi. Je ne remercierais jamais assez Rush et Blaire de m'avoir prouvé qu'aimer quelqu'un comme Harlow en valait absolument la peine. Il ne me restait plus qu'à trouver les mots pour dévoiler mes sentiments à Harlow. Je ne voulais pas la faire fuir. Et vu sa manière de me regarder ces derniers temps, j'aimais à penser qu'elle ressentait la même chose.

La porte de la chambre se rouvrit et Harlow entra en levant les yeux au ciel.

— Elle va bien. Vacharde comme d'habitude. Elle veut que ce soit toi qui la réveilles la prochaine fois.

Elle retira ma chemise et se blottit de nouveau contre moi.

— Tu lui as répondu quoi ?

— Je lui ai dit de me lâcher les baskets et que je gardais ton joli petit cul bien au chaud dans mon lit, répondit-elle en glissant une jambe par-dessus la mienne.

Je la serrai contre moi et m'endormis le sourire aux lèvres.

Harlow

Rush mit la main sur August. Même si Woods ne l'avait pas licencié, il n'aurait jamais été en état de reprendre le travail. Rush lui avait brisé le bras qui avait frappé Nan avant de lui intimer l'ordre de ne jamais remettre les pieds à Rosemary. Soit Rush avait ses entrées aux services de police, soit August, pris de peur, n'avait rien dit. Je ne savais pas exactement ce qui s'était passé. Je n'aimais pas discuter de Nan avec Grant.

D'ailleurs, elle avait quitté la ville, ce qui à en croire tout le monde était normal venant d'elle. Elle reviendrait une fois remise de l'épisode avec August. J'étais contente d'avoir Grant pour moi toute seule. Et lui-même avait l'air plus soulagé que moi encore.

Entre Grant et moi, il ne restait désormais qu'un seul obstacle : mon secret. Je l'avais toujours gardé pour moi, sans quoi les gens me traitaient différemment. C'est ce secret qui m'empêchait de dire à Grant que je l'aimais.

Lui non plus ne me l'avait pas dit. N'était-ce pas malhonnête de l'aimer si je ne pouvais pas lui donner ce qu'il méritait ? J'avais vécu avec mon secret pendant si longtemps sans même y penser ; ma grand-mère m'interdisait de l'utiliser comme une excuse ou une béquille. Mais maintenant… Je ne pouvais plus faire l'impasse. Dévoiler la vérité à Grant s'annonçait difficile. Il pouvait se montrer compréhensif tout comme il pouvait se sentir floué.

Si seulement j'avais plus de temps. Je ne voulais pas gâcher le tableau. Son cœur était intact, même si le mien ne l'était pas. Je jetai un œil à Grant, en conversation téléphonique avec un chantier que nous nous apprêtions à visiter, à trois heures de route. Grant avait voulu que je l'accompagne et je ne voulais pas le quitter. Nous avions peu parlé en chemin. Grant, au volant, avait passé plusieurs coups de fil et pris quelques notes. Je l'avais même entendu se disputer avec son père. J'aimais bien le découvrir sous ce nouveau jour. Il ne ressemblait pas aux autres jeunes gens mondains de Rosemary : lui avait un boulot, un vrai, pour une entreprise qui embauchait des cols bleus. Ça me plaisait.

Grant laissa tomber son téléphone sur son calepin et leva les yeux sur moi :

— Si j'avais su qu'ils allaient me tenir la jambe au téléphone toute la journée, je ne t'aurais pas entraînée dans cette galère.

— Je suis contente d'être avec toi, répliquai-je.

Il me sourit et entremêla ses doigts aux miens.

— J'aime t'avoir avec moi. Ça change tout.

Il aimait m'avoir avec lui. Il ne m'aimait pas moi, mais il aimait que je sois là. C'était nouveau. Je ne pus m'empêcher de sourire bêtement.

— Je meurs de faim. On déjeune ? proposa-t-il en prenant la sortie d'autoroute.

— Oui, je commence à avoir un creux.

La sonnerie de mon téléphone m'interrompit. Seules deux personnes étaient susceptibles de m'appeler : mon père ou Mase.

Le nom de mon père s'affichait à l'écran. Il m'appelait rarement quand il était en tournée. Je décrochai aussitôt.

— Papa ?

— Salut. Je rentre à la maison. Il y a un problème avec Emmy. Il faut que je sois sur place, et je veux que tu te prépares. Ils vont te trouver et tout va éclater au grand jour.

Me trouver ?

— Je ne comprends pas. De quoi tu parles ? Qui va me trouver ?

— Une espèce de salope a laissé fuiter l'info sur ta mère. Une nouvelle permanente du Manoir. Quand elle m'a vu, elle a fouiné. Quand tu es passée, elle a découvert que tu étais ma fille. Ce soir, les paparazzis me sont tombés dessus en plein Paris. Je rentre à la maison. Je ne veux pas qu'ils approchent ta mère. La balance s'est fait virer et escorter hors des lieux, mais les journalistes sont déjà sur place. Le personnel est en panique. Et la presse ne va pas te rater.

J'avais toujours été épargnée des paparazzis parce que j'étais ennuyeuse. Mais la révélation de l'existence de ma mère s'apprêtait à tout changer.

— Qu'est-ce que je peux faire pour aider, papa ? m'enquis-je, soudain inquiète pour lui.

— Rien. Rien du tout, ma chérie. Que dalle. Je retourne auprès de ta mère. Elle a besoin de moi. Je suis désolé, tu vas devoir te débrouiller toute seule. Tu es prévenue : ils vont te trouver. Tout va éclater au grand jour. Tout. Tu comprends ce que ça veut dire ?

Ça voulait dire mon histoire, mes secrets, ma vie privée.

— Oui, je comprends.

— Je suis désolé, mon bébé.

L'émotion dans sa voix était sincère. Il aurait voulu m'épargner tout ça. J'allais devoir y faire face toute seule.

— Tout ce que je peux te proposer, c'est de prendre une chambre au Manoir. Tu seras à l'abri, mais ils retrouveront ta trace. Trop de personnes ont des infos. Ça finira par se savoir. Tu peux te cacher un temps, et pour ça je peux t'aider. Mais tu vas devoir affronter ça. Tu es une grande fille, maintenant.

Il avait raison. Il était temps que je me frotte à la vraie vie, celle que j'avais soigneusement évitée.

— Appelle-moi quand tu arrives pour me dire comment elle va, répliquai-je.

— D'accord. L'histoire de Nan va sortir, aussi. Sois prête.

— O.K.

Il raccrocha. Je regardai fixement mon téléphone.

— Qu'est-ce qui ne va pas ? s'enquit Grant.

— Ils savent. La presse est au courant.

— Merde. (Grant se laissa glisser vers moi sur la banquette. Jusqu'ici, je ne m'étais même pas aperçue que nous étions à l'arrêt.) Tu veux dire pour ta mère ?

— Oui. Ma mère, Nan… moi. Ils savent tout. Ils vont se mettre à ma recherche. Ça ne va pas être bien difficile. Ils savent où habite Rush. Il se retrouve régulièrement cité quand la presse à scandale déballe des histoires de famille sur Slacker Demon.

Grant m'attira contre sa poitrine. Il fallait tout lui dire, maintenant, mais je n'arrivais pas à articuler une parole.

— Je ne laisserai pas ces connards t'approcher, je te le jure, grommela-t-il en me serrant plus fort.

Il ignorait ce dont ils étaient capables. C'était un scoop en or dans le monde de la musique : le chanteur du groupe de rock le plus légendaire de la planète était marié à une femme qu'il avait cachée de tous, même de sa fille, pendant des années.

Et puis il y avait moi : la fille miracle qui avait survécu malgré tous les pronostics, dont l'espérance de vie était courte, et qui mourrait si elle portait un enfant. La fille inachevée dont le cœur n'avait jamais fonctionné correctement. Ça, les médicaments, les précautions, tout allait se savoir. On ferait de moi la fille malade, pas normale, qu'on considérerait différemment. Je ne voulais pas que cela se reproduise.

J'avais déjà connu cette existence et je ne voulais pas la retraverser. Ce n'est pas pour rien que je gardais mes secrets soigneusement enfouis. Et voilà qu'ils échappaient à mon contrôle pour éclater au grand jour.

— Chuuut, tout va bien, ma douce. Je te jure que je te protégerai, murmura Grant tandis que des larmes silencieuses striaient mon visage.

Ma vie allait être totalement bouleversée.

Grant

Nom d'un chien. Je ne pouvais pas remédier à cette situation, ça me rendait fou. Les épaules de Harlow tremblaient et ses larmes inondaient ma chemise. Elle était à deux doigts de voir sa vie étalée dans les médias. Et je n'y pouvais absolument rien.

Rush n'avait jamais eu à affronter ça parce que le monde entier connaissait son existence. Il figurait périodiquement dans les journaux mais la banalité de son quotidien n'offrait pas la dose de drames dont raffolait la presse *people*.

Avec tout ça, ils auraient de quoi faire et Harlow allait vivre un enfer. J'allais la cacher. On pouvait sauter dans un avion et quitter le pays.

— On n'a qu'à partir, prendre un avion, on vivra cachés. On pourrait s'installer sur une île isolée quelque part.

Elle secoua la tête.

— Ça ne changera rien. Ils finiront par me retrouver et tant que je n'aurai pas affronté la situation ils ne me lâcheront pas. (Elle hoqueta.) Il faut que je m'en occupe et que je m'assure que mon père va bien. Ça va lui porter un coup dur.

La voilà qui s'inquiétait pour les autres, comme à son habitude. J'adorais cette qualité chez Harlow, mais, à cet instant, je voulais qu'elle pense à elle seule. Kiro avait l'habitude des paparazzis. Il avait l'habitude de la presse et des rumeurs le concernant. Il avait réussi à garder Harlow à l'écart des projecteurs, mais on allait la jeter dans la fosse aux lions.

Son existence était connue, mais comme on en savait peu sur elle, la presse avait fini par l'ignorer. Elle était sans grand intérêt et les frasques de Kiro étaient bien plus divertissantes.

— Dis-moi ce que je dois faire. Dis-moi ce qu'il te faut, implorai-je alors que mon cœur se serrait à chaque nouveau sanglot.

— Je dois rentrer à Rosemary et faire ma valise.

— Mais pourquoi ? m'exclamai-je, sentant monter un vent de panique.

— Je dois partir. Nan attirera moins les médias si je ne suis pas dans les parages. Je vais aller me cacher à L. A. J'ai l'habitude.

— Je ne peux pas bosser à L. A, mais je vais appeler mon père pour lui dire de se démerder.

— Non, tu n'es pas obligé de venir. Il faut que tu restes à l'écart de tout ça.

J'empoignai délicatement ses épaules et la repoussai lentement pour la fixer droit dans les yeux. Elle me dévisagea de ses grands yeux pleins de larmes.

— Je ne te laisserai pas me quitter. Jamais. Tu ne comprends donc pas ?

Elle me regardait en silence, son visage traversé d'émotions contradictoires. Elle doutait de moi… de nous. Je croyais pourtant qu'on était passés à autre chose.

Harlow, je ne te laisserai pas me quitter.

Elle s'essuya les joues.

— Si, fit-elle d'une voix vaincue.

— Ma douce, tous les paparazzis du monde ne m'empêcheront pas d'être avec toi. Tant que je serai avec toi, je pourrai gérer ce merdier.

Harlow détourna le regard et secoua la tête.

— Tu dis ça maintenant. Mais si tu savais. Ça n'en vaut pas la peine.

Elle valait toutes les embûches que la vie pourrait balancer sur mon chemin.

— Je te raccompagne, mais je ne te quitte pas d'une semelle. Je ne te laisserai pas gérer ça toute seule, et je n'irai nulle part, tu m'entends ?

Elle esquissa un sourire triste.

— Je sais que tu es sincère, mais ça sera trop pour toi. Tu t'en rendras compte rapidement. Ce n'est pas ce que tu crois. Les révélations vont pleuvoir et tu ne pourras pas y faire face. Et je comprendrai.

Elle ne faisait confiance à personne. J'étais en train de perdre le combat. J'allais gagner son cœur, bon sang ; le mien lui appartenait et j'allais faire absolument tout le nécessaire pour lui en donner la preuve. Il ne suffisait pas de le dire, les mots n'étaient pas assez puissants, il fallait le lui montrer. C'est exactement ce que j'allais faire.

Je gardai Harlow pelotonnée contre moi. Nous avions éteint la radio ; à tous les coups, c'était déjà sur toutes les stations et je voulais lui épargner ça. Les choses s'annonçaient difficiles et je n'étais pas à l'abri de casser la gueule à quelqu'un avant que tout ça ne rentre dans l'ordre, mais j'allais lui prouver que j'étais sérieux, qu'elle était tout pour moi.

Les rues de Rosemary étaient bordées de voitures et de fourgonnettes de chaînes de télé. Je fis demi-tour en direction de mon appartement.

— Qu'est-ce que tu fais ? demanda-t-elle en se redressant pour observer les paparazzis qui encerclaient et photographiaient déjà la maison et la voiture de Nan.

— Je t'emmène chez moi.

— Je ne peux pas me défiler, ça ne fera qu'empirer les choses. Je veux qu'ils partent et que la vie à Rosemary reprenne son cours.

— Harlow, si je te laisse sortir de la voiture et qu'ils se jettent sur toi, je finirai en taule. Tu comprends ?

Elle se tourna vers moi, les sourcils froncés.

— Pourquoi ?

— Parce que ça me fera péter un plomb, voilà pourquoi.

— Oh, fit-elle.

Et, sur ce, elle me laissa rejoindre mon appartement sans un mot.

En arrivant, j'eus envie de pousser un soupir de soulagement. Je craignais qu'ils n'attendent déjà en bas de chez moi, après avoir découvert qui j'étais.

Je terminais de me garer lorsque mon téléphone se mit à sonner. C'était Rush.

— Salut, lançai-je en ouvrant la portière.

J'avais hâte de mettre Harlow à l'abri.

— Où est Harlow ?

— Avec moi.

— Où ça ?

— On vient d'arriver chez moi.

— Fais-la monter et ne sortez sous aucun prétexte, aboya Rush.

— C'est déjà fait, ripostai-je, agacé qu'il se mette en tête de protéger ce qui était à moi.

— Elle est au courant ?

— Oui. Kiro l'a prévenue par téléphone.

— Elle savait pour sa mère ?

— Oui. Elle l'a découvert quand on est partis chercher son père à Vegas. J'y étais.

— On parle déjà de Harlow partout. N'allume pas la télé, poursuivit Rush.

— Je n'avais pas l'intention de le faire. Je m'occupe d'elle. Inutile de me dire comment protéger ma femme, bordel.

Rush resta un instant silencieux.

— D'accord. Très bien. Mais si… (Il s'interrompit.) Laisse tomber. Appelle si tu as besoin de moi, conclut-il avant de raccrocher.

J'attrapai Harlow par la main. Nous regagnâmes la porte en courant. Il n'y avait personne alentour et j'avais la ferme intention que les choses restent ainsi.

Une fois Harlow à l'abri chez moi, je fermai la porte à double tour.

— Ça va ? m'enquis-je.

Elle me fixa en silence et hocha la tête. Je me demandais à quoi elle pensait. Elle avait l'air de lutter contre quelque chose.

J'eus à peine le temps de faire un pas dans sa direction ; à ma grande surprise, elle se jeta dans mes bras. Je la serrai de toutes mes forces. Pour la première fois de sa vie, quelqu'un la faisait passer avant tout le reste. L'apaisement qui émanait de tout son corps lové contre le mien en disait long. Harlow avait toujours été surprotégée, non pas pour son bien, mais pour le bien de sa famille et d'une femme dont elle ignorait même qu'elle était en vie.

— À partir de maintenant, je suis là, affirmai-je

Je sentis sa tête bouger contre ma poitrine en signe d'acquiescement.

Harlow

Il leur fallut à peine trois heures pour nous trouver. Grant baissa les stores et les rideaux des fenêtres et portes-fenêtres donnant sur le balcon. Il y avait même des voitures de police et je savais que Rush usait de tout son pouvoir pour faire fuir ces vautours, en vain.

À cause de moi, Grant était enfermé chez lui comme un animal. Je détestais cette situation. Je le regardais jeter un œil au-dehors et me haïssais : c'est moi qui lui avais infligé ça. J'avais accepté qu'il reste avec moi, par pur égoïsme. J'aurais dû m'enfuir. J'aurais dû l'obliger à me quitter. J'aurais dû lui dire que sa peur d'aimer et de perdre quelqu'un devenait réalité avec moi. Je ne savais pas combien de temps j'allais vivre. Il ne pourrait jamais me faire un enfant. À sa manière de regarder Rush avec Nate, je savais qu'il voulait la même chose.

Mais il ne pourrait jamais l'avoir avec moi.

J'étais déficiente.

Et voilà que je gâchais sa vie.

Grant surprit mon regard et fronça les sourcils. En quelques enjambées il était à côté de moi.

— Je n'aime pas voir cette expression. Ne fais pas gaffe à tout ce merdier dehors.

— C'est impossible. Tu es enfermé chez toi à cause de moi.

Grant haussa les sourcils.

— Tu crois que ça me gêne ? Ça me poserait un problème uniquement si tu n'étais pas avec moi. Mais tu es là. Du coup la configuration me plaît beaucoup.

Son petit air taquin me fit sourire. Grant me donnait toujours le sourire.

— Tu vas avoir envie de sortir bientôt, soulignai-je.

Loin de me contredire, Grant pointa son index sur moi avant de le replier.

— Lève-toi, ordonna-t-il.

Je m'exécutai.

Il caressa ma joue du dos de la main.

— C'est bien, roucoula-t-il. Maintenant, enlève tes vêtements, reprit-il d'un ton sévère.

Son attitude aurait dû me mettre en colère, mais sa voix sexy happait mon attention d'une tout autre manière.

— Quoi ? fis-je, le souffle court.

— Enlève tes vêtements, je te dis. Tu m'as parfaitement entendu, articula-t-il lentement.

J'allai riposter, mais l'intensité de son regard me fit changer d'avis. Je défis la fermeture Éclair de ma jupe qui tomba à mes pieds. J'empoignai le bas de mon T-shirt à deux mains et le glissai lentement par-dessus ma tête. S'il voulait jouer à ça, il allait être servi. Je laissai retomber mon haut par terre et sentis son regard brûlant se poser sur ma peau. Je dégrafai mon soutien-gorge, le fis basculer en avant et le laissai pendre un instant à ma main avant de le lâcher à ses pieds.

— Ta culotte, commanda-t-il d'une voix rauque.

Je me trémoussai consciencieusement pour la retirer, puis me redressai, laissant son regard ardent caresser mon corps et titiller ses zones les plus sensibles.

— Aucun homme ne pourrait se plaindre d'être enfermé avec toi, observa-t-il à mi-voix en prenant mes seins tendus de désir entre ses mains. Tes tétons sont tellement sensibles, ce n'est même pas la peine de les toucher. Il suffit que je les regarde pour qu'ils deviennent tout durs, murmura-t-il.

J'aurais pu préciser que n'importe quelle paire de tétons durcirait tout aussi vite sous l'effet de son regard, mais je n'avais pas envie de penser à ça. Je voulais penser à nous, personne d'autre, juste lui et moi.

— L'épilation devrait être interdite par la loi. C'est déloyal. Une chatte aussi parfaite ne devrait pas être mise en valeur comme ça. C'est impossible d'y résister. (Il glissa une main sur mon sexe nu. Je poussai un gémissement. Je ne savais pas trop à quel jeu on jouait, mais ça me plaisait.) Et tu es toujours trempée. Tu mouilles si facilement. Comment ça se fait ? Qu'est-ce que je fais pour te mettre dans cet état ? s'enquit-il en glissant un doigt sur ma fente brûlante.

— Il ne faut pas grand-chose. Un de tes regards suffit.

Grant esquissa un sourire satisfait et combla l'écart entre nous.

— Rien qu'un regard, vraiment ? Ça va être difficile de ne pas finir la main dans ta culotte. Déjà que je pense à t'embrasser et à te goûter toute la journée. Si en plus je sais que ta chatte est trempée, tu vas finir par te faire sauter dans des lieux bien périlleux, susurra-t-il en m'embrassant dans le cou.

Je frissonnai et m'agrippai à ses bras pour ne pas perdre l'équilibre. Sa main continuait à exercer sa magie. Entre ses mots coquins et ses doigts, j'étais au bord de l'orgasme.

— Tu étais faite pour moi, affirma-t-il.

Je me figeai. Que voulait-il dire par là ? Son discours frôlait dangereusement un autre registre. Il ne pouvait pas m'aimer. Une fois qu'il saurait tout, il comprendrait pourquoi.

J'avais envie de tout oublier. Je ne voulais pas qu'il en dise plus. Je soulevai la jambe gauche et l'enroulai autour de sa taille, m'ouvrant à lui. Ses doigts s'enfoncèrent en moi et il poussa un grognement.

— Tu es tellement souple, bon sang, s'extasia-t-il en m'embrassant partout sur l'oreille, la joue, le cou. Tourne-toi et agrippe l'arrière du canapé. Relève ce joli petit cul pour moi, ordonna-t-il.

J'obtempérai sans poser de question. J'en avais envie. Il posa les mains sur mes fesses avant de m'administrer une claque légère. Je poussai un petit cri ; il me donna une claque plus forte.

— J'adore voir la marque de ma main se dessiner sur ta peau, dit-il en caressant la zone qu'il venait de fesser.

Je me tortillai, avide de ressentir l'orgasme que je savais si proche.

— Ma chérie se trémousse, ça lui plaît, commenta Grant avant de me fesser au point de me faire crier. Oh, putain, c'est beau, grogna-t-il en caressant ma peau brûlante du bout des lèvres.

Il lécha la peau tendre de sa langue avide. Savoir sa bouche si proche d'autres zones me rendait vorace.

— Qu'est-ce que tu veux, ma douce ? Tu veux que je te fesse ailleurs ?

Je ne savais pas quoi répondre. Je voulais l'orgasme qu'il faisait monter en moi. Je sentais qu'il allait être différent des autres.

Une grande claque sonore s'abattit sur mon clitoris et je poussai un hurlement tandis que la jouissance déferlait sur moi et que je m'effondrais sur le canapé, mon corps assailli de tremblements.

Grant agrippa mes hanches et me releva pour me péné trer d'une poussée fluide.

— Cette vilaine fille aime la fessée, haleta Grant en me possédant de ses coups de rein réguliers.

Pas un instant je n'aurais pensé aimer ça, mais Grant m'avait fessée superbement et mon corps vibrait encore de son orgasme lorsque j'en sentis un second s'ancrer dans les soubresauts du précédent. Je n'étais pas sûre de pouvoir enchaîner. Pas comme ça. Il faudrait qu'il agrippe bien plus que mes hanches.

— Savoir que personne d'autre n'a touché cette chatte et qu'elle est entièrement à moi me rend complètement dingue, grogna-t-il d'un ton satisfait.

Je me mis à bouger en rythme avec lui. J'avais besoin de ce qu'il était sur le point de me donner.

Grant glissa une main jusqu'à mon clitoris qu'il entreprit de caresser d'un mouvement circulaire tout en me louant, moi, mon corps.

— Jouis pour moi, bébé, scanda-t-il en me faisant de nouveau décoller.

Il se retira et je commençai à le supplier de continuer lorsqu'il jouit en poussant un râle.

Une fois encore nous n'avions pas utilisé de préservatif, mais il s'était retiré. Preuve en était la chaleur dans le creux de mes reins. On ne pouvait pas continuer comme ça. Je ne pouvais pas tomber enceinte. Ce n'était pas une option. Jamais.

— Ne bouge pas. Je vais te nettoyer, intima Grant en me laissant seule.

J'avais les jambes en coton et l'envie irrépressible de me laisser tomber sur les coussins, mais Grant n'apprécierait pas que j'étale son sperme sur tout le canapé.

Il revint quelques secondes plus tard avec un gant tiède et m'essuya délicatement le dos. Je souris, sachant qu'il avait regardé sa semence gicler sur moi. Le grondement qui avait accompagné sa jouissance avait été plus sonore que d'habitude. Je savais qu'il adorait ce spectacle.

— Je t'ai encore marquée, observa-t-il avec un sourire amusé tandis que je me laissais tomber dans le canapé.

— En effet.

Grant caressa mon corps du regard. Puis il ramassa sa chemise et me la lança.

— Je ne peux pas t'avoir comme ça sous les yeux, sinon je remets le couvert dans cinq minutes.

J'adorais savoir qu'il me désirait à ce point. J'enfilai sa chemise et repliai les jambes sous moi.

— Si tu essayais de me changer les idées, tu as parfaitement réussi, remarquai-je.

— Tant mieux. Ravi de t'avoir divertie, ma chérie. Mais n'oublie jamais que j'aime avant tout être en toi.

L'idée me plaisait. Ça me donnait le sentiment que nous avions chacun le même besoin de l'autre.

— Je proposerais volontiers de prendre une douche, mais j'adore que tu sentes le sexe… et mon odeur : j'ai l'impression d'être un homme des cavernes. Si je me mets à tambouriner sur ma poitrine, fais pas gaffe à moi, fit-il en me gratifiant d'un clin d'œil. (Il enfila son jean sans le boutonner, laissant son ventre musclé à l'air et s'assit à côté de moi.) Rappelle-moi d'envoyer une carte à ces connards pour les remercier de m'avoir donné l'occasion de te garder rien que pour moi.

J'éclatai de rire et me laissai aller contre lui. Je me sentais bien. Tout chez Grant me mettait à l'aise. Peut être Dieu l'avait-Il fait pour moi. Il y avait forcément quelqu'un qui voulait de moi, même si j'étais endommagée. Dieu ne voulait tout de même pas que je passe ma vie toute seule.

Grant

Harlow, pelotonnée dans mes bras, caressait mes cheveux. J'avais envisagé de passer chez le coiffeur, mais les mains de Harlow dansant dans mes boucles me firent instantanément changer d'avis. De toute évidence, elle les aimait ainsi.

Je ne savais pas trop pourquoi j'avais été un peu rude avec elle. J'en avais eu envie. Elle semblait tellement fragile et je la traitais tout le temps comme quelque chose de précieux, que je chérissais. Et elle le méritait. Mais j'avais voulu voir jusqu'où elle était prête à aller. Je m'étais attendu qu'elle se dérobe et j'aurais arrêté aussitôt. Mais elle n'avait reculé devant rien. Elle s'était trémoussée, gourmande, son joli petit cul relevé en l'air. Merde alors, elle était tellement sexy.

Je n'avais pas regardé au-dehors depuis un petit moment. Rush avait appelé pour me demander si les paparazzis étaient arrivés. Chez lui aussi, ils campaient devant la maison. Je savais bien que je ne pouvais pas indéfiniment utiliser le sexe pour distraire Harlow. Tôt ou tard, j'allais devoir sortir et affronter ces sales fouineurs.

— Il est temps que je sorte leur parler, affirma Harlow en enroulant une boucle de cheveux autour de ses doigts.

— Non, répliquai-je en fermant les yeux pour ne pas croiser son regard implorant.

— Ils ne partiront pas tant qu'ils ne m'auront pas parlé, insista Harlow.

— Tant mieux, parce que si tu n'arrêtes pas de jouer avec mes cheveux, je te retourne et c'est parti pour le deuxième round.

Harlow tira sur ma mèche.

— Grant. Tu ne peux pas utiliser le sexe pour me garder sous contrôle, protesta-t-elle.

— Oh que si, bébé, fis-je avec un petit sourire en coin.

Son petit gloussement me fit sourire pour de bon. Je l'observai à travers mes paupières mi-closes. Elle regardait la porte en se mordillant la lèvre. Quelque chose la tracassait. J'aurais aimé pouvoir lire dans ses pensées. Je détestais rester dans le flou. J'avais toujours peur qu'elle ne projette de me quitter.

— Mon père me certifie qu'ils ne partiront pas tant qu'ils n'auront pas leur article. Il suffit que je réponde à leurs questions. Peut-être qu'ils le laisseront tranquille après ça. Emily l'accapare totalement.

Elle appelait toujours sa mère par son prénom. J'avais du mal à comprendre, mais c'était peut-être comme d'apprendre qu'on a été adopté et qu'on n'a pas été élevé par sa mère biologique. Emily ne faisait pas partie de la vie de Harlow. Apprendre soudain qu'elle était vivante ne faisait pas d'Emily sa mère.

Et puis merde, après tout, je connaissais ma mère et je ne lui servais pas du « maman ».

— C'est son problème, pas le tien, ripostai-je.

— Mon père risque de déraper s'il sent qu'elle est menacée.

Son père s'appelait Kiro Manning. Il se faisait un devoir de faire des conneries. Elle ne regardait donc jamais les infos ?

— Ce n'est pas ton problème, répétai-je.

— Si, c'est mon problème. Il a passé sa vie à nous protéger, elle et moi.

Je ne voyais pas les choses de la même façon. J'avais le sentiment que Kiro avait protégé Emily parce qu'il ne voulait pas que le monde entier sache qu'il avait une faiblesse. À mon sens, il ne protégeait pas Harlow. Pour la bonne raison qu'il n'avait pas le temps de s'occuper d'une gamine. Sa grand-mère avait été la solution idéale ; il lui avait fourgué sa fille. Évidemment, c'était tant mieux pour Harlow, qui s'en était bien sortie, parce qu'elle avait la chance d'avoir une grand-mère exceptionnelle, pas parce que Kiro avait fait quoi que ce soit. Ce mec était un sale con égoïste. Toute sa vie, il avait ignoré Nan. Quant à Mase, il se foutait de son père comme de l'an 40. Ça en disait long.

En revanche, Mase tenait à Harlow. Il avait déjà appelé trois fois et elle l'avait envoyé vers sa boîte vocale. Si elle ne lui parlait pas dans les plus brefs délais, il allait débarquer à Rosemary avec ses bottes et son flingue.

— Il faut que tu rappelles Mase.

— Oui, soupira-t-elle. De préférence avant qu'il ne fasse une bêtise.

Elle fit mine de se relever et je la serrai contre moi.

— Appelle-le d'ici. Je n'ai pas envie que tu bouges.

Son froncement de sourcils m'informa qu'elle n'appréciait pas trop mon refus. Elle voulait être seule ? Pourquoi ? Qu'est-ce qu'elle avait à dire à Mase que je ne pouvais pas entendre ?

— D'accord, s'inclina-t-elle en composant le numéro sur son portable.

Sa réaction m'avait un tantinet apaisé, mais il était hors de question que je rate une miette de leur conversation. Si elle avait l'intention que son cow-boy de frère la ramène chez lui, j'étais prêt à affronter l'État du Texas à moi tout seul. Rien à foutre. Elle ne me quitterait pas.

— Salut, oui, ça va. Je suis enfermée chez Grant.

Je n'entendais pas à l'autre bout du fil, mais je me doutais, à la gravité de sa voix, qu'il était inquiet et péremptoire.

— Je vais être obligée de leur parler, poursuivit-elle. Non… je sais bien… ça ne te regarde pas… oui… laisse-moi m'en occuper… évidemment… je t'appelle si j'ai besoin de toi… promis… moi aussi, je t'embrasse, salut.

Elle raccrocha et poussa un profond soupir.

— J'ai besoin d'être un peu seule pour réfléchir. Ça t'ennuie si je prends un bain pendant un petit moment ?

Je l'aurais bien accompagnée, mais je voyais bien qu'elle voulait digérer tout ce bazar et qu'on finirait par s'envoyer en l'air dans la baignoire si je la suivais.

— Profite. Tu sais où me trouver si tu t'ennuies.

Elle sourit et déposa un baiser sur mes lèvres.

— Merci.

Après tout ça, elle serait bien obligée de me croire quand je lui annoncerais que je l'aimais. Ces mots-là ne seraient plus vides de sens. Elle les croirait car je lui aurais montré à quel point je l'aimais. Il n'y aurait plus l'ombre d'un doute dans ces grands yeux qui m'avaient happé la toute première fois que je les avais vus.

J'attendis que l'eau coule, la porte de la salle de bains fermée, avant de retourner inspecter à la fenêtre. La foule était toujours aussi nombreuse. Personne n'avait bougé, et les flics étaient encore sur place. Quelle connerie. Qu'est-ce qu'on en avait à foutre de la vie d'une star du rock ? La sonnerie de mon téléphone interrompit mes pensées. C'était de nouveau Rush.

— Ils n'ont pas bougé, l'informai-je.

— Et ils ne lèveront pas le camp tant qu'elle ne leur aura pas parlé. Pas sûr qu'elle ait besoin d'en passer par là.

— Je ne la laisserai pas faire ça.

— Tu as vu les infos ?

Le ton de Rush ne me disait rien qui vaille.

— Non pourquoi ?

— N'allume surtout pas la télé. Harlow a besoin de temps.

Qu'est-ce que ça voulait dire ?

— Je la tiens éloignée des infos.

— C'est valable pour toi aussi. Harlow a besoin de toi. Tout de suite maintenant.

— Oui, c'est évident.

— Appelle si tu as besoin d'aide, conclut Rush avant de raccrocher.

Je mis aussitôt la main sur la télécommande. Rush cachait quelque chose et je voulais en avoir le cœur net. Si je voulais protéger Harlow, il fallait que je sache de quoi.

Harlow

Je cherchai un T-shirt dans la chambre de Grant. Je n'avais aucun vêtement propre avec moi. J'étais surprise qu'il m'ait laissée prendre un bain seule pendant aussi longtemps. Ça ne m'aurait pas déplu qu'il me rejoigne après l'épreuve de la conversation avec Mase.

Mase qui m'avait dit de tout raconter à Grant. La presse montrait déjà des photos de moi nouveau-né dans les bras de mon père à ma sortie de l'hôpital, quand le bébé miracle avait survécu, et racontait comment, à la mort supposée de son épouse, il avait totalement fait une croix sur cet enfant, comme l'avait fait le reste du monde.

Des photos de moi sortant de son hôtel particulier à L. A. avaient refait surface. Des anciens camarades de classe répondaient aux journalistes. Mon histoire faisait pleurer dans les chaumières. Mes problèmes cardiaques et ma vie étaient étalés aux yeux du monde.

Grant finirait par l'apprendre. Il fallait que je lui parle. Je souffrais de cardiopathie congénitale ; je n'aurais jamais dû vivre. Je défiais les prédictions de tous les médecins depuis que j'avais fait mes premiers pas à l'âge de neuf mois. On avait prévenu mes parents que je me développerais plus lentement que les autres enfants.

Le fait est que mon cœur était défectueux. Il ne pourrait jamais supporter une grossesse. Je prenais des médicaments que je gardais constamment dans mon sac à portée de main. Je ne buvais pas d'alcool. Je mangeais sainement. Je prenais soin de moi. Ma grand-mère avait suivi à la lettre les consignes pour me maintenir en vie.

Je pris une profonde inspiration. Il me fallait tout raconter à Grant. J'avais rendez-vous dans deux semaines à L. A. pour une visite de contrôle avec le cardiologue, qui me dirait comment j'allais, et je retiendrais mon souffle jusqu'à ce qu'il me confirme que je n'avais pas besoin d'être opérée cette fois encore. Je défiais tous les pronostics. Et j'avais la ferme intention de continuer.

J'ouvris la porte sur le salon. Grant était assis sur le canapé, la télécommande à la main, et regardait fixement devant lui. Je jetai un œil horrifié à la télévision, mais elle était éteinte.

Ses yeux bleus se tournèrent vers moi et je sus aussitôt qu'il avait regardé les infos. Tous les secrets que je lui avais cachés se lisaient dans son regard. Peine, trahison, peur, tout y était.

— Tu es au courant, fis-je simplement.

Je m'avançai pour récupérer ma jupe, pliée sur un tabouret de bar. Je me sentis tout à coup vulnérable.

— Pourquoi tu ne m'as rien dit ?

L'émotion dans sa voix était si vive que j'eus envie d'éclater en sanglots. C'était injuste : je voulais qu'il l'apprenne de ma bouche.

— Je ne le dis jamais à personne. Je déteste qu'on me regarde comme si j'étais cassée, que les gens aient peur de m'approcher, expliquai-je en évitant son regard.

— Je ne suis pas « les gens », Harlow. Tu aurais dû me le dire. Tu m'as laissé t'approcher, je me suis attaché à toi et pas un instant tu n'as partagé cet énorme secret avec moi.

Il avait l'air hébété. Ses yeux mes fixaient, pleins de peur.

— J'allais te le dire. Mais je ne savais pas comment m'y prendre. J'avais peur de perdre… ce qu'il y a entre nous. (Il baissa la tête et resta un instant silencieux. Je ne savais plus trop s'il était en colère ou effrayé.) Je suis la même, je n'ai pas changé. J'ai simplement un problème qu'il faut surveiller. Je voulais pouvoir te faire confiance avant de te le dire.

Il releva la tête, incrédule.

— Me faire confiance ? À moi ? Il fallait que tu me fasses confiance avant de me dire que tomber amoureux de toi était potentiellement dangereux ? Tu te rends compte à quel point c'est injuste ? J'étais terrifié à l'idée d'avoir des sentiments pour toi parce que j'étais hanté par l'idée de te perdre. Elle me pétrifiait. Et puis j'ai décidé de m'en défaire et de suivre mon cœur… (Il secoua la tête et émit un rire cinglant.) Et tout du long tu étais malade et tu ne m'as rien dit.

Mais je n'étais pas malade !

— C'est exactement pour ça que je ne dis rien à personne. Ils me traitent comme si j'étais malade alors que je ne le suis pas. J'ai été malade, je sais ce que c'est, mais je ne le suis plus. Et c'était injuste de ne rien te dire ? Tu ne sais pas ce qui est juste. Il y a des tas de choses injustes dans la vie, mais le fait que je me protège n'en fait pas partie. Vouloir vivre sa vie sans être exclue n'a rien d'injuste.

Grant se leva et secoua la tête.

— Tu ne peux pas laisser les gens t'approcher sans leur confier ce genre d'information. Tu comptais me le dire quand ? Une fois que je serais tombé amoureux de toi ? Je t'aurais dit « je t'aime », et tu m'aurais répondu : « Oh, ouais, d'ailleurs je risque de ne pas vivre très longtemps. » (Il s'interrompit. La douleur se lisait sur son visage. Il détourna le regard.) C'était ça, ton plan ? s'enquit-il, la voix écrasée par l'émotion.

— NON ! J'allais te le dire aujourd'hui. Je ne m'attendais pas à ça, à toi, à ce qui se passe entre nous, mais j'en avais envie. J'avais envie de toi.

Les larmes me brûlaient les yeux. J'enfilai ma robe à la va-vite, cherchai mes chaussures, il fallait que je m'en aille. Le moment était venu d'affronter les chacals dehors.

Je détestais le voir dans cet état. Je détestais lire la peur dans ses yeux. J'aurais peut-être dû lui parler plus tôt. C'était peut-être égoïste de ma part de lui cacher la vérité, mais je savais pertinemment ce qui se passait une fois que les gens étaient au courant. Je n'aurais jamais su ce que c'était d'avoir Grant. Et ça, je ne le regrettais pas.

— J'avais l'intention de te l'annoncer aujourd'hui. Dans la salle de bains, j'ai passé en revue tous les moyens de te le dire. Je savais que le moment était venu. Je ne voulais pas que tu l'apprennes de la télé ou d'ailleurs, plaidai-je, les larmes aux yeux.

— Tu m'as menti, trancha-t-il d'une voix dépourvue d'émotion.

Il était en train de se refermer. C'est ainsi qu'il allait faire face. Il n'avait pas l'intention de se battre pour nous, pour que notre histoire fonctionne. Il allait se protéger. Je n'avais pas besoin d'en savoir plus. Inutile de me dire que c'était terminé. J'avais reçu le message cinq sur cinq.

J'envoyai aussitôt un texto à Rush.

Il faut que tu viennes me chercher. Je m'apprête à sortir pour affronter tout ça, après quoi je rentre. Je t'en prie.

— Qu'est-ce que tu fais ? s'inquiéta Grant tandis que je glissais mon téléphone dans mon sac à main.

— Je m'en vais. Il est temps que je parte d'ici, répliquai-je en enfilant mes chaussures.

— Tu ne peux pas faire ça. (Son poing s'abattit contre le mur.) Merde ! Pourquoi tu ne m'as rien dit ? J'ai besoin de temps pour digérer ça, Harlow. Tu ne peux pas partir comme ça.

Je me plantai devant lui. C'était fini entre nous et, en repensant à ce jour, j'aurais toujours des regrets. Mais il était important que je dise la vérité à Grant avant de m'en aller.

— Parce que tu m'aurais traitée différemment. Je ne voulais pas voir ça dans ton regard. Je voulais me sentir proche de toi. Je voulais savoir ce que ça fait d'avoir un mec qui me désire. Je voulais vivre. Mon cœur n'est peut-être pas vaillant, mais il bat encore. Pourquoi devrais-je vivre comme si j'étais morte ?

Je restai immobile, attendant sa réponse. Grant ne dit rien. Les émotions qui traversaient son regard étaient indicibles. Je savais qu'il était blessé. Je savais également qu'il se sentait trahi et je détestais être la cause de tout ça. Mais, pour une fois dans ma vie, j'avais agi pour moi. Je voulais Grant Carter et ses mots doux. Je m'étais abandonnée à lui en oubliant la réalité. L'entendre dire que je ne vivrais peut-être pas longtemps me faisait l'effet d'une gifle. Personne ne me parlait comme ça. Toutes les personnes qui m'aimaient m'assuraient que ma vie serait longue. Ils avaient foi en l'avenir. Grant creusait ma tombe. Je ne pouvais pas me permettre de rester auprès de quelqu'un qui s'attendait à me voir mourir jeune.

— Ne sors pas. Laisse-moi un moment pour digérer tout ça. Tu m'as laissé t'approcher sans me préparer à ça. Je ne comprends pas comment la Harlow que je connais, douce et altruiste, a pu faire une chose pareille.

Je me figeai, la main sur le bouton de la porte. Ces derniers mots étaient plus blessants que tout le reste. Peut-être aussi parce que j'avais conscience qu'il avait raison. J'avais tort. J'aurais dû le lui dire.

— Eh bien maintenant tu sais. Avec moi, on ne fait pas de grands projets d'avenir. Au moins tu t'en seras rendu compte avant de mettre ton cœur dans la balance.

— Tu ne veux pas essayer au moins de comprendre mon point de vue ? Ne passe pas cette porte, ordonna Grant en faisant un pas vers moi.

Rester ne ferait que remuer le couteau dans la plaie. Il allait me faire ses adieux et je voulais m'épargner ce souvenir. Je n'en avais pas besoin. Je ne lui avais pas dit que mon cœur était fragile. Je ne l'avais pas prévenu. Je m'étais autorisée à vivre. Désormais, il me faudrait vivre avec l'idée qu'il ne pourrait pas me le pardonner et qu'il n'avait pas le courage de m'aimer malgré tout. J'ouvris la porte pour me plonger dans la foule. Les flashs crépitèrent et les gens se précipitèrent sur moi.

— Mademoiselle Manning, avez-vous une relation avec Grant Carter ? hurla une voix tandis qu'on me plantait un appareil photo en plein visage.

Avant que je n'aie trouvé une réponse, une deuxième voix enchaîna :

— Mademoiselle Manning, votre mère est-elle encore en vie ?

Je m'étais préparée à cette question, mais la foule me poussait et je titubai.

— Mademoiselle Manning, où se trouve votre père actuellement ? Toujours à Paris ?

Impossible de me concentrer, ils étaient beaucoup trop nombreux. C'était ingérable.

— Mademoiselle Manning, pouvez-vous nous dire si vous avez vu votre mère ?

— Étiez-vous au courant ?

— Depuis le décès de votre grand-mère, habitez-vous dans l'hôtel particulier de votre père à Beverly Hills ?

J'avais le tournis. C'était un feu roulant de questions hurlées sous les lumières aveuglantes des flashs. Je n'aurais pas dû sortir. Je n'allais pas y arriver.

— Lâchez-la !

Le cri de Grant éclata dans le tunnel de voix. Sa main se referma sur moi et m'écarta de la foule, me repoussant à l'abri dans un 4 × 4. Au début, je crus que c'était le sien. Puis Rush prit place derrière le volant.

— Ça va ? s'enquit-il, le visage fermé, fusillant du regard les gens qui l'interpellaient.

— Emmène-la loin d'ici, ordonna Grant sans me regarder.

Il claqua la portière, Rush fit marche arrière et j'aperçus Grant qui regagnait son appartement. Il ne se retourna pas une seule fois.

— Je suis désolé, Harlow, fit Rush.

— Moi aussi. (Je ne pouvais pas retourner chez Nan, il fallait que je m'en aille d'ici.) Tu peux me déposer à l'aéroport ? demandai-je en serrant mon sac contre moi.

— Tu veux aller où ?

— À Los Angeles, au Texas, j'en sais rien. Mon père a besoin de moi mais je ne sais pas s'il veut que je le rejoigne. Je pourrais toujours aller chez Mase, mais je ne veux pas emporter tout ce délire jusqu'à son ranch.

— Grant a besoin de temps. Il finira par se raviser, commenta Rush.

— Non. C'est terminé. On s'est dit des choses que je n'oublierai jamais. La page est tournée.

Rush bifurqua sur la nationale sans dire un mot.

— Il a peur, c'est tout, finit-il par dire pour sa défense.

— Je suis partie. Il n'a plus de raison d'avoir peur. Tu pourras récupérer mes affaires chez Nan et les envoyer à L. A. ?

Rush poussa un soupir abattu.

— Oui, bien sûr. Donc tu choisis L. A. ?

C'était mieux pour Mase.

— Oui, pour le moment. Je vais me cacher là-bas et aider mon père.

Rush hocha la tête.

Nous restâmes un instant sans rien dire. J'essayais d'entrevoir ce que mon père avait à gérer. Je m'interdisais de penser à Grant. C'était impossible. J'allais m'effondrer devant Rush qui n'avait vraiment pas besoin de ça. Une fois à L. A., j'aurais le temps de pleurer tout mon saoul.

— J'ignorais tout, avoua Rush à mi-voix.

— Je ne le disais à personne. Mon père non plus. Après l'accident de ma mère, tout le monde a cru qu'elle était morte et je suis tombée aux oubliettes. Comme si j'avais disparu en même temps qu'elle.

La sonnerie du portable de Rush retentit. La lueur d'espoir qui surgit en moi était insupportable. Même si c'était Grant, je ne pouvais pas passer outre ce qu'il m'avait dit.

— Salut ma chérie… j'emmène Harlow à l'aéroport, répondit Rush.

La faute revenait en partie à Rush et à Blaire. C'est en les voyant ensemble que j'avais eu envie de connaître ce sentiment. J'avais cédé aux avances de Grant. Oui, il s'était montré particulièrement tenace mais, de mon côté, je voulais me sentir aimée. Je voulais aimer librement et faire l'expérience du sentiment de sécurité qui allait avec.

Mais je n'avais rien obtenu de tout ça. Mon cœur se mettrait toujours en travers de mon chemin. Finalement, Dieu n'avait pas créé Grant pour moi. Non, Dieu m'avait mise sur la touche. Ça n'était pas vraiment une surprise ; j'avais l'habitude t'être tenue à l'écart. Mais, au moins, j'avais vécu, une fois, et j'emportais ce souvenir avec moi. Grant ne m'avait peut-être pas aimée, mais moi je l'avais aimé. Et je l'aimais encore. Je connaissais ce sentiment. Et j'en étais reconnaissante.

La vie m'avait peut-être fait ce cadeau : quelques instants volés d'une vie que j'aurais pu avoir si j'avais été intacte. Des souvenirs que je pourrais garder à jamais.

— Elle est bouleversée, mais ça va aller… oui, j'en suis sûr. Elle est solide – elle me rappelle une autre femme que je connais bien… oui. Je t'aime moi aussi… Je t'appelle quand je rentre. Si Grant débarque à la maison, évite de le canarder, fit Rush en souriant avant de raccrocher.

Il jeta un œil dans ma direction et son sourire s'évanouit.

— Elle risque de t'appeler. Souvent. Tiens-toi prête.

J'avais besoin d'une amie. J'étais ravie de pouvoir compter sur Blaire.

— D'accord, fis-je.

Rush bifurqua vers l'aérodrome privé dont partait habituellement le jet de Slacker Demon. Comme je n'avais pas fait de réservation, le tarmac était désert.

— Qu'est-ce que tu fais ?

Rush présenta sa carte d'identité à la grille, qui s'ouvrit aussitôt.

— Je te mets dans un jet privé. Tu ne peux pas prendre un vol régulier, Harlow. La foule va se jeter sur toi. Je te réserve aussi une limousine pour ton arrivée à L. A. Une fois à la maison, restes y. Les paparazzis doivent déjà grouiller autour de la propriété.

Je n'avais pas pensé à tout ça. Rush avait raison. Ma vie privée n'existait plus.

— Merci. Je n'avais pas… je n'ai pas encore réalisé, avouai-je en ouvrant la portière.

Rush sortit de la voiture et se dirigea vers le guichet.

— Ne bouge pas, j'arrive tout de suite.

Rush n'aurait aucun problème à me trouver un jet. Il avait l'habitude d'obtenir tout ce qu'il voulait. Je me demandais souvent si le fait de vivre dans le monde de notre père l'avait rendu ainsi.

Rien ne semblait pouvoir l'intimider.

Il ressortit en agitant la main.

Je le rejoignis. Grâce à lui, j'allais rentrer saine et sauve à la maison. Mon séjour à Rosemary Beach prenait fin beaucoup plus tôt que prévu.

Mais je n'oublierais jamais ce que j'y avais vécu.

Remerciements

Depuis que Blaire l'avait mis en joue dans les premiers paragraphes de *Fallen Too Far*, j'avais envie d'écrire l'histoire de Grant. Dans un moment de faiblesse, j'avais même envisagé de mettre Grant et Blaire ensemble. Je suis vraiment contente d'avoir laissé sa chance à ce dur à cuire de Rush. Maintenant que Harlow existe, je sais que Grant était destiné à l'attendre.

Je vais commencer par remercier mon agent, Jane Dystel, qui est absolument formidable. En signant avec elle, j'ai pris l'une des meilleures décisions de ma vie. Merci, Jane, de m'aider à naviguer dans les eaux du monde de l'édition. Sincèrement, tu déchires.

L'excellente Jhanteigh Kupihea : je ne pourrais pas rêver de meilleure éditrice. Elle reste toujours positive et, grâce à elle, mes livres sont les meilleurs possible. Merci, Jhanteigh, de faire de ma nouvelle vie avec Atria une expérience réjouissante. Le reste de l'équipe d'Atria : Judith Curr qui a donné une chance à mes livres. Ariele Fredman et Valerie Vennix, aussi géniales que brillantes, qui dénichent toujours les meilleures idées de marketing.

Mes amis qui me comprennent comme personne : Colleen Hoover, Jamie McGuire et Tammara Webber. Vous m'avez écoutée et soutenue plus que quiconque. Merci pour tout.

Take a chance était mon bébé. J'aimais Grant et Harlow avant de commencer à l'écrire. Grâce à celles qui n'ont pas hésité à me faire part de leurs remarques en première lecture, je suis heureuse du résultat. Natasha Tomic m'a montré avec justesse ce qui faisait défaut : c'est le polissage dont le roman avait besoin et je lui en serai éternellement reconnaissante. Merci Autumn Hull et Natasha Tomic d'être mes ferventes lectrices et de ne pas retenir vos coups.

Dernier point, et non des moindres : ma famille. Sans son soutien, je ne serais pas ici. Mon mari, Keith, s'assure que j'aie ma dose de café et s'occupe des enfants quand je m'enferme pour respecter mes délais. Mes trois enfants sont tellement compréhensifs mais, quand je ressors de mon tunnel d'écriture, ils exigent et obtiennent toute mon attention. Mes parents, qui me soutiennent depuis le début. Y compris lorsque j'ai décidé d'écrire des histoires plus torrides. Mes amis, qui ne me détestent pas quand je ne les vois pas pendant des semaines pour me plonger dans l'écriture. Ils constituent le meilleur groupe de soutien au monde et je les aime profondément.

Mes lecteurs et lectrices. Je ne pensais pas en avoir tant. Merci de découvrir mes livres, de les apprécier et de les recommander autour de vous. Sans vous je ne serais pas ici. C'est aussi simple que cela.

CET OUVRAGE A ÉTÉ COMPOSÉ
PAR DATAMATICS
ET ACHEVÉ D'IMPRIMER PAR GRAFICA VENETA
POUR LE COMPTE DES ÉDITIONS J.-C. LATTÈS
17, RUE JACOB – 75006 PARIS
EN AVRIL 2015

N° d'édition : 01
Dépôt légal : mai 2015
Imprimé en Italie

PAPIER À BASE DE
FIBRES CERTIFIÉES

JC Lattès s'engage pour
l'environnement en réduisant
l'empreinte carbone de ses livres.
Celle de cet exemplaire est de :
650 g éq. CO_2
Rendez-vous sur
www.jclattes-durable.fr